王小柔

都是妖蛾子

王小柔 著

人民文学出版社

图书在版编目（CIP）数据

都是妖蛾子／王小柔著．—北京：人民文学出版社，2012
（妖蛾子：珍藏版）
ISBN 978-7-02-008971-0

Ⅰ．①都… Ⅱ．①王… Ⅲ．①杂文集-中国-当代 Ⅳ．①I267.1

中国版本图书馆 CIP 数据核字（2012）第 018411 号

责任编辑	陈彦瑾
装帧设计	李思安
责任印制	李 博

出版发行	人民文学出版社
社　　址	北京市朝内大街 166 号
邮政编码	100705
网　　址	http://www.rw-cn.com
印　　刷	北京季蜂印刷有限公司
经　　销	全国新华书店等
字　　数	200 千字
开　　本	889×1194 毫米　1/40
印　　张	6.7　插页 8
印　　数	1—6000
版　　次	2005 年 10 月北京第 1 版
印　　次	2012 年 9 月第 1 次印刷
书　　号	978-7-02-008971-0
定　　价	23.00 元

如有印装质量问题，请与本社图书销售中心调换。电话：01065233595

东风吹　战鼓擂(自序)

"一壶漂泊浪迹天涯难入喉,你走之后酒暖回忆思念瘦",这些日子,我一直在不分场合地哼哼唧唧这首周杰伦的《东风破》,因为天气干燥所以嘴角也破开一个口子,只要一笑就跟吸血鬼似的,嘴边血滋糊啦,显得整个人都没什么素养。所以,在这个季节交替的关口,我很少向别人主动示好,但我的心里始终像开傻了的花一样洋溢着喜悦。

午后,刚洗过的衣服在阳光里滴答着没拧净的水,那节奏让人困顿。我记得我以前总是在屁股底下垫一本书然后斜靠在墙角看着一滴一滴的水掉在盆里,愣神儿、哭泣或者笑。那时候太年轻了,经常这样蹭一背白灰而浑然不觉,用大把的时间去期待一场前途未卜的爱情,比如老给自己编一些小艳遇,总幻想自己有一天能在街上被突如其来的爱情当场击倒,然后嫁鸡随鸡远走高飞……年轻的时候我们以为自己能随时开始另一种生活,到另一个城市,以另一种心情。我们以为自己可以飞翔,虽然当时并不知道自己的方向在什么地方。我们进行着长途迁徙,像蜕一次皮那样撕掉过去,其实我们并没有发觉，我们只是换到了另一个壳子里，或许更大，或许更加繁华。

走在大街上，能看见很多的爱情故事正在上演，年轻人的脸上再也找不到我们当年的矜持，我甚至看见几个染着红头发的女孩叼着烟卷站在几个男孩当中，烟熄灭的时候，他们彼此大方地拥抱亲吻，旁若无人。我想，这一定不是爱情，但这是什么我说不清楚。或者是相隔的代沟总让今天的我眼前一片恍惚，或者是我们的内心极度荒芜，或者是我们的生活杂草丛生，于是我们开始了自我拯救，我们第一个想到的，就是——爱。爱有的时候更像是毒品，它能把我们从麻木中解救出来，也能把我们卷入沼泽。爱上一个人没有理由，一生中会经历许多这样的邂逅，对于爱，有的时候需要的不是抓住，而是放过。

当一切向往静止的时候，我发现自己老了。我们跟那一场一场的爱一段一段的青春往事告别了，跟他或者她失去了联系。我也不再倚着墙角揣摩未知，而写字的此刻，仿佛是墙角与墙角一瞬间的交错，青春已经散场，我们的内心温暖而又忧伤。

生活挺琐碎的，老人们一直叮嘱我们要知道怎么过日子，可他们说的时候我跷着二郎腿叼着苹果看DVD，把关键词都当了耳边风。当我终于成熟到要自己面对生活的时候，才傻了眼，才发觉父母的话那么一针见血那么揭露事物本质，可我必须自己亲善亲为地单打独斗，本应早就掌握的生活技能还要从头学起，在外面吃了亏，也得低头，也认了。

我看着身边的人发生着变化，跳槽的、单干的、在视频里跟别人做爱的、离婚又结婚的、没结婚生孩子的、出国嫁老外的、买了房又买房的、找中产阶级认干娘的、年纪轻轻就当IT精英的、倒卖增值税发票逮进去的……当然还有很多很多，它们组成了生活的内容，在人生苦短的过程里青春憔悴着，向衰老走去，没人管你情不情愿。

经常站在路边等公共汽车的时候我会一阵恍惚，我不知道下一刻会发生什么，因为内心的欲望太多，让我们禁不起太多的诱惑。挣钱多的人开始惜命，吃各种保健药，整天烧香拜佛；没多少钱的人，耳朵里只要听见什么要涨价，哪怕是几毛钱也要放下饭碗去排大队抢购。人的一辈子有多长？我们大部分时间都在为生活奔忙，没心思去感受别的什么。

我在平淡的生活里喜悦着，因为我的家庭幸福，父母健康，这是我最大的满足。我妈说，人要有理想，但不能太贪婪，所以我蔫里吧唧与世无争地过日子，在自己的小天地里小打小闹，从来不捅大娄子。我用全拼组成各种句子记录我看到的市民生活，因为我就是小市民，我是那么热爱来自市井的气息，它是生活真实的底色。我特别讨厌那些假装大尾巴狼的人，张口闭口时尚生活，到哪都拿面巾纸捂着鼻子嫌脏，其实就算你穿着昂贵的真皮镂空内裤，尿憋急了还不是一样要去公共厕所挨个儿。你不能拿自己当古玩，因为大部分人的目光像我一样短浅俗气，我们根本分辨不出贵贱。

我上学的时候像模像样地搞过一个文学社，纠集了一大帮跟我一样的文学青年，我们写诗写散文写小说，我们自己出杂志，我们到处投稿，我们弄作品争鸣的笔会，我们激情澎湃。后来，更加汹涌的青春期把我们的文学梦给打破了,争先恐后地情窦初开之后,我们不由自主地开始讨论谁跟谁又好上了。毕业的时候《读你》出了十期,结束了它的文学使命。很多年之后,文笔最差劲的我居然阴错阳差地又回到革命道路上来了,很令他们羡慕。

流行上网的时候,我又开始混迹于各个论坛,到处留下点儿痕迹,像只争地盘的狐狸。我有很多坛子,总是瞅冷子甩几句闲话,以引起骚乱得罪人为乐,很是让其他斑竹头疼。后来我的报纸为了让我收心,给我专门搞了个版面叫"晨辉在线",主要任务是上网聊天,这下把我可治了,我至今一看聊天室那颜色就想去厕所拉稀。但为了报纸版面和领导的器重只好在网上圈了地盘,跟一群不知什么来头的家伙神侃,经常在我琢磨用什么话灭他们的时候,让人家拿话把我噎得一愣一愣的。你说人也真是贱,越这样我还越喜欢他们。

在我熟悉的这个城市,我随时都能触景生情,所有的景物都能让我想起一些朋友。他们是我留在岁月里的一些符号,也许因为擦拭得久了,名字有些模糊。"他们都老了吧,他们在哪里呀,我们就这样各自奔天涯……"

所以,就将这些糟糠一样的文字送给原来《读你》文学社的旧好们和如今"晨辉在线"的新欢们,当然还要献给能看得下去我这些寒酸文字的你们,并且谢谢你们,深鞠一躬。

吃点儿麸子对清肠有好处,呵呵,祝你们和所有热爱生活的小市民身体健康,要嘛有嘛,吃嘛嘛香!

目 录

鸡零狗碎

　　我们经常做着各种努力,想让自己脱胎换骨成为主流人物,成为上等人。媒介不停地煽风点火……在所谓时尚的鼓动下,我们学会了嫩肤、提高性功能、躺在床上吃早点、视频等等臭毛病。

你们全家都是白领 ……………	3
用鞋底儿粘钱 ……………	6
足球上的小吊带儿 ……………	9
别给我配对儿 ……………	11
谁是孙子 ……………	14
我的一夜情 ……………	17
被迫单身 ……………	20
让我成精 ……………	24
拿钱砸我吧 ……………	27
尿憋的 ……………	30
伪装富婆 ……………	33

地狱的楼书 ················ 36
永远没多远 ················ 39
给你一闷棍 ················ 42
露肉 ·········· 45
皇帝的新装 ················ 48
傻老婆等茶汉子 ············ 51
春装内裤 ················ 55
性别很重要 ················ 58
有赠品吗 ················ 61
手比车新 ················ 64
驯兽表演班 ················ 68
女魔头上路 ················ 72
过日子人 ················ 75
萝卜白菜各有所爱 ············ 78
谁叫你是困难户 ············ 81
去养鸡场看大老虎 ············ 84
VIP上当通行证 ············ 86

鸟枪换炮

没出道的时候我们就像拾废品的,拿钩子把一个个塑料袋豁开,看看里面有没有谁一不小心跟痰一块儿吐出来的大金牙、跟破棉袄缝一起的大面额国库券什么的……终于拾金昧了几次之后,鸟枪换炮,我们成了体面人,可骨子里还是脱不掉蛤蟆那点见识。

当美女变成作家	91
跟肥肉没完	94
都是妖蛾子	98
养殖美女	101
叫我肉丝	104
谁是你亲爱的	107
三Z女人	110
吃饱了撑的	113
野地里比智商	116
螃蟹钓人	120
青春期植物	124
桃花劫	127
咸鱼翻身	130
私房菜	133
中年男人	136
咱离婚	139
不团结就是力量	142
回家喂猪	145
倒霉蛋儿	148
一定要找个帅的	152
看上去很臭美	154
兔死狐悲也是境界	157
培养歪脖树	160

自娱自乐跳火坑 ················· 162
螃蟹坐浴 ······················· 165

羞羞答答

这些文字，就像王小柔这个名字似的，其实与我的真身是分离的……她到处找茬、贫里贫气，可我为人温和、少言寡语，甚至害怕与人交往。但是，在面对生活里的诸多感动的时候，我们是融合的，我们是一朵暗自生香的玫瑰，在各自的时间、场合，静静开放。

粗人的六月 ····················· 171
替老白拔枪 ····················· 173
不是冤家不对头 ················· 176
傻吃傻喝傻乐和 ················· 180
只是静静地记得 ················· 183
就这样E生活 ···················· 186
读你 ··························· 188
那一年的江湖 ··················· 191
脖子偶感风月 ··················· 194
六十　七十　八十 ··············· 197
爱上吸血鬼 ····················· 199
逮耗子算打猎吗 ················· 202
盗版碟青 ······················· 205
鹦鹉的艺术生涯 ················· 208

鸡零狗碎	211
转身便是失去	214
爱他,是因为他爱我	217
褥子和塑料布	220
算是母爱	223
向所有ID致敬	229
大团圆结局	232

王小柔这个宠物

王小柔是谁其实我也很奇怪。很多年前玩聊天室的时候我换着花样编名字根本没人理我,很偶然最后用了王小柔这个字符,简直像中了魔,聊天室里的二十多人呼拉一下子都跑来跟我打情骂俏……这让我觉得在网络世界一件漂亮的马甲是多么重要。

一个老江湖	杨晓岗	237
找不到中心思想	刘浏	241
从土里刨出大山芋	石可莹	246
王小柔也有宠物	小意	249

小妖填字(附) ……………… 251

(答案见王小柔博客xiaorou.blogchina.com,部分答案可在本书内找)

鸡零 狗碎

第一辑

  我们经常做着各种努力，想让自己脱胎换骨成为主流人物，成为脱离世俗的上等人。媒介不停地煽风点火，不是告诉我们巴黎什么最时髦，就是告诉我们怎么吃喝玩乐才算高级，它一点儿都不考虑我们的腰包和我们来源的层次。在所谓时尚的鼓动下，我们都眼睛发直地奔有老外出没的地方去了；在本世纪，学会了嫩肤、提高性功能、躺在床上吃早点、视频等等臭毛病。

  可对于一个天生就有腋臭的人来说，用再多的香水掩饰也只能把自己身上的味道越搞越恶心，干净利落的办法只有一个，就是挑了胳肢窝底下那根儿腺。

你们全家都是白领

哪类人算白领我到现在也不清楚。他们就像当初的文学青年一样,本来是对少数人的尊称,后来满大街都往外冒文学青年的时候,这个称呼就不值钱了,再后来你要夸谁是文学青年,对方会把眼睛一瞪:"你才文学青年呢,你们全家都是文学青年",好像我侮辱了他们祖宗三代。目前白领也有这个趋势,但还处于初级阶段,他们正像地沟跑水一样咕嘟咕嘟流得哪都是,你要不把他们当白领他们就跟你急。

一次旅游,有个整天穿西服的男人总和我在一张餐桌上吃饭,他就像整个韭菜地里冒出一畦蒿子一样,虽然都是绿的,怎么看怎么别扭。我问他是做什么的,他夹了口菜说自己是白领。就这样一个西装革履的白领每次去厕所都让别桌的游客误以为是饭馆的,不是拦住他叫再端一盆稀饭就是让他把空啤酒瓶子撤下去,搞得他很生气,吃饭的时候宁愿憋着,他觉得自尊受了伤害。

白领其实很热情,经常指正别人的言行,比如,中午那顿服务员端上来一盘当地特产素炒血腥草,大家赶紧大口地往自己嘴里夹,还没咽就开始赞不绝口。那东西很古怪,明明长得像青菜可嚼起来却是肉味儿,我没心没肺地说:"还挺好吃,又能补身体,要天天吃还能省不少钱,可惜咱那没有。"后来白领一直让我看一本叫《从无领到白领》的入门书,说了一个多小时我才明白他的意思。他认为即便你没吃过血腥草,当着别人的面也要做出一副你吃过见过的样子,这涉及到别人如何看待你,你要给别人留下什么印象的问题,他说这是世界观的体现。

旅游在外也奇怪了,穿得挺时髦的一群人只要一到饭桌上,就像被饿了好几天,主动抢吃抢喝,本来胃口小和咀嚼慢的也怕自己吃亏,什么菜都先夹几筷子到自己的小碟子里储存着,然后才安下心来吃大转盘里的,白领说这样显得很没素质。我可管不了这个,因为稍一疏忽饭菜就没了,不吃饱肚子就要挨饿,反正谁也不认识谁。白领倒显得很绅士,每次想吃什么决不直接去夹,而是偏着头对我说:"你吃点这个。"我每次都说:"我够得着,你照顾自己吧。"然后他的菜才在空中拐弯,像个设置好的程序,弄得我少吃了不少好东西。

南方很少有面食,所以晚上那顿难得给每桌端上来两盘花卷,南方人大概不会做这东西,所以端上来的有大有小,一桌子人嘴里大骂旅行社,手底下却快得出奇,还没转四十五度,盘子里大的全没了。白领也急了,站起来伸着筷子扎了俩,其中一个落到我面前,定睛一看,简直小得跟鸡蛋似的,盘子里剩的哪个都比他夹的大。我边嚼花卷边下定决心以后吃饭决不跟他在一桌,这时候大搞孔融让梨高姿态太吃亏。可是饭后白领喝着茶告诉我他的理由。他说,你第一次夹花卷时要挑一个小的,第二次去夹时还要挑一个小的,这样你就能比较快地吃完两个花卷,第三次去夹时就要挑一个大的,这样你就能吃饱。反过来,你第一次挑大的先吃,第二次还吃大的,那么你就没机会吃第三个花卷了,因为在你啃两个大花卷时别人已捷足先登了。我觉得他简直在说梦话,哪有那么多花卷等你夹啊,他自己也才吃着一个小的。白领的成功理论显然没有考虑到我吃第一个小花卷时别人是否已经把大花卷全都抢走了。

现在谁要说自己是白领我一准离他远远的,他们的脑子就像被那些到处兜售的成功励志类的书给毁了,琢磨问题的方式总跑偏,从来不因地制宜。照这么发展下去,白领这个很小资很时髦的概念又得给毁了,没准哪天谁赞美你是白领,你也会瞪着眼睛说:"你才白领呢,你们全家都是白领!"

用鞋底儿粘钱

情窦初开的青春期经常有人暗示你"交个朋友吧",一晃到了内分泌紊乱的伪青春期,呼啦一下子冒出更多的人打来电话说:"咱一块儿干点儿事吧。"我更喜欢后者,因为这些人不分性别全都对生活充满激情,他们有理想,说起前景滔滔不绝,心里的小九九别提有多清楚,好像满大街的钱就等着你出去捡,你都不用自己弯腰,走一趟鞋底儿一准儿粘的都是钱,还甩都甩不下去。你要问他们,咱这买卖能赚个万八千的吗?他们会瞪你一眼:"嘛玩意儿,万八千?实话告诉你,至少这个数!"如果你仗着胆子认为他们伸出的一根手指头代表十万,就一定伤害了他们的自尊心,你一定要说一百万,这样没准还说少了呢。

热衷拉你入伙的人有两种千万别拿他当回事,一种属于微波炉,一种属于洗衣机。微波炉表里不一,忽冷忽热,他说的"事儿"完全无法判定其可行性,他们属于想起一出是一出型,比如自己那儿还八字没一撇,却一天给你打八个电话,弄得你还觉得特不好意思,似乎耽误了别人的大事。去年有一个微波炉,大半夜给我打电话让我帮他拉个班子写情景喜剧,我睡一觉给忘了,转天天刚亮电话又来了。我只好不吃不喝把自己关了两天写出二十四集故事梗概,再转给一个朋友的工作室让他们马上填充内容。等都弄完了,微波炉倒不急了,他不像高压锅,滋气儿或者不滋气儿怎么也算有个讯号,你至少知道出了什么问题,微波炉要么一点儿动静没有,要么就用微波射线穿透你,根本掌握不好火候,用着一点儿不省心。

另一种洗衣机,是那种没心没肺型,他说的事也许是真的,但他跟你说之前大概跟一百个人都信誓旦旦过。我在一个聚会上遇到过一个女洗衣机,她穿着蓬蓬袖的连衣裙,腰上的肥肉把布绷得紧紧的,从上面看活像唐老鸭的相好,视线稍微向下,又像一个端午节过期的肉粽。那天有人在说荤段子,她一直含蓄地举着纤纤玉指捂着早已笑开的樱桃小口,在话题即将结束时作百思不解状,用无知疑惑的语调轻轻说了句:"你们在说什么啊?我怎么听不懂?"谁都听得出来她在装蒜。就是这么个人,临走时一直在对我说"咱们打电话啊",我自然没放在心上。

过几天她就来了电话,要拉我一起入伙做事,口若悬河后依然提醒我"打电话啊"。当我把电话打过去对着话筒大声说:"嗨,是我呀!"她却语气迟疑地想不起我是谁,曾经找过我干什么了。两个月,三个月,半年过去后,我正和几个朋友在酒吧聊天,突然脑袋被一张报纸砸了一下,回头,洗衣机笑容可掬:"你怎么都没有打电话给我?"好像跟我特熟似的,而再也不提半年前她死气白赖托我办的事。等我刚给她介绍完我的朋友,她立即掏出名片和大家交换,临走时说:"咱们打电话啊!"

洗衣机的特点就是你不需用力,她会让你的世界转个不停,最终把大家搅和到一起什么也干不了,还都不清不楚的。最后你得自己打开盖子从纠缠错节的众多衣服中努力爬出来,像湿衣服一样,在未来三个月不断地滴水、生闷气。

现在依然不定期地会接到熟悉或陌生的朋友打来电话拉我入伙做事情,其间也有微波炉和洗衣机似的人物,但不管他们是谁,是否来真的,我已经不冲动了。一般情况是放下电话该干嘛干嘛,跑外面用鞋底儿粘钱的事太邪乎,再说了,一双三十八号的鞋怎么也粘不过四十二号的呀,谁脚大谁去吧,我继续过我的小日子。

足球上的小吊带儿

本来足球和吊带儿装没什么联系,但自从隔壁的赵文雯穿着淡粉色吊带儿走进我家,这两种毫不相干的事物就被联系起来了。

赵文雯三十出头儿,身体稍微一做弯曲状就能露出她的小蛮腰,不过就是这半遮半掩雾里看花的劲儿,绝对能和二十岁的姑娘有一拼。一进夏天,我就没看她穿过别的衣服,一件小吊带儿,半推半就地搭在肩膀上。

她是球迷,固执地认为一个人在家看球没意思,就在我叼着个苹果在家擦桌子的时候,她来了,进门的时候还摆了个Pose,美得如一声叹息。地板刚打完蜡,她几乎走了两步就要铲球,我飞身做了个拉人动作才算没让她美丽的腰身闪着,跌坐在沙发上的瞬间她抱怨说:"什么场地?"球迷的气质渐渐显现出来。

我也没敢太多话,对于有中国队参加的比赛我只能诚惶诚恐地把家里圆的、易碎的东西都收起来,生怕小蛮腰一来情绪把我的新房给砸了,所以,比赛还没开始我就默念:"让中国队进一个吧!"中央五台的画面刚切换过来,小蛮腰"噌"地一下从沙发上蹦起来大喊"跑啊、跑啊",还挥着手。我瞄了一眼,那些男人已经累得脚底下拌蒜,我的心都揪紧了,因为我知道这场球之后得有不少人得心脏病或者肺气肿。

时间一分一秒地过去,没有奇迹出现。终场哨声刚响,小蛮腰猛地一把脱下自己的吊带儿往电视上扔去,好在里面没有裹着板砖什么的,然后职业球迷开始穿着内衣站在屋子中央破口大骂。电视里在反复重放中国队射在门柱上的那个球,她说:"假如再往里挪0.01厘米……"这是一个能让中国球迷心驰神往若干年的"假如",可是和别人的训练课还是那么丢人显眼地结束了。小蛮腰的吊带儿孤零零地落在地上,我看见上面她用彩笔画的国旗。

我庆幸自己不是球迷,我甚至连什么叫越位都不知道。所以我给一个哥儿们打了电话,在这种情况下一定要把球迷带到适合他们的地方,否则我家的摆设都有危险。那哥儿们来的时候,小蛮腰已经换了一件吊带儿,我们在酒吧推杯换盏,突然那哥儿们说:"说这(读:借)话可是那阵子了,有一份倍儿真的感情摆在我眼皮底下,我倒霉催的,愣没当回事,等没吧倒醒过闷来了。唉,没法儿啊,世界上最点儿背的事儿也就这(读:借)意思了。不过如果老天爷能再让我来一回的话啊,我跟你说我豁出去了,我非跟那(读:内)闺女说仨字儿:我爱(读:耐)你,如果非死气白赖要在前面弄个头的话啊,我估摸着大概齐是——一万年!"

我看见说话的人很暧昧地用右手揪起小蛮腰的吊带儿弹了一下,然后笑。我想,很多球迷的夜晚大概就是这么度过的,毫无意义却也无从排解。

同志，搁以前是一个多亲切的词儿啊，喊得声音大点儿自己都能感动得落泪。现在，一看见"同志"俩字净往歪处想，可凭什么"同志"就得是那意思？我要用天津话告诉你：说这（读：借）话可是那阵子了，有一份倍儿真的感情摆在我眼皮底下，我倒霉催的，愣没当回事，等没了吧倒醒过闷儿来了。唉，没法儿啊，世界上最点儿背的事儿也就这（读：借）意思了。不过如果老天爷能再让我来一回的话啊，我跟你说我豁出去了，我非跟那（读：内）同志说仨字儿，甭爱（读：耐）我。如果非死乞白赖要在前面弄个头儿的话啊，我估摸着大概齐是———一辈子！"

李天炳 同志 Comrade （1946 – 2005）

开　幕 2005年6月4日 下午3点
展出时间 2005年6月4日–7月7日

Li Tianbing – "Comrade!" (1946 – 2005)
Opening Reception　4 June 2005 (Saturday) 3pm
Exhibition Dates　4 June 2005 till 7 July 2005

同志情深！

在菜市场买菜，我会很自觉地选择老乡的摊儿。买菜只挑带虫子眼儿的，择菜只要泥巴特别多的。乡亲们的衣服上挂着泥土，男人嘴里经常叼根用唾沫粘合的卷烟，女人吆喝着路人，时不时用大拇指堵住一个鼻孔，把鼻涕像子弹一样射出。她是不会在意方向的，接下来的动作就是把手顺势往身上一抹。

时髦的主儿喜欢扎大山里吃农家饭，越原味越带劲儿。而"农民"这个朴实的称呼，也成了招牌。城里人就这样，一边看不上人家，一边开着车大老远往人家那儿凑合。

乡-亲们

别给我配对儿

我一直觉得"配"这个词如果代表交往,只能用在动物身上,因为邻居左奶奶每次看见我都要说一句:"你们同学或者同事有纯种狐狸犬别忘了给我们家肥肥配一下。"我身边的朋友也在为自己的宠物找着情感归宿,几个人见了面没别的事,开口就问:"配上了吗?"所以,我觉得"配"用在动物身上很合适,因为没人给自己闺女找对象会满大街吆喝:"您看您那儿有帅小伙子吗,给我们孩子配一配。"在这里使用"配"似乎还很不道德。但在这个冬春交替的季节,很多人无辜地被四处配对儿,我就是其中之一。

忽然有一天半夜,我的手机响了,那三十二和弦的乐曲异常鬼魅,小屏幕泛着绿荧荧的光在桌子上闪,我赶紧抓起来"喂"了一声,对方显然不紧不慢,听筒里只能听见鼻子喘气儿的声音,大约隔了几秒钟我又"喂"了一声,还是没人说话,只听见鼻子喘气儿和咽唾沫的声音。我把电话挂了,心想大概是谁拨错了电话。可我刚躺床上盖上被子,电话又响了,还是那个号码。我接了,情况跟刚才一样,我照着手机骂了将近十分钟,再听的时候里面已经嘟嘟嘟地断了。盹也醒了,我坐在沙发里生闷气,觉得太窝火了,而且不知道那个电话什么时候还得打来。为了停止受骚扰,我给那个电话发了个短信,告诉他我已经报警了。看着屏幕上的"短信已发送成功",我打了个哈欠,打算继续睡觉。可屁股刚离开沙发五公分,电话又响了。

我接了,这次还没等我骂他,鼻子喘气儿就说话了:"请问你是……女的吗?"我简直都快气炸了,要不是因为手机是自己花钱买的,我早把它扔地上踩了。我这人有个毛病,一生气就语无伦次,而且说起话来还磕巴。我刚"你丫丫丫"他就又说上了:"你先别生气行吗,我是大一的学生,在吉林,我在网站注册邮箱的时候,他们免费给我的手机配对儿,说我的号码跟你的号码很有缘分,我还看见了你的照片,觉得你很可爱,就打电话给你,可我不知道怎么说。你说你报警了,是真的吗?"凌晨四点,一个小男孩对我说"我们的手机很有缘分",还有比这更荒唐的事吗?我颤抖着声音大喊:"我们的缘分已经尽了,你以后别再打这个号码!"然后关机,等着天亮。

其实他一说我才想起来,前几天注册邮箱的时候确实要求我必须输入手机号码,而且最缺德的是他们把邮箱的密码发短信过来,你还不能写假的手机号。

被这么胡乱配对儿的倒霉蛋不止我一个,我的一个同学神情恍惚,告诉我以后打电话先往她家打,因为她把手机暂时关了。我问:"你是让人给配对儿了吗?"她睁大两眼死盯着我:"难道你也……"我说,"我已经配完了。"她哈哈大笑。我的同学用手机号码注册了网络寻呼机,那个五位数不知道什么时候幸运地被配到十六个有缘分的号码,倒是没人给她打电话,但十六个人轮番给她发短信也够可怕的。我觉得她比我更惨,我是一对一单练,她是虱子多了不怕咬。

当我再次被作为美女速配出去以后,对方的语气还显得很无辜,他啰里啰嗦地说给我打长途要花高额电话费,为了寻找数字情缘每个月还要交十块钱的服务费。我就像个在婚介机构登了记的大龄女青年,隔三差五地收到这样的电话,但我给那些与我有缘的男人留的印象并不好,他们都说我跟泼妇似的满嘴脏话,可就是这样,一些意志坚定的有缘人还在给我打电话。

本着兔子急了要蹬鹰的原则,我跟我的同学打算要以暴治暴。我们找到正在IT行业如日中天的一个公司老总讲了自己的遭遇,他用食指敲着桌子说"小K斯",立即吩咐手下把短信平台支起来先给那些没完没了打电话的号码发二百条信息,如果还不停止骚扰,就用程序连续二十四小时给那些人拨电话,非让他们的幸运号码废了不可。

当那些人终于不再跟我们联络,网络又将我们的电话号码跟别的手机配上对儿了。最后,我和我的同学都不得不把SIM卡拆下来,为了解气,我们用打火机把它给点了,绝了它再去配对的念头。

谁是孙子

楼底下的私家车越来越多,挤得自行车都没地方放,赶上什么大动静就更热闹了,跟起哄似的所有车一起报警,叫得人闹心。每每此时邻居赵文雯都会把目光从电视剧上移开,看一眼阳台,然后狠狠地说:"哪天把我叫急了,拿板砖拍烂它!"并且特别叮嘱我:"你可别买车啊。"眼中满腔的仇恨。

忽有一日,我下班回来,看见一辆别克停在楼栋口,一个人在里面磨磨唧唧,车门半开着特别碍事。我刚侧着身子提好气打算从缝隙里挤过去,看见赵文雯耷拉在车外的一条腿,之所以能立刻识别是她而不是别人,关键不在那条腿,在鞋,只有她整天趿拉着一双底下满是塑料疙瘩的短跑鞋足底按摩。她伸着一双小肉手正在人家车里东摸西摸,表情暧昧嘴里嘀嘀咕咕,他老公看见那动作一准儿得吃醋。"你替谁擦车呢?"我低着头问。她一见是我,一把就把我薅进车里,别克忽悠一下。"一哥儿们的,借我老公开开,我看看里面缺什么东西,别还车的时候再讹咱。"明显的谎话,就瞅她面色桃红,手指东戳西碰,死赖着不下去那劲儿便知已然起了什么歹念,至少是对车动了心思。

不出我所料,之后的没几天赵文雯就去学车了,天还没亮就听见她家的防盗门"咣"地一声,据我妈说,她比一楼那家批发带鱼的起得还早。虽然赵文雯还在学徒期间,但已经俨然一副老师傅派头,看见我锁自行车也跟过来说:"你瞧你放的这地方,人家汽车怎么过,挪挪。"我一再强调这就是放自行车的地方,可她还是提着车屁股硬是把我的老永久横花坛里了。还有一次我们打车上街,她坐在副驾驶的位置,车刚启动大约十分钟她就说开话了,"这么笨,并线啦!""拐弯,打灯啊!""前面红灯啊。""有人,哎哟,这车开的!"后来司机急了,把车停在路边,大声喊着:"你开车还是我开车?我不拉了。"他把车门拉开让我们下车,我一边道歉一边翻钱包,赵文雯还死皮赖脸地坐着,扬言这叫拒载让司机把车开客运管理处去。

赵文雯终于出师了,她老公不知从哪给弄了辆二手捷达,赵文雯特别俗气地也在车的后玻璃上贴上张纸,上面写着"别靠近我,我怕修",在车里摆上些绒毛玩具,再挂个"车内不许放屁"的牌子,弄得暖意融融。但她只要一上车,就像一条绝望的鱼,呼吸急促、神经紧绷,在座位上前后躲闪、左右腾挪,那情形,好像迎面来的都是苍蝇。我第一次仗着胆子跟她兜风,她的糟糠之车没开一会儿就在路上打起了嗝。我问怎么回事,她说路不平。副驾驶位上坐着的一个会开车的哥儿们也开了腔:"开七十迈才挂二挡,想什么呢你?"赵文雯是个要面子的人,这话明显带有贬义,她突然顺势一掰,只听得"哎呀"一声,那哥儿们举着只残手在那晃悠,"让你挂挡,你撅我手干吗?"好不容易把车开到了想去的地方,伤了自尊的赵文雯让那个懂车技的人走了,却把我这个两眼一抹黑的留在了身边。逛完商场,我想,这次终于不用在大风里等公共汽车了,正高兴,看见我们的糟糠车跟后面的夏利亲到了一块,那个司机正不依不饶在叫嚣。我记得以前听赵文雯说过要是车屁股被撞了,责任全在后车,那叫追尾。于是张嘴就说:"你追尾!"只见那男的瞪大眼睛,"妈、妈"地半天说不出话来,最后报完警他老婆还把一个香蕉皮扔在我们糟糠车的前玻璃上。赵文雯后来告诉我,她忘了拉手刹。

以后的日子,我看见赵文雯那辆挂着"车内不准放屁"小牌子的二手捷达在小区里出出进进,有了代步工具的她变得跟残疾人似的,走一刻钟能到的地方也要开车去,耽误的时间简直"大发"了。就她那两下子,车简直成了自动提款机,总把钱大把大把地交给别人,可就这样她还是经常很骄傲地对我说:"以后去哪我送你。"我说:"我怕你把我手撅折了。"她哈哈大笑。后来我看见她后车窗上的纸条终于撕下去了,换上了"车是爷爷,我是孙子"。

我的一夜情

天色渐暗,我一个人站在必胜客的门口神色慌张,手里捏着个空矿泉水瓶子不知道往哪扔。老段比约定的时间晚了二十分钟才到,而且最不像话的是他身边还多了一个姑娘。那女孩笑起来很有特色,她的小虎牙长得比别人都长,像两颗獠牙龇在外面,以至于每次笑完她的上嘴唇都要很费劲地跟下嘴唇会合。

我们三个混迹在一群排队等着叫号的食客当中,说着废话假装彼此问寒问暖。好不容易进去了,老段满脸心事地看着我,可嘴上还一个劲儿地说"再看看想吃点儿嘛"。小獠牙也真实在,把一个没几页的"菜单儿"从前翻到后再从后翻到前,每经过一个来回的时候她都要用纤细的食指在那上面戳上几下,那阵势真像她请客。当小獠牙终于挺起酥胸把干净利落的小后背倚在沙发里的时候,我和老段都松了口气。写单子的服务员大概是想用这个机会练练字,又看着她问:"就这些吗?我们这儿新推出了……"当服务员的余光终于落到我们俩脸上的时候,我跟老段迫不及待地抢着说:"就这些,就这些,不够再点。"显得特别没素质,特别不真诚。我看见老段的眼睛略向外凸着,以显示他的不满,他一感到不满的时候,就这样把眼珠儿凸出来,活像一条金龙鱼。

当小獠牙一边用手拽着松散的裙摆一边捧着个玻璃碗向自助沙拉区走去的时候,我一把抓住老段的胳膊竖起大拇指:"哥们你真高,从哪弄这么一个女孩,论面相打灯笼都难找。"他似乎也有一肚子的话要跟我讲。原来老段背着老婆在网上假装纯情,把自己说得跟神似的,网名叫冰清玉洁小龙女的姑娘就招呼也没打投奔他来了,都到他们家门口才打的电话,老段不敢耽搁就把她揪这来了。随着他语气加重,呼吸急促,我知道最关键的要出口了。最后他说:"你就当救哥哥一把,先让她跟你住几天,我一定想办法尽快把她打发走,行吗?"老段在网上勾三搭四风流倜傥的潇洒劲儿都没了。我跟他老婆是好朋友,也不想他们之间出现什么变故,所以只好舍身取义。

老段一看我同意了,好像吃了定心丸,冲我挤眉弄眼,我朝他指的方向一看,好么,小獠牙真卖力气,正用一把不锈钢勺把那些零碎往玻璃碗里压呢。自助沙拉是能盛多少给多少,但只能盛一次,别人碗里的一看就知道是沙拉,小獠牙手里的整个一碗果菜泥。我张大了嘴跟老段说:"这姐姐还真会过日子,就差自己在那吃完了再回来了,这不上算劲儿的。大概因为思念你好几天没正经吃东西,一见能吃的眼都蓝了。你这网友是城市的吗?"老段没理我,微笑着冲小獠牙摇了摇手,抬手间尽是风情。

小獠牙暴饮暴食了一晚上,盘子逐渐空了,衬着窗外的隐约灯光,我觉得自己在赴一个吸血鬼的聚会。当小獠牙终于心满意足地把残留的口红都抹在餐巾纸上,当她把最后的橙汁一饮而尽,我们知道晚宴结束了。

出了门我才知道这个阴谋是他们事先商量好的,因为老段比猴子还快地跳上一辆出租车,小獠牙却顺理成章地挽着我的胳膊。

到家了,我满心不乐意地拿出备用被褥,她倒是很懂规矩,没坐稳就说:"送你件礼物吧。"我立刻摆出一副推脱的姿势边说"别那么客气"边看她在自己包里翻。最后跟变魔术似的,她从一个塑料袋里抖落出一团布,啪地甩开。你猜是嘛?一条花内裤。我一看都惊了,哪有一见面送这东西的,再说俩女的大晚上你一条我一条,还搞得情义绵绵,这多瘆人啊。我没接,这回轮到她说"别那么客气",一把就扔到我怀里。

她说这内裤是从香港买的,每条裤腰上都弄了颗红心,据说它能检测情人与你是否情投意合。随着体温升高,那颗心就会发亮,如果你的亮了而他的不亮,就说明你们不是一条心。小獠牙说她觉得这个好玩才买的。我手里拎着这块屁轻屁轻的布心里直犯嘀咕,幸亏我跟小獠牙不是一对儿,亮不亮互不相干。

我还在发愣的时候她已经去洗澡了。推门出来,透过睡衣小獠牙肚脐下面的小红心一闪一闪仿佛情人的眼睛,看得我心里扑通扑通的。我说:"水够热的吧。"她说:"热水舒服。"躺在床上我却翻来覆去睡不着了,这么另类的"一夜情"来得太突然。天一亮我就给老段打了电话,让他接人,并且在他来的时候把另外那条花色不错的激情测试三角内裤塞进了他的外套口袋。

被迫单身

老路跟我说他又"散伙"了,在认识他的十年中我不知道已经听了多少遍这句话。二十五岁的时候他仗着自己一瓶子不满半瓶子晃荡的才情在我们这群朋友里放了话,说非大夫不娶,而且那阵子他身上确实也总沾着一股来苏水味儿,从三甲医院到地段医院,从急诊室到药房,从大夫到行政人员,他的女朋友换来换去,最长的时间一年,最短的也就吃份刨冰或者喝瓶可乐的光景。三十五岁的时候老路依然单身,但他像对全市的卫生系统做了一次全方位的摸底调查似的,最后连哪个厂卫生室有几名编制都非常清楚,而且但凡是家医院他就能找出个熟人来。

婚姻如同买彩票,不是你肯花大钱肯下功夫就能中头彩,何况他挑的号都那么偏门。他的标准只有一个,就是要顺眼。按理说这标准不高,可能顺他眼的一般都是港姐类型,实属女人中的极品,像刨人参,人工种的再名贵也没戏,一定要找那种罕无人迹的野山参。你想此类女人即便遇到,条件也不低啊,哪会只看中老路的才情呢。这些年老路花在谈恋爱上的钱够买套房子的,他倒是挺想得开,每次分手之后就说:"散伙了正好,后面肯定还有更好的。"他总盼着后面,一晃就到了三十五岁。家长绷不住劲了,开始调动各种关系帮他找对象。他眼看着自己一天天长起来的啤酒肚,为过早流露出中年相感到心寒,择偶标准在固守了十年后终于松动,最后坍塌。

十年前的人还看重一些才情,十年后人们对婚姻的期待现实多了,还没见面就把条件开出来了:比如要单过,要在什么地段有什么样的房子,每月固定收入不能低于多少……如今老路对女人已经没有标准了,他说,只要她们不挑他就行。可是,风水偏偏就转了,老路说如今这世道到年龄不结婚的除了特好的就是特坏的,还有一种是胡混的,他就属于条件不好的。前些日子给他介绍了一个在报社工作的女的,介绍人就说个矮,老路觉得他们该有共同语言了,回来就跟我说:"个矮得都到极限了,穿高跟鞋才一米四,推一辆二六的车得举着俩胳膊。"后来又有人给他介绍了一个税务局的公务员,介绍人说那姑娘眼睛不太好,老路觉得现在有几个不是近视的,见了以后跟我说:"那叫眼睛不好,一只眼往左看一只眼往右看,根本就是斜眼儿,跟她说话总觉得心神不定。"紧接着介绍人给找了个外表不错的,只说那姑娘的工作不太令人满意,老路横下条心把自己打扮一翻去见面了,回来颓废地告诉我:"那叫工作不好,压根就没工作。"我仔细一问,原来给他找的是个从河北农村来的姑娘,目前在自由市场给人家烙大饼谋生。至今老路还在到处见面,并总是中了病似的见谁都问:"人为什么要结婚。"

众口一词地都说婚姻是鞋,按照这样的逻辑推理下去,单身就是光脚丫子。如果路远,穿鞋的最多磨下块儿胶皮,可光脚的就惨了,得落一层血泡和几个鸡眼。为什么我们的父母看自己的孩子到了一定年龄还"没动静",就跟急眼了似的到处张罗,因为在传统的意识里,婚姻标志着幸福和成熟。

一味地说婚姻好或者坏,我觉得都挺阴险的,因为不同的婚姻造成的结果肯定不同。我认为是否进入"围城"就看你是个什么样的人了。单身的理由很多,有的人是因为从二十岁就开始挑来挑去,挑了将近十年把感觉都挑没了,但你无法说他们心里就不再期待婚姻。就像春天来临的时候应该播种,而你却选择冬天,同样是黄瓜,反季节的味道就是不一样。

当青春一天天从我们的容颜里老去,我们也丧失了很多只有在年轻时才有的情趣。我有一个朋友,三十多岁了,把自己整天扮得特别淑女,恨不能天天泡在美容院里。她单身,但并不单纯,身边不缺少男朋友。她不愿意结婚,因为她把换人已经变成了一种习惯,而且还上了瘾。她经历的人越多,心理阴影就越大,也就越抵制婚姻。就像好端端的一扇门,你每次回家的时候不用钥匙开,非要尝试别的方式,比如用铁丝拨或用别的钥匙碰,虽然门也被打开,但你再用原配的那把钥匙时,门却打不开了,因为锁芯已经变形了。

很多时尚节目都在说单身很流行,房地产公司也不失时机地推出单身男女的小户型公寓,鼓吹什么单人房双人床。其实结婚不是问题,关键在于用什么样的态度面对两个人的生活:你需要收敛个性,要付出爱,要适应角色的改变,要用平等的关心对应另一半的家人……你要面临的问题太多了。同样,婚姻给予你的也会很丰富。

我喜欢生命里水到渠成的感觉,爱情、婚姻、孩子,整个家庭是生活的给予。我们都在寻找幸福,可我们经常没有耐心去播种幸福和等待幸福的生成。婚姻不是爱情的坟墓,是培养一个人修养的地方。婚姻的选择对每个人的一生都有影响。

其实一个人结婚还是单身跟别人没有任何关系,谁也没资格站在一旁嗑着瓜子说风凉话,但父母应该是最爱我们的人了吧,他们那么真心的希望你在年轻的时候找个好归宿应该是善意和真诚的。所以,单一段时间就行了,千万别单一辈子。

让我成精

一天夜里我突然发现那些在墙上到处搞行为艺术狂写"191办证"的人开始盯上我了,因为连续一周每到凌晨一两点准有短信息进来,一会儿说能办学历证、结婚证、身份证、驾照什么的,一会儿又说有走私汽车、假币,弄得我好像跟黑社会有染似的。我没有关机的习惯,所以总是半夜悄悄爬起来在沙发或者窗台上摸索手机,抓住了一按,瞄上一眼,就着绿荧荧的屏幕把它删掉,好像什么都没有发生。

这种举动时间长了自然要引起别人的怀疑。第一个就是我老公,开始他只是迷迷糊糊地说:"谁啊?这么讨厌,半夜还发信息。"翻个身继续睡觉。后来有一天他不说话了,短信响的时候估计我还在做梦,他却悄悄下了地,弓着身子连拖鞋都没穿,蹑手蹑脚地往客厅里去。在他双脚落地的刹那我也醒了,我眼睁睁地看他伸着胳膊在沙发的缝隙里掏,心里那个乐啊,也悄悄下地站在他的背后。出乎意料,今天这条是告诉我沙子买三吨以上便宜,而且钢筋的价格也很合适。我是近视眼,所以伸出去的脖子有点儿长,碰到了他的胳膊,他"霍"地一下跳到一边:"你怎么跟个鬼似的。"我咧着嘴说:"你大半夜偷看别人短信还说我是鬼,你心里有鬼吧?"那些讨厌的短信每天半夜还是没完没了地认准我是他们的大客户,不停地告诉我各种信息。

后来我才知道,那些搞"行为艺术"的盯上的不只是我。早晨买早点的时候碰到楼下邻居,我听见她的手机短信响,用眼神儿勾了勾她。她特不屑地说:"我又中大奖了。天天早晨都有人告诉我中大奖了,夜里有人让我办假证,昨天有信息来,说我已经加入了帅哥靓妹派对可以参与短信聊天。你说我都四十多了,那个发短信的也不调查一下,他的业务对我有什么用。"

我打量了一下面前的女人,她的腰身已不再挺拔,红裤腰带的头儿耷拉在衣服外面,裤腿还有一条被袜子裹住了,她开了六年的出租,孩子刚考上大学,老公在外面补差,这样的人确实没有可能去参加什么帅哥靓妹派对。

短信这东西确实挺有意思,无聊的时候能解解腻味,它让人跟手机特别亲。就像小石,她无论走到哪干什么手里就不能不抓着手机,挺新的一个手机被她手里的汗愣是沤得掉了色。她看人也好像在看手机屏幕,一边跟你说话大拇指还一动一动,满脑子想的都是拼音字母。小石只要一进屋,无论是什么样的建筑,很自觉地就往旮旯里去,然后低头掏出手机狂按,牙齿咬住下嘴唇,脸上永远没有表情。我开始还很有耐心地诗情画意一下,后来实在觉得没什么意思就发点:"我这儿的鸡蛋现在两块四了,你那儿呢?"她倒很有耐心,这样无聊的问题也作回答,她发信息说她那儿比我这儿便宜五分。

小石从来不转发网上编好的内容,我经常会在各种时间接到她的信息,比如三个月前的一个中午她发的是"暖洋洋的太阳底下我骑着驴"。我打电话过去问她什么意思,她很不耐烦,说:"没什么意思,不要对一条短信有那么多要求。"然后就再没有消息。今天冷不丁地又发来一条"天啊,真吓死人了",我还是不知道她要表达什么,或者她只是想过过发短信息的瘾吧,手机明明有这个功能总不能不用。

我还是经常在半夜收到让我买沙子或者办假证的短信,我还是习惯性地把它们删除,因为我无法逃脱对手机这个功能的迷恋,就像突然有一个号码问:"你有全国粮票吗?"我会在绿荧荧的屏幕前傻乐,然后发过去一句:"地方的行吗?"我忽然发现自己已经学会在毫无意义中寻找乐趣,谁知道这是不是一种颓废。

短信来了,于是我们开始对一种声音有了某种期待,我们伸出拇指不停地输入或者转发,一边冷笑一边身不由己地留恋。我们在短信里成精,它已经成了我们的游戏,令人讨厌却又欲罢不能。

拿钱砸我吧

每当我说要劳动致富的时候图图就把一张不知从哪翻出来的报纸"啪"地拍在我眼前,生硬地指着一条新闻并不说话,那上面登了一个郊区的人中了五百万的消息。你说也邪门了,隔三岔五总有这样的事情出现,搞得我们这些抱定主意踏踏实实过日子的人心神不宁。尤其图图简直把彩票机当储蓄柜台了,跟上了瘾似的,只要从卖彩票的窗口经过就把钱递进去。开始是买两张,后来一次买五张,再后来一次买十张。我觉得她要有很多钱,能一下子把所有彩票都包圆了,当然,真要那么有钱也就不买彩票了。

几个月过去了,无论是机选还是图图自己想出来的数字,她连个最次的末等奖都没中。有人说一个人中头彩的几率跟被雷劈的几率是一样的。这句话挺绝望的,因为别说人了,就连牲口、树什么的被雷劈到的机会都少。可图图偏偏跟彩票机较上了劲,并且有一天突然大彻大悟地告诉我她的手气不好,让我替她买。

开始也没觉得什么,信口胡说几个数字,开奖的时候依然一无所获,我还跟图图一起傻乐,但两轮下来我就有压力了,听着她的叹气,好像那五百万是我给耽误的。我让朋友帮我找了几本有关彩票的书,把所有报纸上关于彩票的选号技巧都剪下来贴在固定的本子上研究,在开奖的前一天,我经常整夜失眠。最可气的是,我花了那么大工夫,排队买回来的小纸片最后还是变成了废纸。那天,图图和赵文雯来找我,我一个人站在阳台上仰着脸对天说:"拿钱砸我吧!拿钱砸我吧!"穷开心呗。赵文雯还是比较善良的,我听见她跟图图说:"你别再挤对她了,以后你自己买彩票吧,照这样下去我看她离疯不远了。"自那天后,我解脱了,而图图依然坚定着她中五百万的决心。

总是在图图逐渐心灰意冷的时候报纸上又说哪出了一个五百万,得,这犄角旮旯里的几百字就像一桶汽油,让图图内心的渴望又呼呼呼地蹿上了几把大火苗子。她蹲在我们家沙发里问:"你说要是我得了这五百万我该怎么去拿?自己去,危险,找你们一起去又显眼。那么多钱不知道要用多大的包。嗨,你们家有大包吗?"我在一旁没吱声,这不是明摆着做白日梦吗。她倒不高兴了,提高音量说:"问你话呢!"我说没有,让她去问问赵文雯。图图喝了口水接着说:"我要真中了五百万,给你买套山水的音响,资助文雯去英国念书,咱再开个幼儿园。"我开始想说一套音响可比去英国的学费便宜多了,后来又觉得争这个挺丢人的,显得自己不大度,也就没吭气。这样的话题至少是令人兴奋的,尽管还没找到能装那五百万的大包,好像钱就码在墙角等我们支配。图图越畅想越激动,最后站在沙发上说:"如果中了五百万,我至少要在家里呆上两天两夜,把自己全身掐得青一块紫一块的,以证明自己真的是暴富了。"我赶紧说:"等我们踢开门一看,你已经抱着五百万把自己给掐死了,这多可惜。所以你还是一中了奖就给我们打电话,我们带药去,咱一起吃速效救心丸数钱,少给一张都跟他们没完。"

后来的日子,图图还在特别真诚地买彩票,特别真诚地对我们许诺。我开始忙了,很少见面,但听到的消息依然是她什么也没中到。几个月后的一天,赵文雯来我家,我问她我们的财主现在怎么样了,她叼着苹果嘴里含含糊糊一个劲儿地点头:"她忙着呢,现在已经不当彩民了。图图四处参加活动到处相亲,她这回是一门心思想傍大款了。"我觉得她的表情特别歹毒,充满笑话别人的意思。赵文雯一把把我揪到阳台,胳膊搭着我的肩膀仰着脸大声喊:"拿钱砸我吧!拿钱砸我吧!"然后我们一起在夕阳里哈哈大笑。

年轻的时光总是这样无厘头。

尿憋的

有个笑话说一个人心急火燎地跑向公共厕所,厕所前排着长队,他只好站在最后一个。好容易等到前面只剩下一个人了,他实在是熬不了对前面的人说:"我快憋不住了,能不能让我先进?"前面的人紧握着拳头,从牙缝儿里挤出一句话:"不行,你至少还能说话!"这种当仁不让的劲头我也遇到过,本来嘛,要不是实在憋急了,谁会在公共厕所排队啊。

我上次是和几个朋友去一个海鲜馆为其中一个人出国送行,这种离别的场面当然要讲求"感情深一口闷"。因为走的是位美女又始终单身,所以那些忙着表白的男人都喝得有点高,我在一旁看着他们,根本插不上话。热菜没上,凉菜不是拌白菜芯就是萝卜蘸酱,一点儿蛋白质都没有。我看着越转越晕的几个盘子自顾自地在一边闷了三大杯可乐,忽然内急起身出屋。这里全是单间,到处都在喊着干杯,外面连个服务员都没有。我在走廊里徘徊了大约十分钟,迎头撞见一个端螃蟹的,我问洗手间在哪。他回手一指,往前,左手拐,看见镜子右转,第三个门。我按他说的走,找到了一个洗手

如厕

我经历过很多厕所,男女的标志被艺术化为螺丝钉和螺母、烟斗和高跟鞋、龙和凤、听雨轩和观瀑亭、太阳和月亮、扑克牌里的红桃K和黑桃Q……这时候我就非常怀念曾经路边公共厕所大白墙上"男"、"女"两个字,特别醒目根本不至于走错。现在连女的穿裙子,男的双臂下垂那种标志都很令人难忘了。我不明白为什么要把厕所这么大众的地方搞得跟脑筋急转弯似的,脑子慢的真要活活给尿憋死。

去哪儿吃

吃饭的地方越来越蹊跷,照这阵势就快发展到抱一碗蹲树杈上吃了。听说火锅之所以火是因为锅底儿大补,所以中药味儿越重的汤越有人喝,这好像跟原汤化原食什么的挨不上边儿。你要坐住了支起耳朵听,经常能听见有人很冷静地点着"三鞭一花"之类的东西,据说吃哪补哪。有时候觉得进火锅店就跟进了中药铺似的,与其让不懂药膳的食客自己安排,还不如请几个老中医坐门口,谁进来给谁号脉,需要壮阳的左拐,需要滋阴的上楼。

池子。最可笑的是这里就一个洗手池子,并且在上面明明白白地写着洗手间。我一听水声小腹紧缩,一个劲儿后悔怎么不直接问厕所在哪。

好不容易又拦到一个端皮皮虾的,她告诉我下楼,屏风后右转。我几乎是一口气跑到那儿,但脚刚要往左伸又撤回来了,"来也匆匆,去也冲冲"的标语让我确定这是厕所,但每个门儿上都镶着一个特别精致的玻璃框子,左边是一颗螺丝钉,右边一个螺母,这像一条谜语一样绝对挑战智力。我刚要敲门,从螺母门里闪出一个男人,我赶紧低头往螺丝钉门里走,那男人从后面一把拉住我:"别进!那边女厕所。"我心里咯噔一下以为遇到了流氓,刚要骂他,那人已经进了挂着螺丝钉Logo的房间。后来我跟饭店服务员求证,那男人确实阻止了我进男厕所的企图。

等我从厕所回来,人家好菜都吃差不多了。我旁边的座位却空了很久,后来大家一致认为要抽签决定谁去厕所捞他,正说着,那哥们神色怪异似笑非笑地进来了。要出国的美女估计也喝高了,非要让那哥们讲讲这么久在厕所都干什么了,我听出酒桌上的笑声多为起哄。我边上的哥们沉吟良久清了清嗓子:"别提了。好不容易弄明白哪边是男哪边是女,我进去时也没看纸轴上有多少纸,等用的时候一揪,就一个头儿,没辙,又没带手机只好等有人进厕所再救急。我等啊等啊,好容易等来一个,隔着挡板我看见他的脚站在小便池前面,我就说:'师傅,帮个忙行吗?'那人一听吓坏了,拉上拉锁连尿都没尿就跑了。我只好再等,这次这人蹲在隔壁,我就敲了敲挡板说:'师傅,帮个忙行吗?'那个人也看不到别处,不知道声音是从哪来的,半天没吱声,我只好再敲再喊。他终于明白我跟他说话了,我就问他那边有没有纸,撕些下来给我。我以为他会从下面的缝隙里把纸递过来,他倒很爽快,把手纸团一个球仰手给我扔过来了,正砸在我肩膀上掉便池里。我那个心疼啊,只好大声说:'刚才您扔的纸我没接住,麻烦您再扔一次……'"那哥们在我的旁边特别认真地为自己去厕所时间长而辩解,所有的人都笑翻了,还一边用筷子敲着碗。

话题不知不觉就绕到厕所上,他们一定都吃饱了,我只好眼睁睁看着盘子里的螃蟹扇贝什么的不能有邪念。一个开酒吧的朋友说为了让自己的地方更有特色让人记住,他的有些同行把酒吧卫生间搞得很另类,比如在镜子上写了很多智力测验题,比如让马桶内有活的金鱼在游来游去,令如厕者不知该不该冲水,担心会把金鱼冲走,有人甚至真的不敢冲水。还有人在镜子后面隐藏摄像镜头,在你对镜梳妆后,回头却见到自己的影像出现在电视荧屏上,好在整个咖啡室的人不会在外面的电视屏幕上看到你刚才那搔首弄姿、嘟嘴瞪眼的模样……我想,这大概就是艺术家与土流氓的差别。

后来我又经历了一些厕所,男女的标志被艺术化为高跟鞋和烟斗、龙和凤、听雨轩和观瀑亭、太阳和月亮、扑克牌里的红桃K和黑桃Q……这时候我就非常怀念过去路边公共厕所大白墙上"男、女"两个字,特别醒目根本不至于走错,现在连女的穿裙子,男的双臂下垂那种标志都很令人难忘了。我不明白为什么要把厕所这么大众的地方搞得跟脑筋急转弯似的,脑子慢的真要活活给尿憋死。

伪装富婆

阿达终于过上了有钱又有闲的日子,结了婚她不要孩子,整天守着一堆存折在家看欧洲文艺片,她的外出活动不是去美容就是泡在高级社区的会馆里跟疯子似的一个人对着面秃墙打壁球,当然偶尔也约朋友们吃吃饭喝喝茶。我几乎跟她没有什么共同语言,我喜欢看鬼片恐怖片,惟一的运动是去打五块钱一小时的乒乓球,球拍次了点儿,阿达十年前就让我扔了。再说吃饭吧,就算点一盘西红柿炒鸡蛋她也要跑老远的大饭店,屁股还没挨椅子热毛巾就上来了;餐布有男服务员为你铺开;一道那么烂的大众菜端上来也用不锈钢盖子盖着;你刚要倒水,就有服务小姐走过来把你的手按住,连声说"对不起";你刚掏出烟,打火机已经在你的面前点燃,烟灰缸也递过来了;你吃着,旁边两个人站着;一叫买单,马上有人奉上果盘;吃饱了,走出门,一溜六个人在门口给你鞠躬,说"谢谢光临,请慢走"。这样吃顿饭跟受刑似的,简直像照顾生活不能自理的人,可阿达喜欢这样,她说这才叫享受生活。

我经常会在心里很龌龊地盘算她到底有多少家底儿值当这样

"得涩",整个人伪装得像个富婆。

阿达把房子买在城市的边儿上,因为广告整天把那儿吹得跟巴黎郊外似的,仿佛一栋一栋的根本不是单元房而是大庄园,正赶上我这姐们儿就好这口儿,只要把什么东西一说成代表欧洲风尚,她二话不说特忠诚地上当,表现得一点都不挑剔,最后跟一堆傻里吧唧的有闲钱的人在四邻不靠的荒地上安了家。自从住进精装修的大房子她就没断四处打电话邀请别人去她家看看,可谁去啊,就算从市中心出发,到她家最快也要近三个小时的车程,我们都俗,骨子里都嫌贫爱富,但光想想长途跋涉的劲头就绝了我们要去傍大款的心思。阿达整天猫家看欧洲文艺片,我们这些跟家庭妇女似的女人有点富余时间还得擦玻璃洗衣服,所以两个多月过去了,没人响应她的号召。最后阿达撑不住了,扬言要买车挨家挨户把我们拉她家参观去。

忽然有一天,阿达说要来我家,而且是开着她新买的雪佛兰,对于一个撞了六次才学会拐弯的人要跑这么远的路真为她捏一把汗。从她说已经出来已经过去三个多小时了阿达还没到,我实在在家坐不住就去小区的门口等,也没有,打她的手机,狂打,就是没人接,回家调出交通台,也没听见报道哪出车祸。正着急,我的电话响了,阿达像个泼妇似的在那边大喊:"你有病啊,那么玩命打我手机又中不了奖,你不知道我出来多紧张,光我们门口的立交桥我就绕了三圈才下来,拐弯我的手都快把方向盘掰下来了。别再打了,这就到了。我都不急你急什么!"紧接着"啪"地一下电话挂了,表现得特别没有风度。

阿达约了几个以前的同学,我坐在她的车里没话找话:"你倒没像别人一样在后玻璃那摆一排布绒玩具啊。"她白了我一眼,说:"我以后一个人在公路上开车,后座载着一条大狗,后备箱里杂乱地放着运动服、排球、羽毛球拍,可能还有一套老公的西装皮鞋领带,外加一箱矿泉水,那什么感觉。"阿达小后背挺得特别直,骄傲极了。我认为她的世界观大概受欧洲文艺片影响太大,已经受病了。

被拉去的几个同学并没对她的新居感到新鲜,因为路远阿达的车技又不怎么样,所以大家都有些晕车,说了些毫不挨边的奉承话就趁天亮打车往市里赶。在车上一个话最少的哥们儿把网上一个段子端出来比喻阿达。他说:当富人一定要选最远的地儿住;拣最堵的钟点儿走;出门直接上三环,四环最少也得绕半圈,什么杜家坎啊、西二环啊、回龙观啊,能绕的都给他绕上;车里面带盒饭;车后面带厕所;车外边再站一个买报纸的,戴一鸭舌帽,特胆大的那种,只要车一停,甭管有事儿没事儿都得跟人家说:May I help you,sir? (我能为您做点什么吗?)一口地道的北京土著腔儿,倍儿有面子。马路上看见警察咱就躲,遇上加塞儿的就让,上个立交桥就得坡起个百十回。别人上班不是花二小时就是三小时,你要是才花了一小时,你都不好意思跟人家打招呼。你说住这么远的地方你得几点出来? 我觉得怎么着七点也够了吧? 七点出来? 那是找死,五点半以前,你还别嫌早,还得看有没有大货。你得研究车主的心理,愿意七点出发的车主,根本不在乎再提前两小时。什么叫马路天使你知道吗? 马路天使就是不管去哪儿,都选最远的不选最方便的。所以,我们的口号儿就是:不求最快但求最远。

我倚在后座里黯然地想,伪装成富婆真可悲。

地狱的楼书

有一天看到一个故事,某人死前征求神灵的意见,问天堂和地狱各怎么样。神灵拿来电脑,打开程序,演示了天堂的破败和地狱的辉煌,并给他一个装帧精美的铜版纸小册子,结果那家伙欣然去了地狱。后来,他发现地狱根本不是神灵描述的样子,后悔也来不及了,他手里还攥着地狱的楼书。目前,阿绿正处于被天花乱坠的楼书"拍花子"的状态,她关注的房子永远是广告位置最明显、忽悠得最离谱、"艺术照"里有老外、远离城乡结合部、从大Townhouse里能直接看见假山喷泉,当然,再有几只假模假式的活鸭子,她就更满意了。看山跑死马,我跟她去过不少售楼处,里面一群一群远道而来的理想主义者都拿着楼书,听那些西服革履卖房子的人忽悠着未来几年这个地段的美好前景眼睛都直了。

售楼处大多在市内,走进那些玻璃屋子就像走进蛐蛐罐,你能看到的只有楼书和沙盘,最多还能看见一个用木板搭起来的样板间,这些就是引逗你无限欲望的毛毛草。很多人围着那些用泡沫塑料做的小模型,所有南北朝向的模型上都放着一张纸条:此楼已售出。甩在外面的只有两栋东西向高层住宅。房子都买得只剩零头儿了还叫"内部认购"呢。阿绿一看就急眼了,冲到卖房子的面前就问:"东西朝向的还有余房吗?"人家连眼皮都没抬一下,从电脑桌里抽出俩纸片儿扔了出来,用圆珠笔尖戳着其中一张说:"最小的160平米,5980元起价。"

阿绿手里的楼书上有一段话在太阳底下反光:生活是不能选择的,但起码我们可以选择生活的方式。请看:离开城市的浮躁,淡然地走在树丛间、小溪旁,或在洒满阳光的书房,拥着软软的垫子,闲闲地翻书,静静地品茶,没有人来打扰,让浮躁的现代化污染统统见鬼去吧,这里只有恬淡的生活。我估计阿绿就是为这个着了魔,她从来不想住那么老远,没公共汽车、没医院、没商场、没菜市场,光有天、有地、有花园、有露台、有车库、有甬道、有石头子,有个"P用"啊。而且Townhouse的面积都比较大,有的地上两层,有的地上三层,阿绿他们家连父母的兄弟姐妹都算上,才五口人,都跑荒郊野外住着,是能呼吸到新鲜空气了,如果发生命案,肉烂透了都没人知道。阿绿认为我的比喻非常歹毒,所以她很少听我的意见,我最多充当的是个陪客和车夫。

阿绿的理想生活是一个人坐在阳光房里看一整天的书,偶尔呼朋引伴,但绝对次数不多,在一起也只喝喝茶,谈谈股市行情和道琼斯指数。对来家里做客的范围她已经锁定:就算不是自己开公司做主管的,起码在公司里也要是个资深的白领。她真诚地告诉我,我可以作为例外出入她的家。我说,我不去,打车要花很多钱,再说我穷呵呵的却总往"令国际瞩目的豪宅"里转悠,没准哪天就被劫道儿的跟踪。

阿绿还在跟售楼的纠缠,要不是我值不了多少钱,她一准把我当固定资产抵押给房产商。楼书图片上印的生活似乎她交了钱就能得到,我还真没看她这么着急过。卖房子的看出有钱的主儿已经上钩,手里推荐的余房也多了起来,但房价已经涨到每平米将近七千元。阿绿眼珠子都快掉楼书上了,势在必得,最后让我跟她去银行取钱交订金。出门的时候我听见门口有人在说:"这哪是在卖房,简直是抢劫。"阿绿白了那人一眼。

后来阿绿带我去过一次她未来的豪宅,并指着一处脚手架对我说:"上面还没盖起来的那层靠左边的,是我未来的老巢!那个大坑就是我们这的滑铁卢风格的会所!"再后来,听说交房时间要错后了。终于房子快封顶了,建筑面积无故增加出四平米,必须交齐钱才能入住。阿绿翻出当时卖她房子的销售者名片,才知道人家辞职都已经一年了。

终于有一天阿绿站在她的新居里给我打电话,无比幽怨地说:"原来的外飘窗设计改为普通窗了,天哪!当时我还幻想躺在窗台上看星星呢!"我心里话,你个棒槌!买房子能看楼书吗?

永远没多远

有一阵子到处都在问"永远有多远",其实永远真没多远。就像去年十月,我刚面若桃花满心虔诚地对新婚燕尔的小石夫妇说"祝你们永远幸福",喝高了的男主角当着我们几百号人表态时话里话外都有永远这个词儿,但时隔一年,他们却放出话,要离婚了。正如听见谁结婚要准备随份子一样,对于要离婚的,我们似乎一个个突然明白过来,已经离了的、正闹别扭的、还没结婚的,都来了热情好像特懂生活似的,人人都语重心长苦口婆心,劝完这个劝那个。

轮到我出山的时候一般事态已经到了尾声,也就是说离婚证都发下来了,但我还是抱着试试看的态度找到了小石,刚进人家门就一屁股坐在沙发上特庸俗地问:"为嘛呀?"她倒了杯水,把饮水机弄得咕噜咕噜响,以至于我没听清前几句话,等水端过来的时候,她什么话也不说就往我旁边一坐,我以为她是故意不说让我猜原因,我就大着胆子朝庸俗里想。"他外面有人了,被你捉奸在床?"她摇头。"他赌博,输尽家产?"她摇头。"他身患绝症,跟你大义灭亲?"她瞪了我一眼,然后摇头。"他生理有缺陷……"她大笑起来抓起桌上的话梅砍了我一脸:"你丫的才生理缺陷呢。"而脸上的笑容是我将近一年没有看到的。

　　婚姻有的时候就是这么弱不禁风,小石离婚的起因居然是因为马桶圈。其实在发生争执之前一点儿先兆都没有,小石在厨房洗碗,她老公从厕所出来继续看报,屋里祥和得只剩新闻联播的声音,但小石去了趟厕所这一切就都不一样了。她坐在马桶上的时候沾了一屁股凉凉的潮湿,这湿乎乎的感觉像大火苗子让小石腾地就着了起来,她一脚把门踢开站在客厅里指着丈夫说:"我忍了好长时间了。你有没有记性啊,上厕所不把马桶圈掀起来,你懂得尊重女性吗?吃饭的时候还看报纸,我下了班累死累活给你做饭,你却一点也不珍惜和我在一起的时间。你刷完牙哪次把牙膏盖儿自己盖上了,什么都得我给你擦屁股。你不把看过的书合上,用完电脑也不拔电源。你每月把工资一千一千地往你妈那送我说什么了,可我给我妈买点儿东西你怎么就那么不高兴呢……"小石的丈夫都听傻了,等他明白过味儿来,把一肚子陈芝麻烂谷子也倒了出来:"你不说说你自己,你接听我的电话,查我的短信息。你脱完衣服就知道扔沙发里,你坐椅子上每次都把脚从皮鞋里面拿出来,用足尖钩住鞋,而且还一晃一晃的,我早看不惯了,可我说过什么?你买菜的时候讨价还价,为一毛钱和别人争执,回到家里零钱扔得到处都是……"

　　后来一个说,这日子我过不下去了。另一个说,离就离,早该离。那天晚上,他们的战争终于在一个人摔门而去一个人独守空房中结束。一个曾经憧憬着"永远",被"永远"祝福着的婚姻就这样

Over了。他们都是刚烈之辈,要换了我,一看形势不对早就自己找台阶下了,可是他们宁愿为不冷静付出代价。

我一直以为只有那些"犯歹"的事才会摧残婚姻,没想到所有细枝末节追究起来更具杀伤力。为了一个马桶圈毁掉一段海誓山盟值得吗?小石不明白为什么相爱的时候丈夫可以为了她赴汤蹈火,为什么在生活平淡的时候,连上厕所的习惯都不能改改呢?永远是一个虚词,可见度不足三米。生活中的每一件小事可能是一句话、一个眼神、一种态度,更主要的,它可能是一个习惯。只有宽容才能让我们的生活拨云见日,试着给永远一个方向吧,如果你真的相信这世上有永远。

给你一闷棍

尽管都在一个城市,彼此熟悉的人联系的频率也并不多,隔些年就能从别人的口中得知谁谁谁结婚了、谁谁谁生孩子了、谁谁谁离完婚出国了,其实互相之间的印象是模糊的,以至于把结婚的记成离婚、把未婚的记成私奔,然后就多了再见面时的谈资。我和阿萌就是这样,前半小时永远纠缠在传言是从哪出来的这个问题上。我问她老公是哪的,她一口咬定自己根本没结婚,并且拉着我的手让我给她介绍对象。阿萌特别爽朗地开出条件,说必须找个干IT的。

后来我才知道,这些年阿萌可谓阅人无数,流行找公务员那会儿,税务局的、公安局的、海关的、银行的,只要是穿制服的她都见,可最后连居委会的都算上,一个也没成。阿萌是审计师,大概是给企业查账查上了瘾,特别喜欢给别人挑错,并且还要当众指出,一点面子也不留。你想啊,再窝囊的男人也受不了这个呀,都跟她拜拜了。那些男人不乏相貌出众家庭殷实之辈,可阿萌总嫌出身好的男人不上进、嫌本分的男人不浪漫、嫌内向的男人没情趣、嫌话多的男人太花心、嫌穿西装约会的男人太老土、嫌近视的男人眼睛太鼓,反正没几个能被她看上眼的,所剩"几款精品"也在初次过招之后就把她休了。人生就是这样,你看上人家,人家未必看得上你,所以"见面儿"更像一场较量,而结果在于谁先把电话留给谁,先留电话的一方暗示已经同意,阿萌说除非她遇到一个干IT的,否则别想知道她的电话。

跟自己较了好几年劲的阿萌终于在某天下午遇到了一个准IT,那个人走哪都背个手提电脑,弄得肩膀都歪了,整个人像脖子落枕。再说那长相,最突出的就是一个蒜头鼻子,上面还都坑坑洼洼,我估计下雨那都得积水。阿萌说我评价人的目光太歹毒,她说:你看那苍蝇落脸上能崴了脚的重度青春痘后遗症患者,你看那黑色门牙常年龇出上嘴唇0.11厘米的微笑酷哥,你看那满脸找不着眼睛光看见眼屎的胖子,不都成了"钻石王老五"?我说,那哥们的长相绝对可以扎王老五的堆儿里,但是否是块钻石就难说了,然而阿萌说她已经撞见了爱情。

很多事都是突然发生的,就像嗓子好点的能当歌星,身材好点的能当模特,眼睛大点的能当小燕子,而这种嗓子像破锣、身材像铁桶、眼睛像针鼻儿、鼻子像蒜头的IT人一个也落不下一样,在春天将尽的时候听说阿萌结婚了,我所有别有用心的阻止都泡汤了。

阿萌一直以为一头扎进IT怀里,以后的幸福生活光剩跷二郎腿坐地收钱了,可腿是跷了,就是没钱。婚后那个手提电脑成了他们感情生活的第三者,阿萌发现IT跟电脑在一起比对她亲热多了,要不是太沉估计他老公就把内存大得惊人的硬家伙也揣被窝了。

给你一闷棍 43

为了培养钻石IT,阿萌把一切都忍了。

我一直觉得选择IT如同撞大运,外表看着很光鲜,其实都跟苦力似的。他们猫在电脑前面一边抽烟一边敲键盘,不吃不喝不睡觉也不需要任何业余爱好,扔个笔记本就能把IT们打发了,有你没你不会有太大区别。阿萌说刚陪他老公去了医院,她的IT肠胃出了问题,医生告诉他不能老坐着,可是,IT人不坐着行吗?你见过谁站着敲键盘,见过有站着写融资报告的吗?所以,吃药归吃药,IT的坐姿不变,就是肚子上的脂肪越来越多,乍看去,跟有了四个月身孕似的。阿萌说真想在IT的肚子上点把火,把那堆人油给烧了。

对于阿萌婚后的耳闻我听了不少,被那些传话的人添油加醋演绎成了很多版本。后来终于在一次IT的聚会上遇到她,她的手背被旁边的"蒜头IT"抓在手里,跟握个鼠标似的,鼻子还是那么突出。打老远就看见阿萌甩开旁边的男人朝我奔过来,抱着我的肩晃悠不停,"你说我当初怎么就没听你的呢?一堆屎壳郎能有几只化蛹成蝶?嫁IT就跟中了一闷棍似的,有苦说不出啊。"

我看见好多人都向我们这边侧目,其中包括我的IT。

露肉

我们门口的"放心肉"每天都要排很多人,昨天那个卖肉的大姐来晚了,急急忙忙进屋就换白大褂,穿戴整齐之后又着重用三枚曲别针把衣领处别死,就像有人用刀架在她脖子上似的,脑袋总是梗梗着,看上去特别不舒服。我一般心生疑窦的时候都是自己瞎琢磨,有个抱狗的大娘比我直,张嘴就问:"你别那么多曲别针干吗,多热啊。"卖肉的姐姐在一个铁家伙上蹭了蹭刀,说:"我觉得领子豁口有点儿大,弯腰剔肉的时候再什么都让人看见。大夏天就是脱光了也不会凉快,捂严点儿没事儿。"她的话立刻得到了众人的呼应,都说还是我们这代人保守,你看看满大街那些"小年轻",还有人担心哪儿会露肉吗之类的话,让买肉的整个过程都处于一种兴奋状态中。在肉铺里谈肉,多少有些缺少情趣。

下午想买几件过夏的衣服,拉妈妈一起上街。走在路上一看,满大街光膀子亮大白腿光脚丫子的都是女人,无论身材好的还是有缺陷的,都争相露着。肩膀上有两根带子的已经算含蓄的了,很多人就在胸口处围了块布,宽布条儿很有学问,能上下不靠地完成欲盖弥彰的小把戏,它在那虚掩着,等待风吹。再说下面,那儿的表现形式可就各有不同了,短裤真短,最多盖住大腿根儿;长裙也真长,走不好能给自己绊个大跟头;七分裤或九分裤把腿勒得跟火腿肠似的,内衣的轮廓清晰极了,裤腰永远提不上去,就悬在臀部上面当啷着,活活要把你腰上那块肥肉挤出来。女人大都光脚丫子了,趿拉着凉鞋。这打扮要是放在以前,恐怕连电影院都不让进,可今天却成了时尚主流。我妈忽然指了指前面,我看见一个令人惊艳的、光溜溜的后背,那女人的前脸儿应该已经三十多岁了,她的上身只挂了片薄布,挡住该挡的地方,红兜肚就甩给后面三根带子,一根围住脖颈,两根系在腰间。我妈特朴实地问:"你说有这么热吗?"我说:"她比咱们热,她受热面积比咱大。"我妈也没听明白我的意思,拉着我拐进往外冒凉气的大商场。

我们忽然发现以前卖女装的地方已经换成了"淑女装",都是名牌,苹果绿、草莓红、香蕉黄、葡萄紫……所有的颜色仿佛都带着糖果的甜蜜和花草的清香,我觉得这些衣服只有十七八岁小女孩适合穿,但一件四处透风的背心也要好几百,这价钱是小女孩根本接受不了的。我忽然就明白这些展现青春活力的服装怎么都跑到那些半老徐娘身上了,放眼望去,在艳丽布料里逛来逛去摸来摸去的,也都是些一心想做淑女的老女人。

我连看的欲望都没有了,因为我觉得露哪我都不自信,我都心虚,生怕那些小带子小扣子坏在大马路上,想撸点儿树叶子什么的遮羞都难,因为路上连树都少,总不能往身上抹土吧。我正拉着我妈往外走,被一个服务员叫住,她拎着一套衣服边走边说:"短身上衣是今夏最流行的款儿，配个同款同色迷你裙，你看这一身蕾丝边，能散发另一番野性感觉，也挺有味道的。"我睁大了眼睛："你觉得我野性吗？"她估计伤了我的自尊心，立刻把那套衣服放回去，拉着我看另一套："晚上参加派对，这套配上珠子的低胸派力司背心必定派上用场，绿配黄是今夏流行主色。"我问："姐姐，派对是嘛？"她没理我，指着另一套笑着对我说："我看这套棉质背心、粗皮带以及白色织花短裙配一起挺适合你的气质，多有原野气息。"我特别纳闷我在这服务员眼里到底是个什么样的人，其实我早就跟她说了我就是想买件短袖衬衣。我问她，你们这儿有不露肚脐或者肩膀的吗？她说没有，我看见我妈已经在远处等得不耐烦了。

皇帝的新装

那些铜版纸的时尚杂志总是很及时地告诉我们巴黎这会儿正流行什么时装,那些模特迈着猫步的照片就摆在上面,他们一脸严肃,好像台底下坐的都是仇人。再说衣服,大冬天一条麻袋片儿似的布料欲盖弥彰地罩在身上,还直接露着那些男人惨白的胸脯,没有过渡,好像下一步就要迈进澡盆。我始终不理解这些时装是为什么人出席什么场合设计的,而且时装似乎越来越省料子,有的女模特上身只着一缕轻纱,影影绰绰的其实什么都盖不住;还有的全身就只缠着一根毛线,穿成这样走在T台上还要时不时甩甩肩,简直像在演一场特严肃特正经的三级片,搅和乱了一池春水。

有一个朋友是搞服装设计的,自己在家开了个小作坊,给一些更小的作坊设计衣服样子,他的名片上写着"时装设计师Tom",他染了黄里透红的头发,专门蒙那些土老帽儿的下家。他说他所有的创作思想都来源于欧洲,乱七八糟的屋里贴得到处都是那些穿皇帝新装的人,他看这些人的眼神很郑重,就像满墙贴的不是广告画而是牌位一样。我经常当着他的面打击他,把满桌子的设计草稿抓起来往天上一扔,然后说:"就你这些东西能穿出去吗?"那哥们觉得我的行为让他想起《北京人在纽约》的王启明,所以从来不生气,并且告诉我他的制胜绝招:如果你手里握着一块石头,但你偏偏就跟所有人说这是一块大宝石,刚开始有人笑话你,但时间长了那些最初怀疑你的人也会觉得它就是一块大宝石,而且为自己还把金子当回事儿感到特别不好意思,同时还对那块石头动了歹意。这就是你经营的成功。

我在他那遇到过一个朴实的客户,一个半小时的开场白我那哥们一直在说意大利男装和巴黎,客户晕晕呼呼地一个劲儿递烟,最后都动了移民的心思。哥们中途飞给我一个眼神儿,我知道他这个单子又有戏了。客户是要让他给自己厂皮包展示会设计几套模特穿的服装,时装设计师Tom一敲键盘,那些小人儿没一个是穿齐衣服的。客户说:"我们那儿没大城市这么开放,展示个皮包用不着那么露吧?"我哥们没看他,指着自己的作品就说:"低胸洋装配上给人强烈暴发户味道的华丽金、未来科技冷感银,与仿古铜配饰,性感有味。这些部落挂饰,垂挂在胸前仿佛就是毛利人的化身。你的皮包往手上一搭就能释放出十足的华贵古意。"设计师又点开了另一个页面:"这个灵感来自纽约皇后区的蓝领阶层,多口袋与拉链让长裤布满机关,让人有种只要袖子一卷,随时就能干活的爆发力,你的皮包无论是背肩上还是夹在腋下都显得这个男人不一般。"那个客户明显有些不太满意,因为就我来看,女模特穿得像个吉普赛人,简直摆副扑克就能算命,手里抓个包纯属多余;而男模特像街头的小屁孩,大裤裆一直快垂到膝盖,满身都是口袋哪还用得着背什么皮包啊!可是这种表面现象一经我那哥们艺术诠释就全都不一样了,而且当时的情况是,客户要再表示不懂或者不满简直就是对艺术的亵渎,自己都该站墙角羞耻一会儿。所以他们最终签了合同,我还跟着蹭了顿饭。

我们经常不相信自己的审美,比如卖衣服的使劲说"你看这件衣服穿你身上多合适啊,显得特别有气质"云云,就算你已经在镜子里看到了自己穿这件衣服比穿任何一件都寒碜,你还是经不住她的赞美,最后人家给你便宜几块钱,你还挺美,其实根本穿不出去。

我们为什么总上当呢,因为我们总以为自己就是皇帝。

国际化

中国人特别热衷去巴黎,若没那么多钱出国"得涩",差不多去了西藏青海,去了香格里拉,最不济的,也去了丽江。巴黎那个时髦地方到现在还一遍一遍被人提起,就像一块被嚼得没味儿的口香糖,让人毫无兴趣。巴黎曾经在鼻祖"小资"们口下属于整个下午的温软回忆,后被一批一批变种"小资"遇见,那里就成了一个与铁塔的合影圣地,最多比在世界公园照的多了几个光膀子。腿上仿佛反穿了拉绒保暖内衣的毛孩儿老外。

嘛人嘛命

老话儿说："男怕入错行，女怕嫁错郎。"尽管现在男的可以不停地跳槽，女的可以有多次为自己翻牌的机会，但对于人的一生而言，时光就在你不断更改航向的时候流逝了，等你停下来，除了丰富的人生经验和一脸褶子还有什么呢？

其实我们绝大多数的人都在傻奔，跟阿甘似的一个一个跑得都还挺快。我们以为超越了自己的速度就是胜利，所以跑呀跑呀，鞋跑丢了，脚上跑出了鸡眼，我们还咬着牙，满脸都是坚决和坚强的表情。有人说"选择决定人生"，有人说"性格决定命运"，都快成对联了。我认为横批可以为四个字："嘛人嘛命"！

傻老婆等苶汉子

要不是赵文雯整天没事就在我耳朵旁边叨咕什么驾驶证难拿啦,考试难度要加大啦,学车要涨钱啦,我也不会迷迷糊糊被她拉着交了两千多块钱。进了那个小门脸,我窸窸窣窣地数钱,一边问有兑奖发票吗?收钱的人用眼皮撩了撩我,"嚓"地撕了一张,我一看,是收据,这东西我去趟文具店也能买好几本回来。刚想理论,赵文雯拽了拽我胳膊,说:"又没人给你报销,给什么票不一样,关键是要上车快。"收钱的人一听有人帮他说话,立即特别和蔼地指指沙发让我坐下,并告诉我:一个月时间保你拿下本儿,理论上考完"交规"和"电教"给学员证,之后就安排上车,但我们这儿可以提前上车,都听你的。

我就知道,一件事说得特别好听的时候准离上当不远,我报名简直是倒霉催的,因为之前我压根没想过学那玩意。这怪不得赵文雯,她是一番好意我知道,要怪只能怪我命不好。

先被拉着去统一查体。我觉得大部分问题都是想看看你是不是弱智,当然我们都不是,所以从一个屋到另一个屋的检查特别快。直到走到一个有方向盘的机器前。那个戴眼镜的男的让我坐下,同时说:"撞。"然后继续看手里的报纸。方向盘上面的屏幕里有若干个黑点,还有一个类似坐标的东西在上面运动。我没看懂,问:"怎么撞啊?"他眼睛没离开报纸:"撞黑点。"我还是没明白,可是此时我发现那个记时器已经开始运转了,我只好把方向盘抓在手里,向右转,倒回来,时间还没到,再向右转,直到他说:"行了。"我依然不知道这测试应该怎么应付。

后来全部测试报告出来了,我的这项上写着"异常",错误率为70%,另一个男孩举着表格也很诧异,他说他把"撞黑点"误理解为"躲黑点",测完还特别兴奋地跟我们说:"我就撞上一个,剩下的都躲过去了!"结果他也是"异常",错误率为90%。

第二天我早早就到了班车指定地点,半个小时后陆陆续续有人来,互相认识的人扎堆儿站着,新来的则目光涣散地东看西看,一个男孩冲我仰了仰下巴:"你来几次了?"我说我第一次来,他说他也是,我们就主动往一起凑了凑,后来我们这堆儿又加入了几个新来的。将近等了一个小时的时候,一个男人从小门脸里钻出来,抬胳膊指了一下马路对面的一辆看着像报废的破车:"都上去,走了!"大家用抢购的速度上了车,我们像偷渡客一样挤得严严实实,一路摇摇晃晃只记得途中拐了三个弯。

终于到了远郊的一个地方,我们几个被安排听课,在教室里枯坐了一个半小时,厚实的椅子都让屁股给焐热了。期间我们交流了彼此的年龄、家庭住址及工作情况,交换了手机号码和QQ号,实在没什么可说的时候,有一个人交代了他三伯在加拿大新娶的老婆是填房。正说得带劲,一个老师进门了,清了清嗓子让我们跟他一起画书,半个小时后又让我们在五天的课程安排上全部签好自己的名字,然后散场。太阳照在皮肤上有些疼,我们羡慕地看着那些开车的人,然后等他们练完坐班车一起回去,因为附近没有回市区的长途车。

到处都是荒草和高粱玉米,我只能打着遮阳伞坐在路边上,等着走,这一等就是两个半小时。我问一个已经上了车的人一天能轮上多长时间"摸车",他弹了弹烟灰:"来了就别拿时间当时间,能轮上开二十分钟都算长的。你全当来这呼吸新鲜空气心态就平衡了。"言罢,他买矿泉水去了。我已经快绝望了。回头,一群羊走过来,我向后一退,左脚正踩上一摊牛屎。郁闷!

过了几天,我们又被带到这个荒蛮之地,说要等着技师点名。技师是什么人,旁边的女孩问我,我说大概是修车好的人吧。后来才发现不是,因为那些教练似乎最怕的就是技师。我们早上八点左右就等在教室里,一直到十点半,依然还是我们这群人乱哄哄地坐着,不时有人烦躁地抱怨烦躁地出出进进,将近十一点的时候,一个老师站在门口,大家立刻安静了。我们听见他说:"技师今天不来了,你们全算通过。"语气之间明显透露出对我们这些人的恩惠。

顶着酷热,只好走回练车场继续再等班车,又是一个小时。

每次带着满腔郁闷回家关上防盗门的时候,赵文雯总是会在十分钟后自己开门进来,迟钝地问我:"今天怎么样?开车了吗?"我眼睛都不抬,甩给她一个字:"屁!"因为从我交钱、体检的那天开始已经过了半个多月了,我除了越晒越黑、心情越来越差、脾气越来越暴躁以外没任何收获。一般在这时候,赵文雯就像一只温顺的小羊,抱着我的一只黑胳膊用小脸儿在我的肩膀上蹭来蹭去:"我们那会儿教练还打人呢,伤我们自尊,让我们请他吃饭,帮他做事。你不就是浪费点时间吗,忍忍,先拿本儿重要。"我把她推开,笑着说:"你别来这套,姐姐我不吃这个,你受过罪怎么非要把我也拉下水啊,我的噩梦才刚开始,谁知道后面还有什么坎儿。你太狠了,恶毒的妇人!"

可我能怎么办呢?钱是不可能被退回来,除了继续像傻子一样站在太阳底下眼巴巴地看着那些练倒杆、跑路的人,我还能做什么呢?又来了很多新学员,两辆夏利有将近三十个人轮着练,没有指定教练,赶上哪辆车算哪辆车,如果你按上个教练教的手法开,另一个教练就会怒斥:"从哪学的野路子?我怎么说你怎么做!"我吓得浑身出冷汗,更不敢说是上个教练教我这么开的。在二十多天中,轮到我上车的时间不足一小时,听着一次次数落,最后连左右手都忘了如何区分。

大部分时间我坐在太阳底下喝水,但不能去厕所,因为一个女孩告诉我,教练场惟一的大厕所四处爬蛆根本无法落脚。我们都那么老实地等着,教练只要坐下,立即有若干人去抢暖壶给他们沏茶,他们刚拿出烟立即有若干只点着打火机的手伸在烟卷下,我们争着花钱请他们吃饭……可我们依然要在太阳底下用大量宝贵的时间,去等。

昨天我温顺地坐在地上,听见头顶上的哥们说:"妈的,这哪是学车啊,咱简直就是傻老婆等茶汉子。"我仰着脸冲他竖起大拇指:"经典!"

春装内裤

天儿热了,我看见商场里摆着好多春装,不是绿得像白菜帮子就是粉得像桃花,而且大多皱皱巴巴,跟坐在屁股底下压了三五年似的。我一般都不往嫩色区走,受不了那些拿自己当肉虫子打扮的女人。前天我正要下扶梯,突然胳膊被一把拽住,我以为又是让免费做美容的,没好气地甩了一下,同时准备好满脸的厌恶看着她。那女人用手捏了捏我的脸:"咱多长时间没见了?"话里话外像是老熟人,但我根本不认识她。那女人说:"你还记得我是谁吗?"多么直接的一个问题,弄得我愣在那儿不知该说什么。她倒没在意,拉着我的手:"白跟你当了三年的同学。你要没事,一会儿我请你吃饭,咱先遛遛。"她的力量是不容分说的,我像个被拐卖妇女跟跄了几步满心不情愿地被一个我根本想不起来的女人挽着胳膊。第一站居然是厕所。她对着镜子挠了挠耷拉在脑门上的两绺头发,把包往我面前一递,我只能接着。很快冲水的声音响了,跟傻子一样站在外面的我还在使劲想这女人的出处,毕业后我几乎对所有同学都没什么印象了。

那女人出来了,居然敞着裤子的拉链,我的余光迅速被吸引过去,那内裤跟纱绷子似的,上面印着豹纹,最绝的它还是侧开口,用一根鞋带穿来穿去拴着。我相信我的目光里一点色情都没有,但那女人一边拉拉链一边说:"看什么呀?"天啊,好像我是个女流氓似的。我把书包还给她,找了个借口想走,可穿豹纹内裤的女人还是热情地挽着我,让我陪她看看内衣,买完再走。

一路上,她都很不见外地说我"不女人",最后把我说急了,问她:"你是不是觉得内裤越透明越女人?"她说:"对呀。"我忽然觉得我遇到了女流氓。几乎被绑架到一堆昂贵的内裤里,那女人一条一条在手里拿捏着,我算开了眼,那哪叫内裤啊,连个绳子条儿都不算。所谓的T字型,实际上就两根带子,估计是拴腰上的,外加一根稍微宽点的布条耷拉在关键部位,我看了看标价,不到五百元,在这里算便宜的。还有一款,简直就是开裆裤,两侧是花边中间是空的,包装袋上有个女老外在狐媚地笑,手按在屁股上,内裤跟两片号不一样的鞋垫似的,古怪而又夸张。我在想,这东西穿不穿有什么用啊!豹纹女拎着一个小衣服架子走过来了,她笑盈盈地晃了晃一条看着还算正常的"小裤头"对我说:"这个适合你!"我在手上掂了掂,五毛钱一尺的花边总共用量也不会超过一块五,后面几乎缩成一条线,简直就像个小三角围裙。这点东西居然写着原价一千七,现价七百元。"拿这东西捞鱼虫子我都闲眼儿大!"我把那一片跳了丝的小围裙又放了回去。

在倚红偎翠惑人眼目的内裤堆里站了一会儿,我竟然看见好几个行色不怎么可疑的女人交了钱,她们买这个能干什么用呢?豹纹女问我有中意的没有,我问她这有纯棉的正经人穿的内裤吗,她又捏了捏我的脸,我无比讨厌她这个动作。她说:"女人的内衣统统是易耗品,跟打印纸、墨粉一样,这儿的内裤都是春装。"随后递给我一张宣传单,上面写着:"内衣是这般美丽。它原本空无一物,缱绻柔腻的细丝,窄窄带,碎碎丝,盈盈一握而已。穿戴在女子身上,才陡然饱满,是玉液琼浆盛满杯,而且永无餍足。"我把纸插在一条内裤里,问豹纹女:"你觉得我是做什么工作的?"她急忙摇我的胳膊:"你想哪去了,让你换一种爱自己的方式。挑一条吧,给我个面子,我就在这工作。"我恨得自尽的心都有,好几个小时给人家拎了包,还得掏钱买变态内裤。我问:"最便宜的多少钱一条?"她说:"你得挑款式啊?"我没理她,看见一条带点的屎黄色布料的内裤上写着"处理五十元",包装袋上印着"荧光内裤"。豹纹女歪着脑袋问:"你能接受这个?"我说:"我晚上拿它当手电使,省得开灯了。"她听了还不乐意了,"不想买就算了,说风凉话不就没劲了吗。"我正好得台阶下。后来有一次去商场,看见豹纹女又拉着一个女人的胳膊特像亲人地往变态内裤那儿领,看来她还不只是我的同学。

性别很重要

那天正因为不知道吃什么发愁,一个哥们打电话说:出来吃吧。我立刻甩掉拖鞋,在三十九度的空气里跟出租车招手,前去蹭饭。他打扮得干干净净跟门童混站在一起,我抬眼看了看,那饭店的名字旁边弄了好几只巨大的螃蟹当幌子,这该是个吃海鲜的地方。

里面很大,除了大也没有什么特别。我们骄傲地以人类的姿势用一脸食客贪吃无餍的下流表情盯着大玻璃缸里的大螃蟹,服务员用大罩子使劲在水里搅和,一使劲,一只螃蟹仰面朝上,服务员眼睛瞟了一眼它的性器官,嘟囔:都是团脐。大螃蟹的脚丫子还在用力滑动,它大声喊:放我回去放我回去,为什么是我?可我们就当没听见,它越折腾我们越高兴。服务员又把大罩子伸进水里了,心眼儿活的螃蟹都跑了,就剩一只德高望重的慢慢腾腾迈着小方步嘴里还哼哼着昆曲,这调子是它昨天从一个站在水缸旁边陪一个年轻小姐挑螃蟹的那个发福男人那学的,今天刚找准调。大罩子一下子就把它抄起来了,它没心理准备,挥舞着大夹子对服务员怒目而视,忽然一个趔趄,它也翻倒在地,露出了自己的性器官,它问:

为什么找我?语气里特别不服气。服务员一把就把它扔到了大塑料袋里,说:"就因为你胖,还是女人。"

我看见那德高望重的大螃蟹还在塑料袋里撕扯,把电子秤的指针弄得一会儿一斤八两一会儿一斤六两,心就有点儿哆嗦,一两也好多钱呢!就跟服务员说:"这螃蟹怎么这么大啊?还是小的好吧。"人家压根没理我这茬,冷冰冰地对记账员说:"记上,一斤八两。"那德高望重的大螃蟹终于放弃了挣扎,它忧伤地认识到,原来在这里,胖女人是不被容的。

我们接着围着大池子转悠,最可笑的是中间那个假山上还站着几只鸭子,他们抬着高傲的头,笑话着所有被送进厨房的活物,心里的小算盘打得啪嗒啪嗒的。当初它们选择到这"坐台"就因为看这里的人都出手阔绰,而且眼睛只盯着水里的浮游生物,偶尔也看自己,但那目光柔和多了。以前在烤鸭店可不行,逼着都去做换肤,把好端端的身段毁了,他们还用小刀子割它们的肉,没人性,所以坚决不能在那接客了,会得心理疾病的。

我们抱着胳膊来来回回地走,其间经过了很多地方,但我们的胆子比较小,对海洋不了解,所以我们根本就不敢对没吃过的东西动邪念。"有扇贝吗?"那哥们问。"有。"服务员答。池子那边传来一片惊叫,我们一眼就看见都缩成一团的扇贝们,"两个,蒜蓉!"两只扇贝被捞上来,它们还在滴滴答答掉着眼泪,把我大脚趾都弄湿了。

到青蛤池子的时候他们好像正在因为住房问题开全体业主大会,见几条大白腿停在家门口,立刻不出声了,就那么看着我们,特别大义凛然。我还在跟哥们商量一斤还是半斤的细节,服务员已经一罩子下去,转脸甩出一句:"一斤!"不容分说。大概服务员已经知道青蛤们的心事,这里福利待遇本来就差,参与讨论的当然是越少越好。那一斤光溜溜的青蛤在塑料袋里还在讨论物业的事,直到有一只说了句"好久没见到豆腐了",众青蛤转了话题,纷纷七嘴八舌:"你小子有艳福啊,今儿终于能跟豆腐洞房了。"然后是一阵细碎的歹毒的笑。

总结菜品,我们吃了清蒸海螃蟹、蒜蓉扇贝、青蛤豆腐汤以及五道青菜(特少),其中两道为赠(少得像眼泪),共花费:两人儿,二百五。服务员态度冷漠,因为没推销出贵的菜无法增加提成。抹完嘴巴,哥们说:"咱俩撑死也要不了俩好菜,你还总说:差不多了、差不多了,服务员恨不得从背后给你下毒手。哈哈哈。"

海鲜叫渴,其实我们一直像干了一天农活的驴一样在不停喝水,可是嗓子还是非常干。我径直走到一个大冰柜前拿出十块钱:"两瓶矿泉水。"那个卖东西的大爷把钱抓在手里,另一只手搭在大冰柜上问我:"要男的喝的?女的喝的?"啊?我以为自己耳朵出了问题,我又不是买中药,难道还有妇科男科之分?哥们清了清嗓子,一副有根的样子:"男女各一瓶吧。"我迟疑地接过藕荷色瓶子,上面傻里吧唧地印着个"她",再看那哥们已经拧开了盖子,他那瓶上印着"他",我站在原地哈哈大笑,拿着这样的瓶子喝水简直像演戏。于是我用腥气味的手晃荡着"她"说:"这个世界真荒唐,海鲜要分男女,矿泉水也要分男女,荷尔蒙指数有那么重要吗?"哥们说:"这是时尚,笨蛋。"

有赠品吗

阿达买东西总用一对儿近视眼瞪着促销员问:有赠品吗?如果对方羞涩地摇头,她就会仰脸而去,那表情特别绝,我一般都远远地梢在她屁股后面,极力掩饰跟她认识。装在她购物篮里的东西永远都是捆绑型的,买牙膏她一定伸手拿那个绑着塑料杯的,买酱油一定找绑着一袋醋的,买薯片要旁边捆着个一钱不值的车模,买电池专门挑一大溜赠个小破手电的,买卫生巾不搭块百洁布她决不干……我用我的名誉保证阿达不是个爱占小便宜的人,为了得到那些毫无用处的赠品她必须买回更多毫无用处的东西,但这就是她的习惯,这样做的结果是她的家乱得如同破烂市,一堆一堆没用的东西把所有的角落都填满了,可阿达还乐此不疲地往家搬着赠品,当她把捆绑的胶带扒开,脸上心里都是满足感,她说:有总比没有好。

阿达这个人从小就点儿背,大大小小也抽过很多次奖,买过N张体育彩票,就是从来没中过。考助理人力资源管理师那会儿,培训费花了一千三百八,发下来的成绩特对不起这些钱,没通过。补考需要交考试费一百五,她为了省车费,委托同事去交钱,回来同事把发票给她,阿达随手一刮,居然看到一个0,觉得反常,手指甲加了一道力,再往前,还有个5,再往前,就是人民币符号了。阿达惊诧得逢人便讲她刮发票中了奖。她当即拉了那个代她交钱的同事从单位溜出去买体育彩票,刚好在下午四点前买到最后四张,那天是七月二十七号,周二,当晚就可以兑奖。她们拉着手热闹地讨论了一下如果中了五百万该怎么花的问题,语气特别随意,但心里分明有了强烈的期待。阿达晚上下班立刻飞奔回家去看北京六台的兑奖节目,结果七个号就对了三个(对四个才中五块钱)。到现在她这辈子第一回中的大奖五十块钱已经花出去八块买彩票,预提十块给跑道的同事提成,剩下的要请大家吃中午饭,她把正经路子挣来的钱也搭进去很多。亏,但阿达很高兴,因为还没听说谁刮发票刮出那么多的钱,所以后来她只要是出去吃饭,哪怕花三块钱吃碗面也要让服务员给张发票,只为兑奖,尽管常招来白眼,阿达却坚信:万一中呢?

有一天阿达拉着我去打游戏机,在商场的顶楼,我们这两个老女人像一对太妹,对着大屏幕发出肆无忌惮的一阵阵尖叫,引得那些不良少年向我们这边侧目,这是我们习惯的发泄方式,那些机器吞噬着我们的币,可我们高兴这样。累了的时候我们在一个看似吧台的地方买水喝。那天邪门了,运气特别的好,我们手里的饮料分别中了两瓶饮料,结果白得的两瓶又都各中一瓶,于是喝完了再去兑了奖,打开了一看,又各中一瓶。我们俩靠着吧台一瓶接一瓶地喝,撑得要命,直到不敢再开,怕再中了不知该怎么办。一次一次去厕所,我拉着阿达说走吧,她把头摇得像吃了摇头丸:不行不行,这么好的运气时候不多,看看还能喝出什么?我认为像她这样一门心思地喝下去会把自己的小命搭进去,就找个借口跑了,临走我看见她又中了一瓶,还跟傻子似的在那仰脖子喝呢。

　　阿达的弟弟在超市做理货员,经常有供应商的促销员给他些小恩小惠,以让他帮忙上货或者卖货。促销期成箱的牛奶里总有些中奖卡,有的是上面直接写中了什么奖,有的是刮开了上面写着中了什么,还有的累计多少张可以换整箱奶等等。前几天一个促销员给了阿达弟弟一个整箱牛奶的最高奖(山地车)兑奖卡,小伙子觉得没用要扔,被阿达拦下,一个人顶着大太阳,在每公里一块六的出租车里坐了一个半小时终于把那辆山地车拉回了家。其实在平坦的大马路上骑山地车特别累,那辆车打领回来就没用过一次,现在还在楼道里接土呢。后来听说阿达改喝那个牌子的牛奶了,就因为里面还有如上网卡、VCD之类的兑奖卡,她盲目地积攒着小纸片,她以为下一个好运气就藏在那些东西里。

　　我不理解阿达为什么对这项兑奖的事业充满热情,可她说这能看出最近的运势如何。这当然是笑谈,可我实在受不了她到哪都问人家:有赠品吗?

手比车新

我觉得从兜里掏出个小东西对着停在路边的车一甩手,"吱儿吱儿",车灯眨巴几下,然后转身把自己的屁股扭车里去,这一整套动作特别帅,那是一种有车阶层的骄傲。我不知道自己是虚荣心作怪还是贪图小便宜,反正一听说学车要涨价就报了名,因为受不了教练没鼻子没脸的数落而中途闲置在家,再去的时候已经被告知一个月后考试,而此时我全部的功力也就会个起步停车,所以赶紧电话求助有车的朋友给我开个小灶。

哥们很够意思,电话里对我说:"单位给我配的是帕萨特,我的司机明天有事,你开桑塔纳行吗?"我把头点得像被捏住大腿儿的蚂蚱。于是转天早晨不到九点我就到了哥们家的楼下,他拍着一辆黑色桑塔纳的机盖子从口袋里掏出中控锁的钥匙"吱儿吱儿",我雀跃地伸着手说,我按一下行吗?他很大方地递过来。在满足了我幼稚的虚荣心后,我们就坐于桑塔那的前排。我说:"老大,你把车开到空旷的地方再教我吧。"然后特知足地把身子靠在椅背上,还打了个哈欠。那哥们拧了一下钥匙,仪表盘亮了,可等了三秒钟车没动。我低头一看,他右脚在油门上踩来踩去,嘴子嘟囔着:"给油了,怎么不走呢?"我大叫:"你会开车吗?怎么不踩离合器啊!"他左脚踩了一下,又嘟囔:"我十几年前学过车有驾照,可一直没摸过车。本来叫了一个司机过来,但他临时有事,所以只能靠咱俩把车开走。"这声音简直就是一个闷雷。在他终于想起来怎么起步的时候新问题又来了,他挂不上倒挡!我们就坐在车里掰来掰去,跟那几个挡位较劲,半个小时后,车纹丝未动。我们脑门上都是汗,我说:"倒挡坏了吧?"他说:"要坏了人家怎么能开呢?"那哥们站在自己家门口一遍一遍拨司机的电话,可耳朵里只有盲音。我看着他笑,直到他无地自容。他忽然指着一个正在远处擦奥迪A6的大哥让我去把人家叫来帮我们倒车,我冲他摇了摇手说:"我丢不起这人,要问你自己去。"我看见奥迪A6的大哥过来的时候笑了一路,坐进车里很顺溜地就把车倒出去了,他摇着挡把告诉我们,桑塔那挂倒挡要往下按,韩国产的车一般要向上提,最后补充了一句:一看就是新手,你们只开过夏利吧?等到人家走远,我那哥们开始叨咕:"我有司机,根本不用自己开车!"

我自认为凭我的车技是无法把车开出小区并行驶在马路上的,但他的功夫更让我心惊胆颤,因为我发现他连拐弯都不会。我手心里攥着一把一把的都是冷汗,坐在副驾驶座位上的我居然像教练一样需要给他发口令,人家三挡就让车咣当咣当地起了步,直到哆哆嗦嗦把车弄到路口,他怎么也不敢往马路上开了,前面一溜一溜的自行车,他说:"咱让他们先过去。"表面还很冷静,但这时后面一声接一声的喇叭响,因为他把小区惟一的出口堵住了,后面的车着急了,而且我觉得他们肯定在骂街,我都想骂街!后面的喇叭越来越急促,哥们说:"按嘛,要是会开车谁愿意在这儿堵着啊,这车要是轻咱俩就抬马路上去了,这不是抬不动吗。"终于在我一再的鼓励和催促下,他中途六次熄火后把车拐了过来,但死活不敢再开,看我的目光里充满期待。就这样,只学过起步停车的我双手放在了方向盘上,我听见旁边的人说:"撞什么都不能撞人,你开吧。"我脑子一热,挂上一挡车动了。我也不敢在车那么多的路上调头,只好顺着雅安道往前开,尽管我们都清楚这离既定目标西青开发区越来越远了。其实这无疑是一次生命的冒险,但开车的时候根本没意识到。一个月前有限的几次摸过车,那也都是有教练在旁边坐着,所以更多的精力放在技术动作上,从来不知道车里几个后视镜怎么看,也根本没看过。现在不行,我的眼睛在眼眶里滴溜乱转,耳朵里不时传来一个男人的尖叫:"大爷!""自行车!""你还四挡!真是疯了!"我看见一个又一个警察,我从他们的眼皮底下过去,我拐弯、上桥、下桥、停车、起动、过蛇型路,我没机会害怕了,只能往前开,整个人都癔症了。一个小时后猛然惊醒自己没系安全带,赶紧拽上。

我从雅安道到芥园道,再到黄河道,然后沿着中环线到华苑,再上外环线,反正东绕西绕猛一抬头到了西青开发区。经过一路的惊吓,这里简直就是天堂,偶尔有个动静也都是来练车的。我停好桑塔那,管不了干净还是脏,躺在树荫底下,后背都湿透了。那哥们倒撒了欢儿,自己轰隆轰隆地不知挂着几挡走了,远远看见他一会儿左拐一会儿右拐,还倚里歪斜地倒了几次车。快到中午的时候他说:"回吧。你耗了一上午,回去一定没问题了。"我都快哭了,这不是把人往绝路上逼吗?可是大老远的,也没仗义的人会帮我们把车开回市里,只好硬着头皮又一次抓住了方向盘。

这次更邪乎,我沿着友谊路,上中环线到佟楼,并且一直把车开到了马场道,在马场道上还来了一次公路调头,最后把车很不规范地停进了哥们公司的车库里。吃饭的时候,我看见自己的右手始终控制不住地在抖。估计在抖的还有我的心,坐下来的时候才意识到那几个小时无照驾驶有多危险。坐公交车回家的时候,眼睛望着路口的警察心里一直在说:"我下次不敢了。"我想,一路上我至少说了十六次。我打算以后骑自行车的时候我弄根绳子捆身上当安全带,并戴摩托车头盔。

驯兽表演班

我缩着脖子抖抖缩缩站在马路边上等驾校的班车，有几个人拿着早点就着凉风猛嚼，他们的眼睛跟我一样盲目地四处踅摸。吃得差不多了，一个穿了一身名牌运动服的女孩把油腻腻的塑料袋扔在马路牙子上，抬头问我："我第一次来。你是周末班的，还是日常班的？"我告诉她，我是驯兽表演班的。她把嘴张得很大，我看见她后槽牙的牙缝里还挂着丝儿香菜。我第一次来学车的时候跟她一样，内心挺激动的，可经过第一天我就知道，我的命运其实跟那些关在笼子里准备表演走钢丝的熊瞎子、大老虎什么的差不多，不同的只是，我知道我还能得到自由。

我是夏天报名学车的，那时候还在三伏天，被拉到远郊之后因为车少人多又没分教练，所以大多时候我坐着或者站着看别人在场地里一圈一圈转，然后焦急地在太阳底下等着发班车回去。估计这招在驯兽表演班叫磨性子，最初的时候我想退钱不学了，被蹲了几天后也没了脾气，干脆就不去了。两个月后再站在马路边迎风吃早点的时候，已经被通知学习证下来了，也就意味着三十多天后准备考试。

在大片的棉花地、高粱地和玉米地之间横竖交叉着柏油马路，路面上突然出现的农民晾晒的玉米粒和碎棒子并不可怕，可怕的是那些设施。在最初刚分清左右知道拐弯的时候，那些设施就像给老山羊准备的小口儿瓶子、给熊瞎子准备的自行车，让我看着心里就发怵。在所有设施里我最害怕的就是"六饼"和"双桥"，前者是六个类似井盖的东西埋里拐弯地在近距离摆着，只要打轮稍微慢点就要轧上；后者是两个又窄又短的单边桥一前一后地躺着，只要轮子稍有闪失滑下来就算不合格。当然，不合格的结果是要继续在驯兽表演班呆下去。技师的严格和苛刻我们在上车的第一天就有耳闻，所以，惊吓是早已落下的病根儿。

教练就是驯兽员，虽然手里没鞭子，用话吓唬也够劲儿了。我全身心地投入表演，在各种设施里左右腾挪，虽然赶巧了偶然也有都过去的时候，但教练的表情不会有任何变化。那时候我就特别羡慕在动物园跑场子的狮子狗熊，至少它们拉车转圈儿的时候跑好了还能舔一舌头肉末或被拍拍脑袋鼓励一下。尽管我知道把驾驶技术学扎实是为自己负责，知道教练要求规范严格是件求之不得的好事，可对我这种心理素质极差的学员而言，设施顺利通过内心依然是倍儿凉倍儿凉的，所以还是经常轧不该轧的"饼子"，从不该掉的桥上掉下来。我整天在"你反应怎么那么慢呢"、"你也动动脑子"之类的声音底下一次次气馁，回家吃饱饭后又一次次振作起精神，因为就算不心疼自己也心疼那两千多块钱哪。我拿学车当一次挑战心理极限的尝试。

我那双从大夏天就穿在脚上的运动凉鞋到了十一月份也没敢脱下来,不是不怕冷,而是因为生怕换双鞋找不到踩离合器的感觉,就差一哆嗦了,不能坏在一双鞋上。终于熬到要路考了,提前几小时背诵了一下报告词,然后最后一次温习那些设施,可怕的是不光我一个人心理素质不好,全车的人平时走得好好的设施居然一想到考试谁都过不去了。胆大心细的教练给我们买了一瓶子速效救心丸,每人两粒含在舌下据说考试的时候不会紧张。我看着他们把药都放进了嘴里,只有我的化在了手心里,因为我记得我那得心脏病的老爸平时一次才吃一粒,吃药对我比路考更可怕。

告诉中午十二点集合,到了下午三点半那些技师才出现,他们顶替驯兽员坐在副驾驶的座位上,手里捏着个黄色档案袋。我们车里的老大是个五十多岁的大姐,她说完报告词半天没起步,我从后面探出身子本想捅她一下,却看见她悬在油门上的右腿直哆嗦,根本加不上油了。她一边念叨着"对不起"一边跟方向盘较劲,好在她后来把车开起来了。老二干脆利落,动作娴熟,屁股一挨座椅就说:"报告技师,仪表正常刹车有效。"技师在旁边不紧不慢地问:"你怎么知道的?"老二抓开头皮了:"哦,忘了踩了。"老三接受前面两个人的教训表演了让车翘屁股上双桥的技术还算娴熟,刚一下桥,技师甩出两个字"右拐",老三盯着右面的禁行标志说:"报、报、报、报、报告技、技……"话还没完,听见技师说:"你报告磕巴什么啊,你看车都到哪了?"老三赶紧解释:"对不起技师,我太紧张了。"技师看了他一眼:"都吃药了还紧张?"速效救心丸的味儿太呛鼻子,让技师给闻出来了。

美女

美女也分品种,这要看是养殖的还是自然天生的。天生丽质的女人是尤物,量少而且不是什么人都能近身。养殖的美女很难具备尤物们的气质,那是人家从骨子里带出来的,就像我们宿舍一个女生从小在大炕上呆惯了,不管坐哪儿都很自然地用两脚互相把鞋蹬掉然后盘腿。现在自己都开会计师事务所了,到哪儿查账腿倒是不盘了,但蹬鞋的意识还在。

异性

朋友前面一加上"异性"的定语，多少就显得关系有些暧昧。当我独自面对那些脸上长着若隐若现的胡须和痤疮的异性的脸的时候，在我眼里他们就是发育得或好或坏的苦瓜。尽管话到推波助澜义薄云天时也会干着杯听见苦瓜们醉眼迷离地说："要是咱们俩结婚……"一副你中有我我中有你的真情互动。但我们的荷尔蒙还是不紧不慢按部就班地分泌着。异性，只是当时话语间的调节，而性别往往是隐身其后的背景。

轮到我的设施是"六饼",这次终于没蹭也没轧算给了自己一个交代,但紧张得没分清左右,要不是老五隔着座椅顶了我一下后腰我就并错道了。最后在那张贴有我照片的表格上签字的时候,我的手都在发抖,差点忘了自己叫什么。

我们娴熟的驾驶技术在马路上得到了印证。老六那天给我打电话,背景声音嘈杂,他激动地告诉我在海光寺交通路口终于发现了几个连续出现的井盖,操练多时的"六饼"终于有了施展的机会,他把方向盘打得铿锵有声,井盖都躲开了,后面的车在按喇叭抗议他没理会,却蹭上了一辆缓慢直行的宝马。他得出一个结论,对我一再强调:驯兽表演班出来的学员,上路也不能太牛。

女魔头上路

忽然之间大家都想鸟枪换炮,挤公共汽车的、自己蹬自行车的,一股脑在怀里全揣上了驾照,他们看见蚂蚁一样的车流就眼红,恨不能坐在方向盘前面的是自己。阿达就是其中之一,听她嚷嚷买车有一年了,所有汽车网站她都看,对比车型、价格,小到QQ、奥拓,大到劳斯莱斯、奔驰没有她不研究的,看得眼睛都花了,她的结局跟我一样,越看越没主意。

但这不防碍我们到处蹭车,胖子是我们骚扰得最多的一个,他对阿达总抱着想吃天鹅肉的幻想,所以经常能随叫随到。阿达这家伙欲擒故纵,拿自己吃剩下的零食和嗲声嗲气把傻小子哄得一愣一愣的。那天我们坐在胖子的车里,路口的绿灯绿了有半分钟了可前面的车连动都没动,胖子用大粗手指头按了按喇叭说:"准是女的!瞪眼往路边瞪去,在大马路中间找骂呢!"我刚要开口就听见阿达说:"女的怎么了?离二百米你就知道人家是女的,要是一爷们那么肉呢?"红灯,车向前挪了一米,胖子一句话把两个未来的女司机给惹翻了,我们就差把矿泉水往他脖子里浇了。

似乎在男人眼里开车技术差的只有女人,她们开车很慢,即使开的是一辆法拉利跑车也无法让车速提到六十公里以上,无论后面的车怎么按喇叭她们都不紧不慢的;她们开车很笨,该果断并线的时候瞻前顾后、犹犹豫豫,路口排队的时候起步太慢被人插队;在车后窗贴"新手,多关照"的女司机绿灯亮的时候慢慢悠悠,红灯亮的时候她踩油门,排队等候的时候她熄火,倒车的时候她撞别人的车;要是一个年轻女人开着豪华车,多数男人会恶毒地认为那是一个傍大款的"小蜜",不劳而获、狐假虎威……

　　怎么女人连开个车地位都那么不平等呢?我们一个劲儿问身边这个一身肉的家伙。他说很多男人在被女人超车后也不舒服,像受了侮辱,男人通常把车前车后地带看成是自己的领地,不容染指,如果被人跟得很紧或者后面的车鸣喇叭催促也会让大老爷们感到焦躁和屈辱。胖子深知自己身边的两个女人不好惹,一路上再没敢多说话,自己缩在后排座里吃棉花糖。在阿达数次车熄火后,胖子说他昨天吃的羊肉串快被摇出来了,让我们放他一条生路,于是,大胖身子从富康挪到另一辆出租车里,很快就在这条清净的街道上消失了。车主不在,我们可撒欢了,一会儿往前开一会儿往后倒,从这个马路牙子撞到另一个马路牙子。

　　自从这胖子走后,我们的车开不起来了,挂上四挡把油门踩到底还是觉得速度不够,而且想停的时候刚踩离合器,车就慢慢停了,刹车几乎就是垫脚的,毫无用处。我们就这样磨磨唧唧开着辆没速度的车在连个人毛都看不见的宽马路上乱逛,一会儿,阿达瞪着我问:"哪来的煳味儿?"我吸了吸鼻子,确实有一股烧胶皮味。她绕到车外检查,我负责车里,我们像两条警犬,猫着腰耸着鼻子东闻西闻。后来当我们的鼻子碰到一起,发现煳味儿来自车下,原来俺俩开的时候谁都没把手刹放下去。

阿达笨手笨脚地把车打着,两脚像骑自行车似的在底下踩来踩去,忙活半天车终于又开了,并且一路朝着市区的方向疾行。一进市区车明显多了,阿达让我帮她看后视镜,她看前面,越开她心里越没底,非让我把车开回胖子家不可。我只好硬着头皮坐好,双手握着方向盘又找到了端洗脸盆的感觉。我们紧跟在一辆公共汽车后面,公共汽车停,我也停;公共汽车走,我也走,完全不用看红绿灯。我虽不认路,但知道坐公交车怎么能倒到胖子家。正好又一辆车进站,我就跟在它后面,它上下客,我就歇口气,哪怕旁边一辆车都没有,我也不切线。我们的白富康像娇婆一样小鸟依人,紧跟着公共汽车。我一路上眼睛盯着公共汽车屁股,眨都不眨一眼,生怕被它甩掉。终于把车开进了终点站,给胖子打手机让他接车,他看见我们满脸是汗,摇了摇头:"女人,开什么车啊!"

过日子人

我们和上辈人最大的区别就是我们什么都想扔，他们什么都要留。每次我收拾屋子总能清理出一堆没用的东西，小区里不是总有收破烂的，所以干脆都摆在楼门口的垃圾桶旁边。一般这时候我最害怕三楼阳台上探出个脑袋大声质问我："又扔什么哪？怎么就不懂得过日子！"然后楼道里便有一串细碎的脚步声。刘奶奶站在阳光底下用手指着地上的易拉罐饮料瓶什么的一个劲儿地咂吧嘴："别什么都扔，过日子没准儿哪天都能用得上。"随后把食指伸向身后，我只好很不情愿老老实实地收拾起地上的东西往回走，想象得出背后老人满意的笑。"纸夹子都湿了咱扔吧？"我甩甩手里的烂纸片儿，看见刘奶奶满脑袋白头发一个劲儿地晃悠，"晒干了留着卖！"每次的结局是这些破烂都放进了刘奶奶家的小阳台，那里有我扔了的一个新饼秤、我爸的钉鞋器、一个桌面掉漆的茶几、一台只能听广播的收录机以及煤铲、锈了的铁盆、暖壶之类的东西。

刘奶奶每次看见我妈都会汇报我本周又扔了哪些有用的物件，抱怨现在的年轻人不懂得过日子。因为她太会过日子，什么都往家拾,被儿媳妇扫地出门到闺女这儿,只住了小半年已经把大小阳台和她的卧室都堆满了东西,什么塑料袋、废纸兜都叠得整整齐齐塞在床底下。女儿毕竟是贴身小棉袄,有怨言也埋在心里,她只是经常提醒我扔东西的时候别让她妈看见,可我一直都这么不长眼。

当我好不容易改变习惯,每天晚上十点以后拎着垃圾袋跟做贼似的蹑手蹑脚下楼,刘奶奶又改走了另外一径。小区里到处贴得都是免费查体、免费发药的广告,很多老人跟着了魔一样天天起大早量血压,上午去后下午还去。刘奶奶对检查身体这事的热情很快就过去了,她迷上了免费药。传说那是一种来自云南的药水,能治心血管疾病、糖尿病、关节炎、提高免疫力,抹脚上还能治脚气,反正就是包治百病,比传说中的大力丸要厉害多了。每个人每次可以用纱布沾一些药水带回家试疗效,因为限人限次所以刘奶奶让我跟她一起去。

那是一个脏了吧唧的塑料桶,发药的人时不时从里面捞出一条长虫或者几只蜈蚣以示这药水的成分,很多中老年人推推搡搡地排成不规则的队,轮到的人用自己带去的纱布往桶里蘸。

终于快到我了,前面的阿姨忽然从随身的包里掏出个塑料袋,再从里面拿出一条长毛巾,就像投掷布似的把它扔进桶里,拎出来的时候毛巾下面哗啦哗啦直流药水,她很麻利地一把将毛巾塞进塑料袋,足足捞起了多半兜药水。刘奶奶无比羡慕地看着那中年女人的背影,一个劲儿叨咕:"赚了赚了。"此时,我手里捏着一小片捞鱼虫子似的纱布,恨恨地说:"下次我把我们家墩布拿来!"

我不知道是她女儿嫌丢人现眼还是老人刻意要培养我成为过日子人,反正之后每次发药都算我一个人头儿,我领完把药再交给她,老人满足的表情特别天真。我起早贪黑地跟刘奶奶领过贵州治关节痛的药、山东治内伤的药、云南抗癌的孢子粉,并且像赶场一样这边领完赶紧骑车去另一个地方跟爷爷奶奶们挤在一起,并且承受着让上岁数人用眼角"斜"我的待遇。其实那些药跟破烂一样,都摆在刘奶奶家特别不起眼的地方,她总说:"过日子不知道会碰到什么事,这些药留着大家'遇方便'吧。"

刘奶奶特别节俭,什么都怕糟蹋,熬完鱼汤觉得就那么把鲫鱼扔了太可惜,开大灯吃鱼时间长了嫌废电,干脆摸着黑咂吧起来,结果一根鱼刺扎在嗓子眼儿上。使劲咳嗽、喝醋都不管事,她女儿从我们家拿了四个馒头,刘奶奶一气吃了将近三个,可刺越咽扎得越深。这么吃法也不是个事,回头鱼刺出不来人再撑出个好歹,大家死劝活劝终于把刘奶奶拉到了医院,张嘴一看,大夫说:"一般拔鱼刺三十元,您这个太深得算手术一百五十元,要是化脓再来得三百元了。大娘,以后想吃鱼让孩子买,别总打扫剩的了。"

今天的刘奶奶还像以前一样,什么都舍不得扔,打扫一切家里人不愿意吃的剩饭,到处领免费药,碰到我还总是叮嘱我要懂得过日子。我总是特诚恳地点头,我知道,那是岁月无法更改的习惯。

萝卜白菜各有所爱

我不是一个爱哭的人,因为我已经过了任泪水横流的年纪。再说了,为了那么高级的眼霜也不能想哭就哭啊,痛快了情绪可鼻子堵了,最尴尬的是流了眼泪又流鼻涕,还找不到什么东西擦。转天还要带个大肿眼泡儿上班,不跟看见的人解释一遍是没办法安生工作的,即便这样没准再转天关于眼睛的问题就不知道被传成什么样了……一想到这种种痛哭的后果自己还是忍着吧。所以,我包里的面巾纸除了当过手纸、擦过嘴和桌子以外还真没擦过眼泪。

我是一个冷静的人,在生活里除了被委屈、在电影院里除了看做好套儿的电影,会眼圈儿发红以外,还真没被什么感动过。我特心安理得地认为自己就是一个刀枪不入的人。

我们住的小区没什么风景,可冬天无论多冷楼下都聚着一群以狗会友的老年人,隔壁的赵奶奶就在其中,还就属她嗓门大,谁谁谁的狗没经过同意就和他们家的乐乐配,谁谁谁家的狗太不正宗多余养等等,我们即便是看着新闻联播也能听得清清楚楚。我有一个发现,狗穿得都比它们的主人讲究,你看那缎子面的小棉袄多合身啊,你再看那些满身狗毛邋里邋遢的主人们,除了亲切地唤着狗儿的小名,倒好像他们是被带出来见大世面的。

习惯了这种每天必然的聚会,偶尔还会站在阳台上以学习宠物好榜样的目光往下看看小区里又有什么陌生的狗脸了。狗通人性,这点我坚信不移,因为每次回家赵奶奶家的狗都要在我的腿上蹭几下,就这样它似乎还嫌不够本儿,把我三百多块钱一条的韩国裤子下面咬得满是口水,而我还要用爱抚的语气安慰它,每每此时赵奶奶都会说"让姐姐走,回头姐姐给乐乐好吃的",我冲狗点头称是匆匆上楼,其实心里巴不得这些穿小棉袄的家伙吃点死耗子什么的。

那天回家,走在路上就觉得有点不对劲儿,因为每次"爱狗俱乐部"聚会狗叫的声音都没这么大,就算穿了小棉袄它们也不是人啊,没户口还敢明目张胆地瞎嚷嚷,这不找着让警察叔叔发现吗?当我绕过楼口,先看见一辆带笼子的车,旁边是穿制服的警察。我熟悉的狗都上了警车,我熟悉的人大多围着笼子和自己的狗说告别的话,旁边楼的李大爷握着狗的小爪子说:"到那一定要好好吃饭,别耍脾气,我明天就去接你……"我心窃喜。

就剩赵奶奶的狗没上车了,旁边围得都是人,大概那只穿缎子面花棉袄的狗也没见过这大阵势,目光明显有点胆怯。警察生硬地催促着交罚款领狗的事。突然,赵奶奶抱着狗跪在地上一边磕头一边说:"这狗是我的命根子,你带它走,干脆也把我装笼子里得了。"之后是苍老的哭声。我也是第一次见这大场面,目光也有些胆怯。我站在赵奶奶身后想把她扶起来,她怀里的小棉袄都哆嗦成一团了。警察依然在做思想工作,忽然小棉袄从赵奶奶的怀里冲出来,我手疾眼快把它抱起,警察比我更快,一把就给抢走了。手背疼了一下,是狗的牙印。车开走了,赵奶奶抱住我号啕大哭,我觉得我哭得比她更厉害,她是伤心,我是害怕。当天晚上我就去注射狂犬病疫苗了。

谁叫你是困难户

死扛成大龄青年的人挺不容易的,其中,大龄女青年就更不容易。我的朋友阿达一直举着向高尚爱情靠拢的大旗,靠了二十多年,把身边的男人一个一个都靠拢走了,就甩下她还抱着旗杆站在风口,每年聚会的时候她都举着酒杯对我们发毒誓一定要把自己嫁出去,但每回见她还是一副没着没落的样子。

阿达最害怕回家,回去早了,她爸和她妈就坐在电视机前像唠嗑似的说:"你说这孩子,这么大了还不为自己的事上上心,再耗,只能找二婚的了。""是啊,我昨天还跟林奶奶说了,让她闺女看看单位有合适的没有。"这貌似关心的对话其实在一个已过三十岁的女人来看就是把有杀伤力的软刀子,刺心啊!要是她回去晚了,她妈就会拐弯抹角地问阿达去哪了,干什么了,然后根据她的话推测今晚的约会是跟男的还是跟女的。阿达说她在家呆一小时就能疯。

我也纳闷,我们的父母早干吗去了,上中学的时候像抓臭贼一样偷看我们的日记,跟老师私自接头儿,就为了严防出现早恋情况。上大学的时候只要见我们一面就叮嘱一遍:学生要以学业为重，别学那些人搞对象，他们长不了，没好结果。当那些学校里的"革命情侣"同进同出，厮杀在自习教室、图书馆、各类资格证书的考场上战果颇丰的时候，我们的近视眼里充满了羡慕神情。可惜此时四年过去了，人家成双成对地勾画美好蓝图去了，瞎混的也就是我们这一批孤魂野鬼，把人生中最宝贵的四年全搭给图书馆的文学书库、奥斯卡胶片电影和翻卷了边的专业书，最后一个人耍单儿。现在我们平静了，家长倒急眼了，整天恨铁不成钢。

事实证明现上轿现扎耳朵眼是来不及的，问题出在我们年轻的时候危机意识淡薄。你看看那些速配节目和散落各处的征婚广告，人家就有大局意识，再不赏心悦目的女孩都像战士一样挺身而出，二十八的能找个八十二的，但你八十二的时候一个跟头摔马路上能有个年轻男人多看你一眼就不错了。男人跟女人的境遇永远不一样，所以，你千万不能看外面有好多大龄男青年就对自己掉以轻心，他们跟你其实没任何因果关系。

阿达前些日子电话里跟我说，他们单位终于来了个各方面条件都不错的单身男人，她打算近水楼台先得月，还主动请人家吃了顿火锅，但没想到，还没一个月的时间，那男同事就自己解决了个人问题，阿达还得继续一个人上下求索。她经常问我，你说我长得又不是不食人间烟火，也不是对不起观众，怎么找个男朋友就那么难呢？

其实我挺能理解她的境况的，因为我二十三岁那年我妈就把我当成大龄青年，想尽办法给我安排各种形式的见面，她认为什么时候结婚并不重要，重要的是得有人将要跟你结婚，这样至少落个心里踏实。她整天对着电话特别小声地放出消息："我们闺女还没对象呢。"这句话像咒语一样随时响起,搞得我一度以为自己幻听。亲戚朋友很热情地介绍着自己的亲戚朋友,多大、在哪工作、家里都有什么人,然后就是定时间地点,一般都是某个周末的某个明显路口的一侧。你经常能在同一个地方遇到很多等着"见面"的大龄青年,彼此的表情都是空洞的,你一点儿也看不出焦虑和期待。我从那时候开始装疯卖傻以抵抗这种庸俗的行为,一个月被人问五次"你一般周末干什么"、"你有什么爱好吗"、"你们单位效益怎么样"之类的话真得跳楼,性格再温顺的人也受不了,当那个被介绍人说成某外贸公司什么科长的人找我要电话号码的时候我一巴掌拍在桌子上:"你管得着吗!"然后摔门而去,外屋的介绍人都傻了。我一边下楼一边哈哈大笑,从此,再没人敢给我介绍对象,而我的地下恋情终于有机会得以见天日。

后来,他问我为什么跟他结婚,我说,我已经撑不住了,再当大龄青年我觉得自己得崩溃。

去养鸡场看大老虎

一个北京的朋友带着他从上海来的女朋友坐在我对面问:哪好玩?这三个字真让我苦恼,我闷头吃了两口菜,仔细想了想,其实我们各自熟悉的城市大同小异,哪好玩呢?旁边的人说:要不你们去动物园吧。他们又转过头:动物园好玩吗?

这个"玩"字很深奥,尤其去动物园。小时候对动物园的记忆是模糊的,就因为模糊所以一直觉得那里好玩。工作之后我去过一次,人非常少每个动物馆都离得那么远,而且动物的品种没儿时记忆里多。有些笼子里黑乎乎的,任由你把脑袋削尖了往里钻还是什么也看不见。经常能听见孩子稚嫩的声音叫着:爸爸,这里面是什么呀?父亲一般都是这样安慰自己的孩子:它们回窝睡觉了。看着笼子里袖珍的水泥假山倒是能推测出这里曾经住过活物。其实动物园大致的格局那么多年里没太大变化,只是我们的好奇心消失了。前几个月再去的时候,里面变化很大,不但有了游乐场还有马戏团,倒真成了一个玩的地方。

每个动物园里都有狮虎山,从小就不知道为什么狮子老虎会住在一个地方,四岁的记忆是:爸爸说它们是亲戚,关系非常好。我想我爸也不知道,他有一个习惯,只要遇到不知道的事就开始胡编。直到上周的媒体说有一只狮虎兽出生,我才觉得这种安排居然那么鬼斧神工,它们在自然界会这样吗?动物园的好玩在于你还可以看到超自然的东西。如果按此推理,骡子也应该进动物园安家。

地盘大的地方建起了开放式动物园,几个大笼子能把整个山头儿罩住,你坐着观赏车可以在猛兽笼子里钻进钻出。我们酒过三巡开始大吹自己认为好玩的动物园,那个一直没说话的上海女孩用筷子戳着我的碟子:你们想看饿虎扑食吗?花十块钱买只活鸡带进去就行,进猛兽区的人一般都买。

我觉得她喝可乐有点儿高,吹得不合情理,但她坚持说自己每次带朋友去动物园都买活鸡,并且打长途让一个满嘴陕西话的上海人作证。动物园每天的人流量那么大,一人带一只鸡就有千余只,我觉得这项活动推广到最后不是老虎活活累死就是猛兽区变成养鸡场,后一种可能性极大。以后爸爸一张嘴就跟儿子说:走,咱们去养鸡场看大老虎。等那些鸡在猛兽区被训练得都身轻如燕,个个有鸿鹄之志,动物园就更好玩了。

VIP上当通行证

周末闲着无聊,便一个人出去逛街。不知不觉便转到一个大型仓储超市门前。出入口的人流熙熙攘攘,一派热闹景象。早就听说这里的商品便宜,于是转了进去。真是仓储啊,超市里面就像一个大仓库,所有的货都是整打或整箱卖的,找了好半天,才找到几种散装的商品。卖场里面人特别多,到处悬挂着特价、促销的大海报,所有人都疯狂地往自己的购物车里搬货,就跟东西全不要钱似的。

其实我也不知道这里的商品是不是比别处便宜,因为我买东西很少能记得住价格,既然大家都这么卖命地装,一定很便宜吧。我也跟着起哄,还仗着有劲几乎削尖了脑袋抢到了一打限时抢购的薯片。很快,食品、日用品装了满满一购物车,我想省下来的钱,怎么也够打车的了。人太多了,排了足足半个小时才轮到我交钱。会员卡!收银员伸手向我要会员卡,我愣住了,会员卡?我没会员卡。对不起,没会员卡要加收10%,如果您想办会员卡可以交三百元钱在服务台开卡。接着收银员便开始面无表情地扫码。一共218.70元,加收10%就是21.80元,一共240.50元,收您三百元,找您

59.50元,欢迎再次光临。推着购物车出门,郁闷。人家会员来购物大都是开车来的,而我只能打车。门口排着一水的1.60元/公里的富康,我无奈地叫了一辆车,打车花费25元。

  第二天我拿着那张购物小票和家门口的超市挨着个进行商品价格对比:如果不加价,平均低5%,加了价,则高出5%。真是没事找事。当然,后来我的同事跟我说,你也真够笨的,没卡可以跟后面的人借嘛。我答应着,心里想,谁稀罕当你家会员,我还不去了呢,一次就够。

  听同事说健身对一个女人来讲很重要,便梦想着把身上的肥肉变成肌肉。先游泳吧,于是开始到处打听游泳的价儿。下班回家见门缝里塞了张传单,心里想着,要是游泳的该多好,免得到处找。结果一看,还真是游泳馆。按上面的电话打了过去,问了问情况。散客一次35元,入会员办季卡780元,年卡1500元,还可以办套餐,各种健身项目都可参加……总而言之,只要成了会员,价格就要比散客价格低二至十倍不等。

  晚上跟朋友出去给头发焗油,小工一边给我洗头一边跟我说,您还不办张卡,存五千可以打八折,存一万可以打六折,钱从这里面直接扣出,您得省多少钱哪。嘴里客气地说着不用的时候我心里想,五千块钱,快赶上我一个月工资了,得剪多少次头焗多少回油这钱才能回得来呀。

  回到家,弟妹乐滋滋地拿着一张卡片在我眼前晃,看着没,托人在新世界商场办的VIP卡,能打八折呢,还能折上折,年底还能积分返现,以后去新世界记得跟我要卡啊。我苦笑。

其实我也不是没办过卡,搬家前我在家附近的商场花五百块钱办的会员卡,购物可以打七折;在超市买了一千块钱用不上的东西只为办一张购物卡;在单位附近和同事AA制花了五百块钱办的KTV金卡;在健身房花了628元办了半年的瑜珈卡。结果,一个月前搬家,所有的卡都因为距离太远无法消费而扔到了抽屉里,再也用不上了。最可恨的是存了一千块钱可以打八折的美容美发卡,只去了一次就人去楼空,钱也打了水漂。

我的工资就那些,如果为了省钱所有的消费都去办卡,估计我几个月喝西北风钱也不够用。其实办卡并不单单为了省钱,人们更愿意去独享那份特权、那份尊贵,看着不是会员的人多花成倍的钱消费、看着别人因为拿不出会员卡而被拒之门外,那些会员们心里肯定有种说不出的舒坦。

居然连楼下新开的租光盘的小店也搞起了会员制,散客单租三块一张,办卡交一百块钱可以看六十盘,傻子也算得出来哪个更划算。

我就在想,会不会有一天,胡同拐角看厕所的大妈也在公厕边竖起一块纸板,上书"散客上厕所每次二角,VIP会员每月五元"!

鸟枪换炮

第二辑

蛤蟆最大的悲哀就是它在井里却仰着脖子总看天,那眼神里不但没有绝望居然还有憧憬,它想吃天鹅肉是自己的理想,谁都没理由剥夺一只蛤蟆整天吃饱喝足后去梦想的权利,更多的时候,我们就是那只蛤蟆。

没出道的时候我们就像拾废品的,整天拿一个钩子把一个个塑料袋豁开,看看里面有没有谁一不小心跟痰一块儿吐出来的大金牙、跟破棉袄缝一起的大面额国库券什么的,经常低着头走路,试图瞅见大团结赶紧拿鞋底儿踩上。终于拾金昧了几次之后,鸟枪换炮,我们成了体面人,可骨子里还是脱不掉蛤蟆那点见识。

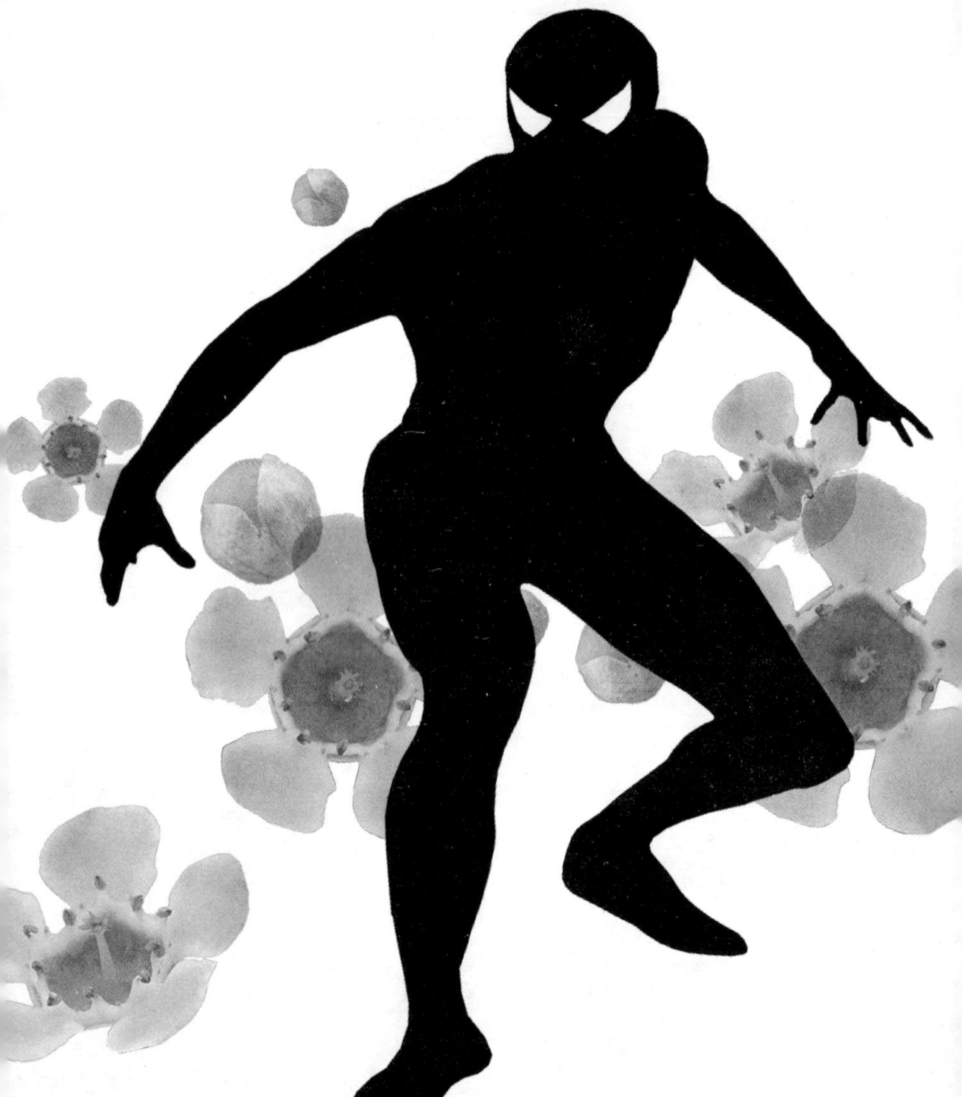

职场

近几年"职场"上的招数变幻成了时髦小贴士,打把式卖艺者不停拉着场子,抱拳拱手:有钱的捧个钱场,没钱的捧个人场。言罢花拳绣腿一番,再从怀里掏出几张卷了边的黄纸,百米之外都能看见纸上的大字——"职场"。然后人们就跟跑龙套的小妖精一样摇晃旗幡使劲上蹿下跳间或叫唤数声,他们看上两眼秘籍便以为自己能功力大增,其实照照镜子就知道,整个是群江湖小混混的模样。

性殇

性这东西本来挺正常地存在着，但突然就被人忽悠得特别异样，与下半身有关的春药广告从报纸、墙角、奶箱子一直能蔓延到你的手机里。保守惯了的人忽然开放还真吓人，那些行色可疑的姑娘如果不是喝了迷魂汤，就是把自己变成了迷魂汤。她们跟不同年龄不同类型的男人纠缠在一起，不难看出，这些姑娘的体格都不错，从一个身体到另一个身体，轻松得如同换不同的摊位挑黄瓜。我觉得就算是两块生胶皮这么个摩擦法儿也得起膙子。但那些男男女女偏就咬定青山不放松，跟较上劲儿似的，谁也不撒嘴了。

性，不伤才怪！

当美女变成作家

大概是为了迎合女人们的虚荣心,现在只要是五官齐全有自理能力的都被称作美女了,如果这女人还兼顾着写点儿什么,哪怕说不出一句整话满篇错别字到处语病,都会被归到美女作家的堆儿里。当美女变成作家,就像一块注水肉,尽管上秤高高的,其实早泡呋囊了,它是成心摆那让你上当的。

前几天在北京图书订货会上,我正站在一个出版社展台前看裹着书皮的假书,突然一双冰凉的手搭在我的脸上,并把我的头猛地转向右侧:"亲爱的,你也在啊!"我的上嘴唇和下嘴唇被挤成了惊讶状,眼镜也滑到了鼻尖上。她叫什么我还真忘了,就记得某次聚会后她说她住在望京而我当时租的房子在对外经贸大学对过,回家的时候就蹭了她的车,路上她说她已经半年没出过家门,在写一个小说,而我是她享受阳光后认识的第一个朋友。她还说她很久不说中文了,很多话只好用英语解释,为了证明这一点,她把自己的手机举到我眼前,屏幕上确实都是英文。我倒没往这方面想,我觉得她的手机也许就没有中文输入法,可因为心虚,所以就一路都对她说特别中听的话,比如夸她有文彩,比如夸她的鞋和裤子,比如夸她的长相。我平时太缺少恭维人的训练,所以说出每句话都生里吧唧,并且夸到一半没词儿的时候还磕磕巴巴的,连我都觉得没素质,可她还是很宽容,始终微笑着。对她的印象就这些了。时隔几年,美女作家的神色不再单纯,她让我想起穆桂英,身怀绝技胆量过人,胸前双插狐狸尾,脑后飘摆雉鸡翎,弯眉黛月,粉面桃花,跨下马掌中刀,大破天门阵,将辽人杀得心惊胆颤。

我问她是不是出了新书,她说她在做一本财经杂志,并且希望我给她介绍一些出版社的人。我就像一个被敌军生擒的俘虏,硬着头皮往另一个方向走。穆桂英显得很大气,握过手之后就从书包里掏出一沓复印纸说:"这是我的一部书稿,起印五万,版税十一,你们可以上我的写真。"同时又从包里甩出几张穿吊带背心的照片。我们没人管书稿,都从玻璃桌上挣抢她的照片看,那里面的女人太婀娜了。后来我问她那个人是她吗,穆桂英瞪着眼睛说:"废话!不是我,你以为是你啊,反正脸是我,身子是谁的我也不知道。"

没过多久,我的手机又响了,一个美女作家说她在二楼,问我在哪,我赶紧上了电梯,一边跟许多男女摩肩接踵着,心想他们如果不是书贩子就该是写书的了。我最初看到的是美女作家将近三米的宣传画,大书皮放大得比我的腿还长,她浑身光鲜在旁边站着,孤零零的。我一个箭步站在她身边,她说:"让我亲一下,先!"我还没把脸凑过去,就发觉她胸部多余的"英捷尔法勒"软组织实在压迫我的视觉。我们就在众目睽睽之下跟俩大虾米似的,弓着身子亲热了一下,以表示我对她的书首印三万册的祝贺。她不知中了什么邪,一见漂亮女人就翻白眼,附在我耳朵上悄声说:"她已经不是处女啦。"然后是接连不断的"粗口",听得旁边的过客都在侧目,这人要放三十年前就得被定性为小流氓。我尽量把目光往别处看,强装我们并不认识的假象。后来一个媒体的女孩要采访她,我闪在一旁,隐约听她跟人家说什么"女权"、"波伏瓦"等等一些莫名其妙跟新书一点儿搭不上飞子的话。

　　后来我的一个哥们问我,那是谁啊?我说,一个美女作家。他摇了摇头感叹:"她脸上的分辨率太高。见过丑的,没见过这么丑的。乍一看挺丑,仔细一看更丑!"我哈哈大笑,觉得他太夸张了,可他接着说:"她光着身子追我两公里,我回一次头都算我是流氓!"

跟肥肉没完

胖,对女人是一种侮辱。

终于赶上美容院店庆促销活动的最后几天,原价六百元的绿色调理减肥折到二百八,一个月前阿达就打定了主意要去,对着大广告开始不断幻想减肥后身材窈窕的模样。

上周六,减肥的第一天,阿达被通知要二十四小时清肠。减肥师是一个四十多岁的大姐,力道劲猛,说起话来态度坚决,不容置疑。二十四小时清肠,也就是说从现在起,二十四小时之内,不准喝水,不准吃东西,同时还要吃同仁堂的"牛黄清胃丸"。另外,如果连续交两个疗程的钱,还可以赠送一次价值一百五十元的腰围收紧,当场就能见效。阿达一狠心掏了五百六十元办了张两个疗程的卡。站在酷暑中,她开始发愁,这清肠的二十四小时该怎么过。她真恨自己为什么早上没多吃些东西,人家说,如果中途吃东西减肥就肯定效果不显著或根本没效果,为了交的钱,只能撑着。阿达坐上一辆最慢的公共汽车,回到家洗澡、洗衣服、看电视,尽量分散注意力。晚上九点,饿。蜷缩在沙发上看电视,她尽可能地让自己不去想吃。不断地吞咽着唾沫以缓解饥饿感,可还是饿。

　　星期天,阿达睡到了自然醒。早上九点,腹内空空。洗漱完毕,去做减肥。减肥师用老师问学生的口气问,昨天吃东西了吗?她说没。站在秤上,一称体重,六十三公斤,少了四斤啊。她甚至有些怀疑,这秤准吗?看了看减肥师的眼睛,没敢说。很快做完了减肥。本来约好了请我吃饭,现在很绝望。减肥师告诉她,今天中午只可以吃一个桃,晚上吃一个西红柿。不能喝水,渴了可以漱口。站在太阳底下,人有些晕。到车站的路显得无比漫长,她甚至不能直起腰,因为那样会觉得胃很不舒服。好不容易走到车站,阿达一屁股坐在马路牙子上,顾不上脏与不脏。

　　阿达拽着我先奔超市,买了两个桃子、两个西红柿和一袋奶。刚到收银台,阿达就把奶消灭掉了,收银员有些诧异地看着阿达把空奶袋给她扫码交钱。我说她瞎折腾,她看着我夸张地大口吃肉,自己在旁边细心地啃着她的桃,生怕有一点点被浪费掉。

　　星期一早上刚到单位同事就热情地让阿达吃他们买的早点,她只好咬着牙说,我吃饱了。中午,同事们叫她一块吃饭,阿达说吃什么吃啊,只让吃一个桃。男同事就笑了,"你又开始作践自己,天天吃桃还不长毛变猴了"。女同事则鼓励她,减吧减吧,我们督促你,不准吃啊。阿达看着她们大吃大喝,在心里告诉自己,吃吧,让肉全长她们身上!

　　晚上称体重,又少了一斤。减肥师说本来该减两斤的,因为阿达总是反复减肥,所以比较顽固,为了保证进度,晚上不准吃任何东西。接着又不停地给她打气,吃了二十几年了,一定要把第一个疗程的八天撑住,不能多吃、乱吃。临走又免不了一遍又一遍嘱咐,能吃什么,不能吃什么。

满街都飘着菜香,阿达突然觉得特别委屈,连顿好的都吃不上,活着还有什么意思。

回到家,电视里的节目都那么无聊,眼前不断幻化出诱人的美味,涮肉、烤肉、水煮鱼、香肠。吃点青菜不至于长肉吧,阿达把冰箱里的各种青菜划拉起来,烧了开水,加了盐和调料,煮了一碗。真香啊。她不断安慰自己,吃这么少没关系的。本打算吃一半留一半,结果一不小心全吃光了。又喝了好几杯水。周二是减肥的第四天,减肥师告诉她,这是最难熬的一天,也是考验毅力的一天。依旧没什么事做,时间就过得特别慢。肚子不饿,但是嘴馋得要命,特别想吃东西。阿达怀着负罪感到处找吃的。每吃一样东西,都会告诉自己,没事,这是为了补充必要的营养,要不然人会受不了的。中午,她吃了六只大虾。

当阿达怀着侥幸的心理站到体重秤上,指针无情地向回弹了一斤。减肥师大声训斥起来,你一定是吃了东西了,而且没少吃,不降倒反弹了!阿达歉疚地看着她,我不争气吃了东西,可我也没吃多少,就几口……减肥师告诉她,如果明天再不降反弹,要罚她第二次二十四小时清肠!

多年的营养失衡已经让阿达的身体素质明显下降,脾气变坏,经常感冒,患上了头痛、腰疼、颈椎病等慢性病,但每当阿达的体重上扬或听到任何一种新的减肥方法,她还是会义无返顾,她早已经把自己逼上了肥了减、减了肥、肥了再减的绝路。我一直没敢说,其实阿达是那种喝凉水也能长肉的胖底子,就算减死也显得胖乎乎的,但她总渴望有一副苗条的身材,所以我无法阻拦她。阿达说还有很多减肥经历没跟我说,我捏着她的圆肩膀念叨:姐们儿,咱还是悠着点吧,命重要。

都是妖蛾子

赵文雯最近又变得神秘兮兮了,看见我也不像往日那样嬉皮笑脸,一个月里被我撞见两次拎着一大包大约有四十多卷卫生纸往家走,次次神色慌张,好像刚从银行劫钱回来,就差把高筒袜罩脸上了。后来有一次在楼道里碰见她老公,才知道赵文雯扬言要做"无毒"美女,最近在狠命排毒,要不是肠子跟别的器官连在一起,估计上礼拜就已经给排出来了。

作为最好的邻居和闺中密友,我自然要去冷嘲热讽一番,刚进她家,连拖鞋还没换利索就看见赵文雯弓着腰一溜小碎步跑进厕所,半天没有动静。好不容易看她一摇三晃地出来,我赶紧一个箭步上去拽住她的小细胳膊:"你说你有什么想不开的,非跟自己肠子过不去,排得光剩几米肠衣还活不活啊。"赵文雯一脸破罐破摔的表情,看样子立场还挺坚定,她软着腿走到床边说:"那怎么办呢,已经这样了。"后来赵文雯才跟我说,她看见到处都在说排毒健身,最后禁不住一个承包了医院美容中心的朋友开导,进行了一次淋巴引流排毒,就是用一种振动的仪器按摩,从脚底往上推,但后果不明显,那朋友建议她灌肠,赵文雯也没走脑子,交了一千多块钱就把自己晾在特制洗肠机面前了。当三十八摄氏度左右的过滤纯净水用0.1个大气压从赵文雯的肛门输入直肠,对总共约1.5米长的大肠肠道进行分段冲洗的时候,她才知道洗肠跟洗脸不一样,可惜晚了。因为肠内正常的菌群失调,无毒美女赵文雯都快住厕所里了。就这样她却一脸怨气总说:"太费水了,一天一个字儿。"她不心疼自己的肠子,倒抱怨起冲马桶的次数来了,这人简直无可救药。

最让人生气的是肠子刚好,不知道有谁跟赵文雯说她肤色不健康,现在不流行惨白,流行小麦色。可是想晒黑也不那么容易,她买了瓶褐色粉底,一出门就跟往自己脸上撒了把土似的,整个人特别乌涂。这样的日子大约过了四天,第五天她老公突然敲我的门,让我快去他家。看那焦急脸色,就知道赵文雯又弄出了妖蛾子。

这回赵文雯倒笑眯眯地坐在沙发里,手里端着一本美容杂志,上面说目前正在流行一种仪器能根据心情服饰更换皮肤颜色,想要肤色稍黑一些,可以全身涂上一层特制橄榄油躺在一张跟水晶棺似的床上用特制的灯照,二十分钟一次,这种制作出来的肤色一般可以保持两到三个月。赵文雯总觉得自己夏天露在外面的胳膊太白,想给"小麦色"一下。别说他老公惊了,我也张大了嘴,仿佛看见过年送礼用的红苹果上那个用阳光"晒"出来的"福"字。我说,你又不是面包,怎么能那么烤呢?她不理我,接着畅想拥有一双小麦色臂膀的幸福。后来他老公说:"你要再这么瞎折腾,咱离婚算了。"她就服了,转天连褐色粉底都没往脸上糊。

楼道里再遇到赵文雯老公的时候,我问:"最近你们家活宝又折腾嘛呢?"他说:"减肥呢,巨推陈出新。晚上我回来晚,你去我们家吃饭吧。"因为要等个电话,我把赵文雯叫我家来了,我们都懒得做饭,就在饭馆叫了几个菜上来。摆好碗筷,她忽然说:"哎哟,我不吃肉。"我按着电视遥控器:"在我这就别绷着了,肉多好吃。"瞅眼看她已经把一片肉放嘴里了。等我看了会儿电视回到饭桌前又惊了!赵文雯吃肉而且不少吃,但她只是嚼嚼,无论肉片还是肉丝最后出来的都是搅馅儿。她瞅我一眼:"看什么?减肥期间我不吃肉,只能过过嘴瘾。"

养殖美女

美女也分品种,这要看是养殖的还是自然天生的,天生丽质的女人是尤物,量少而且不是什么人都能近身。养殖的美女很难具备尤物们的气质,那是人家从骨子里带出来的,就像我们宿舍一个女生从小在大炕上呆惯了,不管坐哪都很自然地用两脚互相把鞋蹬掉然后盘腿,现在自己都开会计师事务所了,到哪查账腿倒是不盘了但蹬鞋的意识还有。谁不想当美女呢?你要瞅冷子喊一个鼓嘴耷拉眼角的女人"美女",她会满脸不高兴地拉长声音说"讨———厌",其实心里美着呢,因为不管长相多寒碜,在每个女人心中自己都是美丽的。

养殖型美女也分放养还是圈养,放养的更懂得修饰,圈养的就只知道一门心思地照葫芦画瓢。Y姐属于悟性开发比较晚的,她二十七岁的时候我们开始嫁人的嫁人生孩子的生孩子,她连恋爱还没谈,整天风风火火地盲目以为青春永恒。她洗脸跟洗手用同一块肥皂,抹润肤霜的时候也是用手一胡噜抹到哪算哪,外出总是随手抓起一件T恤就套在身上,经常前胸印着"××纯净水",或背后写着

"××牛肉面"。我一直奇怪为什么Y姐那么不修边幅,一天里用于打扮的时间还不如一只猫舔爪子的时间长,她出门就差往自己脸上再撒把土了。难道装扮得那么朴实是怕有人途中劫色?后来Y姐跟我说,打扮出来的美都是短暂的,她要让有心人发觉她的美,这样得来的爱情才是真实的。

直到三十岁还没遇到土里刨金的人,Y姐急了,她眼瞅着那些长相有缺陷的女人都把自己收拾得利利索索过上了幸福生活,终于顿悟女人要发掘自己的美丽,于是她开始了圈养美女的日子。

其实就算是圈养也需要时间,但Y姐觉得自己的青春小鸟就要一去不回来,想的都是速成的招儿。她先是通过电视购物塞了一柜门儿的"神奇翘臀裤"、"速效瘦身内衣"、"魔术丰乳贴片"之类的东西,然后跑一家从没听说过的医院往胸部注射了"英捷尔法勒"软组织,她的脸让美容院用一个月的时间沤得比脖子白几十倍,弄得脑袋怎么看怎么像直接装上的,一点儿过渡都没有。Y姐在精神上拼命追求童心童德,别人是装嫩,她是从心里往外觉得自己就是青春逼人。

有一天她在电话里急着约我去麦当劳见面,让我借几本书给她。我站在自己的书架前看了又看,不知道哪本适合圈养女人,最后找了几本封面上有美女但过了期的时尚画报。她起步晚,要是再多看点儿世界流行趋势还不把自己逼疯了,三十岁的女人为美已经急得撞笼子了,对于走火入魔的人哪能再火上浇油。Y姐就像刚拉秧的黄瓜,虽然水灵灵的,但眼瞅着就要过季。

透过麦当劳的玻璃我看见Y姐正小口地喝着一杯咖啡,等我坐在她对面,发现她的咖啡还是满的,原来她只是隔几分钟把杯子在嘴边晃一下要个形式,她说口红沾在杯子上很恶心。经过一段时间的圈养,她是跟以前不一样了,那时候别说咖啡,连喝冒汽儿的开水都咕咚咕咚的。我仔细观察了一下,她的脸除了惨白,把黑眉毛还都给连根儿拔了,取而代之的是两个倒过来的咖啡色对钩儿。经过加工的胸部给人视觉上足够的压迫感,搞得宝姿外衣鼓鼓囊囊,说起话像怀里揣着兔子,总是一跳一跳,我生怕动静一大再把那杯满满的咖啡弄洒了。

以前给宿舍捆过墩布的Y姐现在也不知道还干不干活,伸出的手也美了甲,只不过有的图案已经磨去了多半,正苟延残喘。我们边说边聊,我发现人的外貌经过养殖性情也变了,她始终在把玩买套餐赠的Hello Kitty。我问她为什么喜欢这东西,她把咖啡杯晃了一下说:"我们女孩子……"我差点被巨无霸噎死。三十岁的Y姐大概真以为自己就是十三呢,我真担心她哪天会在头上扎个粉色大蝴蝶结扮猫猫出来。由此我认为圈养出来的美女多少在心理上有些失衡,她们不能正确地看待自己。

放养型的美女比圈养的放松,但效果基本上相同,这要看每个人对美的悟性有多高。尽管成就美女的路上有得有失,我们最终都成为了大街上走来走去的养殖型美女。

叫我肉丝

我特别弄不明白很多人为什么非要给自己起个英文名字不可,自娱自乐也就罢了,但还都挺当回事似的互相吆喝,倍儿美。从他们嘴里蹦蹦跶跶出来的英文称呼我怎么听怎么别扭。就像上周,我去一个同学的公司借正版杀毒软件,正好赶上他们公司午休,几个女人围在一起,其中一个说:"我告你伊丽莎白,你看着一点儿不显胖,你没肚子!"我扭脸看了一眼,正看见说话的人在揪自己胃的下方,她拎着那一大把人油无比惆怅。这时,那个没肚子的伊丽莎白站起身低头看看自己:"格林你真能安慰人,我比你胖多了,你看我这腿!"说罢,弯腰用两只指甲很长的手比画大腿周长去了。后来我又支棱耳朵听了一阵,另外两个人一个叫海伦一个叫迪西,经过女人堆儿就插句嘴的那个男人叫托尼。

在这样一个环境里我特别紧张,我战战兢兢地问我的同学:"你们单位是外企吗?"她说:"哪啊!"摇摇头。我就更好奇了,接着问:"你们这怎么都叫外国名字啊?"我同学看了我一眼疑惑地说:"不会吧你,连这个都不适应?"后来我知道我那个同学现在已经是Abbra

了,这个名字网上给的解释为渴望理解和帮助别人,但有时会过于投入以致影响自己的心情。性格温和,极富同情心,家庭美满。责任心强,但有时办事拖沓,有音乐和艺术方面的潜力。就像我的同学,那些有英文名字的人不但能说出这几个字母的含义,连源自古希腊或者什么别的鬼地方都说得头头是道,看样子真扎实花了些心思。

我坐着的时候大概把腿伸得有点远,以至于突然就被别人踩了一脚,那个人一踉跄,我赶紧收回自己的脚抬头说对不起,那个人也Sorry长Sorry短,弄得我不知道该怎么好,我同学在一边笑问你们到底是谁妨碍了谁?人家有英文名字的就是像绅士,一张嘴就说:"这有什么关系呢?说Sorry是被培养的惯性,是不假思索的礼貌,起码看起来我们都是一个Gentlemen。当我为女士开车门、挪椅子的时候,期待的不是一个美女的微笑,而是微笑中的明晰。"这话听起来好像他在伦敦世代住了多少年似的,这个男人有苍白的脸和不足一米七的身材,半袖衬衣的口袋上写着一行极小的"翔云"的拼音。我大着胆子盘问这个人老家是哪的,左躲右闪之后他说了个江西农村的地名就匆匆回自己座位喝水去了。

我的同学其实以前人特别朴实,自从给自己起了个外国名字以后就变得人五人六的。后来她说她刚跳槽到这个公司也特别不适应,因为一个二十人的团队里光凯瑟琳就有七个、杰克四个、理查德三个,你站在房间里喊一声,每个名字都有好几个人抬头。开始只是经理级的要求手下喊自己的英文名字,这要求后来泛滥成主动行为,大家彼此也都那么称呼,弄得一个个跟在加洲办公似的,找个收破烂的进来归置报纸都要问人家How much?

后来有一次我被她拉去参加一个聚会,那个酒吧特别隐蔽,像是个贼能找到一般人找不到的地方,进胡同本来就七拐八拐了,酒吧也像个细长的甬道,脚底下都是硌脚的石头子。装修挺华而不实的,这点从用镀金相框去镶一张掉角儿的破外国报纸就知道。这里谁进来都给一份菜单,我坐下来佯装环顾四周,用余光瞟了一眼菜单,天啊,都是英文,虽然旁边都有食物的图解,但我读不出那些字母的发音啊,最可气的是连咖啡、茶这样简单的单词上面居然没有。我把菜单合上,非常客气地抬头问满脸青春痘穿着大围裙的服务员:"把中文菜单拿过来好吗?"那个小男孩跟我推推搡搡:"您就拿这个点吧,中文菜单菜品不全。"我在心里暗骂:"这世道!"

终于混到了吃好喝好的地步,内向的忽然爱说话了,本来话就多的就开始到处张罗忙忙乎乎。我旁边的小女孩一直跟我抱怨他们单位那些领导整天话里话外蹦英文单词,素质好的说完还给你解释一下,要碰上特自我的那种领导女孩只好把他的发音先记上汉字留着散会后再自己消化。现在回想起来我也有点忘乎所以,居然垫起屁股问对过坐着的Abbra的部门主任:"您贵姓?"那女人特别善意,笑着对我说:"你就叫我茜茜吧。"我问:"是茜茜公主的茜吗?"她说:"柔斯(听着像肉丝)你真爱开玩笑!"然后用手掩面假装害羞。我眼睛盯着我的同学,她竟然给那些人介绍我的英文名字叫肉丝。

出门的时候,Abbra还在拿我开玩笑,我板着脸提醒她:"别叫我英文名字!我已经让你们这群人快弄神经了。"自那以后我和Abbra彻底掰了,发誓决不跟那些赶时髦弄个外国名字出尽洋相的家伙做朋友。

谁是你亲爱的

我经常像个无业游民似的跑到朋友的公司坐会儿、上厕所、打个长途、喝口水或被邀洗澡,一耗能耗几个小时。这习惯是没毕业以前养成的,当时特羡慕工作早的同学,她们都人五人六地穿得干净整洁,坐在自己的办公室里,钱虽然少,但福利待遇特别好,发鸡蛋发油发米面发卫生巾,连安全套每月都有人默默地给放在抽屉的最里面。我那些质朴的同学总是在第一时间把没用的东西派送给她们的师傅,以至于都落了一个好人缘。所以,我去的时候根本没人在意她们还在失业的同学又来蹭浴室和打长途了,反而我要有一段时间没去还会有电话叫我。

当我终于也有资格邀请别人"找我玩来"的时候便减少了去骚扰那些朋友的频率,最后直到了应景地打几个电话通报一下"军情"的地步,是生活让我们彼此疏远。

上周我路过阿妖的办公室楼下,仰着脸向上看的时候仿佛看到了好多年前我急匆匆拎着香皂毛巾在传达室给她打电话,一会儿就能看见她跑着出来,拉住我就问:"亲爱的,怎么不早点呢!"永远是这么句话,好像蹭个澡也要半夜排队似的。我给阿妖打了电话,听见她在里面催促"亲爱的,快上来,快上来"。她们的办公室早就重新装修过了,一人一个小隔断,已经没人像多年以前那么没修养,有点儿什么事都抻脖子喊,现在都打内线电话。大家都藏在视线以外的地方瞎忙活,偶尔能看见几张脸从隔断上面探出来,狐疑地到处望望,再消失,跟鼹鼠似的。密封的空间里,是个鼻子就在呼吸,摆在门口的那三棵巴西木都快被熏蒙了,特别无精打采,怎么浇水都没用。我跟阿妖挤在她的小空间里,屁股底下的转椅稍微给点力就响,让人很尴尬。十分钟后有人通知阿妖开会,她拿着几张纸走了,临走安抚我说"五分钟",实际情况是我等了二十分钟她也没回来。她桌上的电话经常响,我坐在她的位置上忐忑不安,终于在一个电话响了N多声之后还没挂断的意思,我就替她接了。我还没"喂",那边一个男声就说:"亲爱的,你为什么这么对我,今天晚上来我这吧,我特别想你。"我一时惊得电话都快扔地上了,我的脑子飞速转,嗓子里叽里咕噜。那边又说了:"亲爱的,我知道大卫为什么离开卡巴拉岛了,我也知道你想告诉我什么,你给我个机会行吗?你倒是说话啊!喂?喂!"我特麻利就把电话挂了,心都快吐出来了,我赶紧到处看看,还好,没人注意到我。无意间撞到别人的隐私这滋味可不好受,告诉阿妖一定被人骂,不告诉她,我心里太不安,那个卡巴拉岛是个什么鬼地方?几秒钟后电话又响了,声音执著而有力,估计还是那个"亲爱的",这回打死也不敢接了。

　　因为我跟这里一些"老人儿"很熟,为了躲避"亲爱的",我辗转到了另一个隔断,跟那个大姐嘘寒问暖矫揉造作一番后,我看见她的台历上一个日子被画上了圆圈,下面写着"Baby birthday",那个数字正是今天,我留了个心眼儿,笑着对她说:"我觉得你今天心情特别好,皮肤真有光泽。有特别原因吧?"对面的女人似乎早就适应了这些不切实际的赞美,她挺了挺身子,很不好意思地说了句:"哦,今天我老公生日。"然后就闷头一脸春意地假装工作去了,我也只有拍屁股走人。边走边想,这事闹的,好像对别人隐私特别感兴趣似的。可有几个管自己老公叫Baby的?幸亏没傻里吧唧地直接问人家孩子多大了。看来真是时过境迁,那些隔断其实是在划分隐私区域,摆在明面儿上的和藏在角落里的都是属于自己的秘密。

等了一会儿阿妖回来了,电话还在响,她眼神勾着我,拿起听筒就"你好",脸色忽然就变了,我只好低着头,因为我既不能连招呼都不打就落荒而逃,也不能知趣地自己站公共通道上去,最后我选择假装对笔筒里的签字笔特钟情。阿妖把声音放得特别小,亲爱的长亲爱的短,而且听上去胡搅蛮缠的人明显不是她的文静男友。我就在那被动地娱乐别人的隐私,最后她终于挂了电话,阿妖说:"亲爱的,真不好意思让你等那么久。"我说:"谁是你亲爱的!"她惊讶地睁大了眼睛。其实我的句式是反驳她对我的称谓,根本不是问句,可话说出来,还是那么低级趣味。

三Z女人

现在三Z女人很时髦,眼神稍微迷蒙些就能让那些容易动心思的男人五迷三道。所谓三Z是指姿色、知识、资本。美貌当然是她们最重要的基础设施,加上满是外文的学历证和银行里一辈子不愁吃喝的钱,人家压根就没像咱似的庸俗地指望靠婚姻解决家里的住房问题。尽管男人们像动物园里发了情的大孔雀,一个劲儿追在人家屁股后面晃悠彩色羽毛,可三Z女人六根清净,认为这种在大白天到处抖搂身上土的小把戏很没意思。

在黄头发、假胸脯还没有流行那会儿,小董就是个地道的三Z女人。她乍一看特像天生尤物,可据她说,从上到下纸里包火,整个人就是一件现代整容技术的精品。因为有她这句话,我跟她开玩笑一向都规规矩矩,从来不敢东摸西捏,实在怕碰坏了什么小零件咱赔不起。

她有不少男朋友,给我的感觉是遍布全世界,因为经常从她嘴里蹦出的国家是我听都没听说过的。那些男人送她来自不同地区的香水,小董一般喜欢把塞在礼物袋里的小纸条拿出来,用一个可

得涩

人有钱一准儿"得涩",弄一屋子家具你要问他某样东西多少钱,一定要把他说的价格乘以八,因为人家说的是美元。刷牙人家用电动的,那轻微的嗡嗡声总让我觉得好像在刷厕所;人家用的美国香皂据说能迅速缓解疲劳,我抹在眼睛上都不舍得洗;人家的马桶还有洗屁股的功能,第一次上厕所,从马桶里喷出的热水吓得我突然蹦起来,差点儿还被自己没提起来的裤子绊一跤……其实谁不知道,以前他坐马路边用一块泛着馊味的湿毛巾黏糊糊地搭在大白腿上,光着膀子把手不自觉地放在胸口来回地搓。

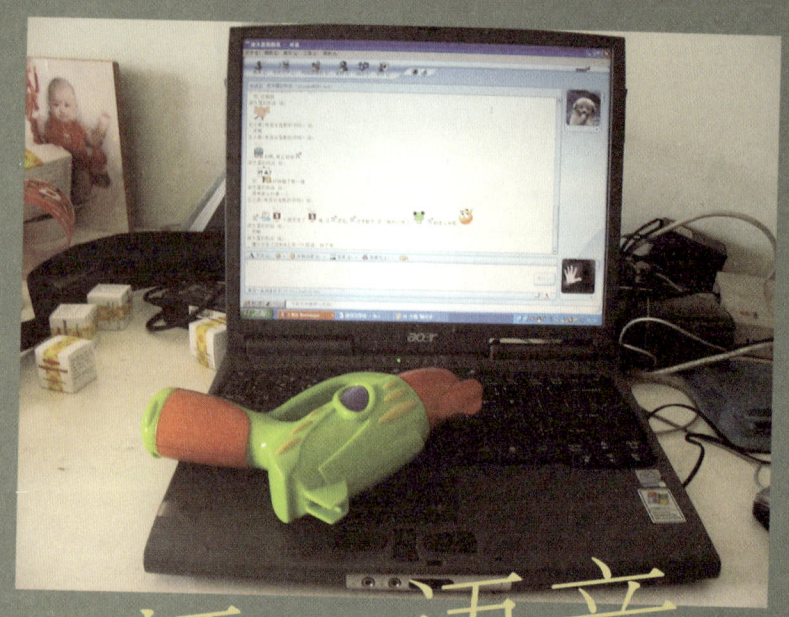

视频 or 语音

在剁手与剌舌头之间，估计很多人会选择剌舌头，因为这样除了不能吃饭接吻以外，不耽误别的。人们越来越娴熟地使用各种网络聊天系统，一开机，MSN、QQ还有泡泡什么的全都自动登陆，各就各位，而且一个比一个花里胡哨，像一个不停撩裙子的塑料模特，她对你构不成威胁，但会勾起你的好奇。很多人在电脑上架起了摄像头，脑袋上挂着耳麦，弄得跟敌台特务似的。我们在网络里都特能说，回到现实里却跟二傻子似的语无伦次——网络聊天，已经让我们的大脑多少进了点水，丧失了在现实社会待人接物的原始本能。

爱的带有吸铁石的橡皮小人贴在冰箱上,留着夜深人静时自己陶醉。有一张卷了边的,一直放在第一张的好位置,那上面写着李白的一首诗:美人在时花满房,美人去后留空床。床上绣被卷不寝,至今三载有余香。小董身上那股味儿是够猛的,我经常像中了煤气一样太阳穴跳着疼。我盘算着何时能把她带我们家以前住过的老楼去,因为那里耗子蟑螂日益猖獗,她去了没准儿能给当地百姓除四害呢,可又觉得这活计有些委屈了小董的身份,只好作罢。

有一天,小董找了一堆朋友去她家吃饭,她在厨房将自己做的烤鸭切成片,放上西红柿片,然后切开柠檬,挤汁,小心地浇在鸭子上。柠檬香扑过来,她问我,你看那首诗想到了什么?我答:流氓。另一个人答:红袖添香。小董夸我有想像力,另一个说我内心阴暗。

小董喜欢打网球和高尔夫,网球就算我跑折腿也接不着几个球,所以从来没参加过她组织的活动,当她说到高尔夫的时候,我抱着见见世面的小市民态度欣然前往。当车来到一个写着高尔夫练习场的墙根儿底下,我终于看到了传说中的高尔夫运动。同去的人有的打过,在议论多少杆、果岭什么的,那些没打过的,脸上也是一副吃过见过的样子,穿得跟戴孝似的,一身白运动服外加一顶白帽子。

所谓球场,不过是块将近五百米见方的空地,坑坑洼洼,用白油漆画出几片假水面,地上斜插着几块牌子,写着50、100之类的数字。场地的周围用一圈尼龙丝网围着,如果加个顶子,再往里扔俩麻雀,就可以成个百鸟园。这实在跟我梦想中的绿地、阳光、电瓶车、起伏的山水相差太远,别说溪流草丛,看不见被风吹起的塑料袋就不错了。小董好像并不在乎这些,她说在海南博鳌高尔夫球场打一场高尔夫球"果岭费"八百、"租杆费"一百五、"球童费"一百二、"租车费"二百,而在这热身简直太实惠了。她善于说实惠,跟我喜欢说便宜一样。可图便宜就别抱怨太多,我闷头照猫画虎地学着别人握住球杆,同时非常别扭地用左手食指和中指夹住右手的小拇指。大家都面朝一个方向用"兄妹开荒"的劲头轮膀子,然后盯着那些数字看看打到多少米了。我跟傻子似的憋足了劲把小白球一个一个打出去,我根本不介意远近。好不容易那么一大筐球终于见底儿了,球童又给我拎来一筐,绝望。我觉得我已经快把自己的小拇指给掰折了,每击一个球我就想起一次渣滓洞。

小董告诉我这项运动是苏格兰牧人放牧时,偶然用棍子将一颗圆石击入野兔子洞里之后发明的。你说这苏格兰人也是,多不让人省心,发明这项毫无乐趣的运动不知道弄丢了多少只羊呢。花那么多钱并且远不如咱这儿的弹球好玩。

三Z女人总是高瞻远瞩,跟你不是谈论世界经济,就是某个国际明星养的蜥蜴是从哪个地区进的货,别说男人,连我这样一个再普通不过的朋友都觉得异常吃力,因为我根本接不上话。小董倒不嫌弃我,昨天打电话问我对英式橄榄球感不感兴趣,我说我觉得青果口感还不错,她在银铃般的笑声中回应着:我就喜欢你这样。可是我觉得自己的心都凉透了。

吃饱了撑的

赵文雯对我们住的小区环境很不满意。因为在全体业主拒绝交物业费的第二个星期保安撤了,之后井盖、垃圾箱逐一消失,过了几天两个楼栋的防盗大门像变魔术一样连门框都被搬没了影儿。我的自行车在楼道里失踪,赵文雯老公的宝莱经常在半夜被人拍响警报器,弄得这两口子整天像武警战士一样随时都准备往外冲。收破烂的人蹬着三轮儿在小区里自由穿梭,并且非常没有职业道德地把业主们扔掉的垃圾袋一一打开翻找,有用的则一把塞进自己随身的编织袋里。他们用挑战的目光迎着所有业主笑,然后问你:"姐姐,你们家有废报纸吗?两毛五一斤。"赵文雯一般会以高傲的表情鄙夷那些递过来的笑脸,她选择毫不迟疑地向前走。不像我,在把废报纸的价钱讲到三毛钱一斤的时候就跟占了多大便宜似的,一准把收破烂的往家招,而且一路上都要叮嘱:"分量一定要给准了啊!"

赵文雯想搬家了,她跟我说了不止一次,看得出来,她被现实生活逼得要动真格的了。赵文雯的老公把选房的重担交给了自己老婆,这女人也不算计有多少家底儿,涉猎的关键词多为:异国、风尚、田园、欧陆、少数人、独享等等。她把那些大House的广告往我眼前一摆,我看见在里面笑着攒局的都是一水儿的老外。赵文雯用食指点着一个三百平米居室的局部效果图对我说:"住这儿,咱才能叫开始生活!"虽然我不知道这邻居存折里究竟有多少存款,但我知道就算把我们两家的全部家当都变卖,也未必能凑齐"开始生活"的起步价。赵文雯的知心爱人为了安抚老婆狂热的心,从一个刚出国旅游的哥们那劫下一把人家"豪宅"的钥匙,让赵文雯去试住一下,如果觉得好,就算卖血也要在贫瘠的土地上耕耘出好日子。那仗义男人说这番话的时候我在一边感动得都快流泪了。三天后,赵文雯拽着我便借看房的名义到了"豪宅",因为她老公临时有事接不了我们,而我们又不舍得打车回市内,于是在一个暴雨滂沱的夜晚,我们俩恬不知耻地在"豪宅"里住了一夜。

我们不像观光客,更像两个战战兢兢的贼,蹑手蹑脚一前一后把房子的各个角落都看了个遍,随着赵文雯不停的赞叹,我们最后坐在他们家的露台上。这里已经用整面的玻璃给封起来了,摆着东一盆西一盆不用浇水也能活的绿色植物。赵文雯扔给我一根从楼下超市买的比市里贵四倍的黄瓜,吩咐在露台上等星星出来,还说了几句颇让人心动的"把月光拌进咖啡"之类的鬼话。那天月亮出来得也有点慢,其实最后的结果是根本没出来,我们就在那傻等,最后我都有点儿上不来气了,因为顶楼更像个花窖,非常闷热。我让赵文雯把窗户打开,她走了一圈,转脸对我说:"他们家窗户都没安纱窗,打开,蚊子进来怎么办?"我们又走回屋里,可是觉得屋里更热,只好摸索着把空调开了,把温度一降再降。

忽然就听见打雷的声音,我们又跑到露台,大雨点就砸在我们头顶上,为此我们还欢呼了大约有五分钟。可是回屋我们就傻了眼,雨水顺着房顶已经流了下来,这时我们才发现这房子有很多处裂痕,赵文雯喊:快拿盆接雨!我找遍了这栋大房子的几个厕所,没发现一个盆,最后只好找了几个碗接雨。刚摆好,赵文雯又喊上了:"你去找把笤帚,咱得把水扫出去。"可这又不是我自己家,也不敢乱翻东西,除了吸尘器我什么也没找到。我对赵文雯说,这家是不用笤帚的,赵文雯在木地板上摔了个跟头。此时,卫生间散发出一股异味,因为通风管在顶上,所有的异味从一楼向上涌着。不知道什么时候衣柜被我碰开了,从里面滚出几件团成团的衣服掉在水里,并且还有继续掉的趋势,我一边用肚子顶着要滚落的衣服,一边回手拿已经掉了的,心里怒骂这家懒人。房间太大,我们在这里上上下下跑来跑去。

赵文雯像个怨妇似的不做声了,光脚半蹲在真皮沙发里。那一夜我们如同两个被雇来的佣人,因为外面雨大没办法脱身,又不好意思坐以待毙,干脆就替人家干了一夜的家务。用赵文雯的话说,咱这不是撑得难受吗!天亮的时候遇到几个这里的保安,他们都面无表情趾高气扬,我们在他们的余光里离开了。我跟赵文雯又重新回到了有贼出没的小区,她每次坐进宝莱里的优越感又回来了。此后再也没从赵文雯的嘴里听到那些有关"豪宅"的关键词。

野地里比智商

人总喜欢花钱找罪受,这话一点都不假。很多年以前我参加过一次北京某野外生存俱乐部的活动,当时"拓展训练"的概念还没有进入中国,那时候自己也年轻,刚一看见"我们的目的是在自然地域(山川湖海)通过探险活动进行情景体验式心理训练"的布标就特别激动。一个瘦得像骷髅精似的男人穿着一身迷彩服问我:"你都去过什么地方?"我刚说个北戴河,那男人特别不屑地打断我:"别说了,靠旅游你的眼睛根本辨别不出自然的美,你觉得这样的生命有意义吗?"我一下就傻在那,忽然觉得特别无地自容。骷髅精接着说了几个概念,诸如徒步、勇敢、露营、团结之类实际哪儿都不挨哪儿但特能煽动人情绪的词汇,让我简直按捺不住内心的向往,当时就交了我和石石的钱。

这是一个野班子,我们凌晨四点被集中在一间民宅内,出发前要求女生必须背一个睡袋、一个帐篷,男生还要另外扛上炊具、绳索、漂流用的橡皮筏等东西。我和石石当时就有点傻眼,因为光那个装帐篷的包竖地上都快赶上我高了,别说还要背睡袋。我们就像挑山工一样,每个人都往前弓着身子,趁天没亮上了一辆挺破的大客车。这群人远看像逃难的,近看像要饭的,根本没人寻思是去拓展训练的。

　　车把我们拉到一个山里,在石料加工厂附近车停了,领队骷髅精宣布野外拓展要充分利用艰险的自然环境,从情感上、体能上、智慧和社交上对自己提出挑战,大家一阵欢呼。后来我才知道,所谓野外拓展就是能坐车的地方一定徒步,放着正经道决不走要绕个大圈走山路。人都快走傻了的时候,骷髅精让队伍停了,大家都很疑惑说:"这不就是咱们刚才停车的地方吗?"几个领队不再理会我们,扔出几米长两张塑料编织袋似的东西,让大家围成男女更衣室换上游泳衣准备等河里的水涨起来往下游漂流。十几个男男女女在编织袋里晃悠着光溜溜的肩膀,山风吹在身上鸡皮疙瘩立即起了一层。一个橡皮筏只能坐两个人,骷髅精要求必须一男一女,因为人本来就不是配好对儿来的,所以我跟另外一个有漂流经验的女人分在了一组。组织者没带气筒,所以橡皮筏只好靠两个人轮流把它吹起来,不同嘴里的唾沫搅在一起让人特别恶心。石石从一开始就拒绝这样的运动,蹲在河边玩水,我看见跟她一组那个四十多岁自称教授的大爷正自己蹲地上叼着气嘴儿较劲。为了减轻负重我和石石坐在河边吃光了背包里的所有东西。大约两个小时以后,骷髅精说下水吧,大家忙不迭地扒着橡皮筏往里蹦。水流很快,根本容不得你把握方向,橡皮筏打着旋冲着在水里露头的石头就去了,所有人都尖叫着,有的干脆撞翻了筏子掉进水里。好在身上有救生服,扑腾一会儿领队们就会用竹竿把你挑进他们的橡皮艇。

我只觉得天旋地转,哪有心思看两岸啊,河里全是带棱角的石头,我们的橡皮筏底部早就被划出好几个口子,我觉得自己都快被撞碎了,后来实在熬不住,干脆翻身跳河。等我拽住竹竿的时候看见石石早就在里面坐着呢。好不容易到了宿营地,我发现我的腿上划得全是口子。本来骷髅精说是管饭的,但分到我们每个人手里的只有半茶缸子方便面,我坐在帐篷外面看着对过一个男生啃一根很粗的香肠。石石问:"你饿吗?"我说:"你觉得他能吃完那根肠子吗?"石石摇了摇头:"要不咱们趁他没吃完要点过来,这样饿着太难受了。你去!"我一点都没觉得不好意思,向自己的味觉投降了。

我们带的帐篷只能睡两个人,但骷髅精要求必须四个人睡,而且必须是两男两女,这是野外生存的规矩,因为一旦遇到危险情况男人往往会冷静处理。他的话还没说完,石石拽着我的手一个劲摇头,她很小声委屈地说:"不行,你知道我刚才为什么跳河吗?那个色情教授对我性骚扰。"我一听就急了,站起来反对骷髅精:"这会有什么危险情况?到现在为止我见到的最大野生动物就是蚊子,人不比野兽危险?"我的话显然激怒了大家,骷髅精让我闭嘴,说在外面只能听从领队的。无奈,我和石石早早钻进了帐篷缩在满是臭脚丫子味的睡袋里讲鬼故事提醒彼此别睡着,其余人趁着夜色又被带走夜漂去了。深夜,大概领队怕我闹事分配来两个女孩睡在我们这。清晨我的身下都是露水,腿上还爬着一层小红虫子。

野外拓展本来是三天,我和石石转天上午就问清了公路的方向,回家了。野外拓展就像一只披着羊皮的狼,它在外面捏着嗓子叫"小兔乖乖,把门开开",对于没见过大世面的兔子而言,脑子不动就去开门的举动那么轻易且理所当然,好在,门开的一瞬间,我们看清楚了大灰狼的獠牙,赶紧关门还来得及,尽管我们已经被撕下了一块毛皮。

螃蟹钓人

秋高气爽的日子总让人慌张,外面温度湿度正合适却无处可去,只能站在阳台上跟晚年离异无儿无女的孤寡老人一样看着别人家的窗户瞎琢磨。就在这时,我的手机响了,一个哥们语气轻婉,像对暗号似的一上来就问我:"哎,你又对谁家玻璃动心思呢?"我啊了一声,他接着说:"二十分钟以后,有车,有掏钱的主儿,一块儿钓螃蟹去吗?"这占便宜的事儿哪能落下,我赶紧一边应着一边找防晒霜和旅游鞋,抬眼看着表,二十分钟太长了。

我支棱着耳朵听见楼下有汽车喇叭响的时候已经主动下了一层楼了。几个男人在一辆紫红色的破普桑里探头探脑,我那哥们热情地介绍了他的几个朋友,我当然含着笑对每个人都点了点头,按照天津的惯例,上了车他们管我叫"姐姐",我管他们叫"哥哥",虽然称谓混乱但明显拉近了彼此间的关系。秃顶哥哥问我怎么走,我觉得自己特别愧对他扭来扭去的脖子,因为我只知道我们门口哪个摊儿上的螃蟹便宜,根本不知道往哪能钓到螃蟹。小眼儿哥哥一个劲儿地说:"姐姐,我们都以为你吃过见过一定能把咱带到螃蟹坑里，所以大早晨就来接你了，你问问你其他朋友，咱不能傻开啊。"我顶着强大的心理压力给六个人打了电话，其中四个是被从梦里吵醒的，他们像统一了口径，问我是不是撒癔症了然后决然地挂了电话，另外两个倒是态度和蔼，告诉我去郊区，但到底去哪个郊区他们也不知道。在我已经下定决心弃车而逃的时候，我哥们接了个电话，被告之宁河那有。汽车掉头，直奔唐山方向。坐在车里，我掐了一下自己的大腿，我总觉得这个早晨来得有点儿蹊跷，跟一伙陌生人凑了个散团去钓螃蟹，在市里绕了两小时还不知道该去哪。我那哥们大概猜到了我的心思，一个劲儿讲段子，我张着嘴假笑着。途中，我买了一份天津地图和四瓶矿泉水、六个面包。

　　车很快开到了一个叫七里海的地方，路边上也能时不时地看见大红布标上写着:钓河蟹批发零售。远远看见两个大坑旁边零散地坐了些人，我们也把车开了过去。到了才知道，人不少，因为车已经排出了几百米，有些高级轿车的牌照还被遮挡起来了。我们在一张只有三条腿儿还能将就站着的桌子前报了人数，每人贪多嚼不烂地抓了好几根钓竿和一个抄子，还有俩人端了两个足有半人高的大红塑料桶，他们边走边嘀咕:桶拿少了，咱这么多人怎么也得钓上几十斤。

　　我们在两个浑浊的大坑中选了一个最浑浊的，然后学着别人的样子坐了一溜，并把一根一根的竿斜插进岸边的泥里,最后在小马扎上等着傻螃蟹上钩。这里的螃蟹很特别，因为它们只吃羊肉。等待是焦灼的，也是残酷的。因为旁边一阵阵惊呼弄得我们心烦意乱，人家那竿上一拎就是一个，甭管大小，爪子挠桶的声音就是令人羡慕。那些男人逐渐丧失了耐性,不时插着口袋转悠到别人的地盘上伸着脖子往人家的桶里看,回来就抱怨:"人家那儿都多半桶了,个儿还真不小。"话音未落,我那哥们吐着烟圈儿也走了,只有我用眼睛来回瞄着几根竿,钓螃蟹跟钓鱼不一样,既不用打窝儿也没有鱼漂可以观察,只能傻等螃蟹自己拽竿。天还没亮就到这的那家人已经打算走了,他们钓了将近两桶,但因为想从这出去,人可以走,螃蟹要二十五元一斤。那家人正一个一个地往大坑里扔他们认为小的螃蟹,扔了足有半个多钟头,我看得眼睛都红了。当然,在这种情况下,我们自己的那些竿早没人看了,有人抱怨羊肉不好、有人抱怨风水不好,我们一趟一趟地换羊肉,明显有些急红了眼。直到我那哥们负责看管的竿被一只螃蟹拖到水里,我们才缓过神来。

　　收获发生在我们枯坐了两个小时以后。一根竿的线被抻直了,我慢慢起竿,秃头哥哥用抄子收底儿,螃蟹看见刺眼的阳光大概有些不适应,中途松了爪子,我的余光看见秃头一闪,他差点一头扑进坑里,诺基亚手机顺势从上衣口袋飞身入水,他还冲网里的螃蟹傻乐。那一瞬间,我才知道什么是喜悦。

　　人越来越多,从北京来的两辆大旅行客车卸下来百十口人,坑边上密密麻麻坐得都是人更别说竿了,再傻的螃蟹看见那么多羊肉也知道是个陷阱,所以,几乎后来就钓不上什么来了。而我们此时一个大桶始终空着,另一个桶里有七只螃蟹吐着泡泡。秃头哥哥不知道是哪个地方的领导,他指着螃蟹对我们说:"就算桶倒了也不用担心螃蟹会爬走,因为只要有一只螃蟹快爬出去时,其它的螃蟹会争先恐后地攀爬在第一只螃蟹身上,企图借力爬上去。结果,没有一只成功逃走。在管理上也要注意员工互相牵扯,陷入平庸。"悲剧在他话音落后五分钟发生了,一个人碰倒了我们的桶,七只螃蟹爬的速度超出我们的想象,一瞬间全没了。那时我打算把桶踢进河里,当然我的实际行动是劝大家打道回府。

　　秃头觉得面子上过不去,嚷嚷着要买螃蟹带回去。我们都劝他,但发现他看螃蟹的眼神儿都不对了。最后他从腋下的小皮包里掏出了几百元钱,告诉批发螃蟹的人:"装!"我们最终大老远买到手的螃蟹是一百块钱三斤,比我们家门口贵了很多,可秃头坚持认为意义不同。我拿着这兜买来的螃蟹进屋的时候我妈从厨房跑出来翻看,我在厕所听见她说:"你这螃蟹是买的吧,怎么大小都一样呢?"我忽然就想起了相声里那个揣糖饼钓鱼的"二儿他爸爸"。

青春期植物

很长时间没联系的一个朋友忽然来了电话,说她又换单位了,一定要让我去看看,因为她所在的写字楼洗手间安装了全套美标的洁具,还有专用洗手液、七分钱一张的吸水纸,最可贵的是马桶旁边那两卷厚厚的舒爽永远用不完。我特别惊讶,问她:"你不是因为厕所跳槽的吧?"她的语音圆润:"不是才怪,我走的时候以前老板问我为什么走,我说因为新单位有一个特别可爱的洗手间,那秃头半天没说出话。"

我如约到了她的写字楼,那里面确实挺气派的,专门为欧洲人准备的电梯宽大无比,每层都有可以商务洽谈的软绵绵的沙发,而旁边就是整面落地玻璃,这样的规模不难猜测它的洗手间。我不知道我同学的职位现在算C什么O,她偌大的办公室就她自己,还有几盆种在花盆里的树。她笑着把我按在一个只要坐上去就晃悠的转椅里,我的屁股和后背很不适应那种颠簸的节奏,好像整个人随时都要摔下来,只有欠着身子用腿绷着劲儿找平衡。突然到这么一个环境我特别不适应,也没心理准备,都不知道用怎样的修辞开口说话才能不失身份。我问,这花是你种的?她用"水儿笔"磕了磕电脑屏幕:"我哪有那时间,是租来的青春期植物。会有人定期给它打理。其实谁不是租来的,我跟它一样,都是租期不定按月付酬,等你青春期过了,叶子黯淡了,也就没市场了。"我站在一盆巴西木前面觉得她说的很到位,后来就管她也叫青春期植物了。

我的同学是个工作起来很拼命的人,但她对环境要求得特别苛刻。上次跳槽是因为写字楼里的电梯,就是那种按接吻姿势站着能容纳十五个人的电梯。平时乘电梯的人不多,但每到十一点大厦里食堂开始卖饭的时候电梯就忙了,几乎层层停,一群一群刚吃完和正准备吃的人出出进进,电梯里充满浓郁的菜味儿,有人在咂嘴、有人在打嗝、有人在甩饭盒里的水。青春期植物很长时间一进电梯就恶心,都成心病了。后来她还发现下午电梯里经常出现一些光着脚跋着拖鞋,肩上扛着毛巾的人一层一层找能洗澡的卫生间,那时候,电梯里满是洗头水味。她经常疑惑自己是在一家洗浴中心办公,因为那些光着脚一进电梯就用毛巾擦头发的人你随时都能遇到。最让青春期植物受不了的还有一点,厕所里的手纸经常不知道被谁当单位福利拿回了家,总是在她疏忽自带面巾纸的时候,眼前只剩一个光秃秃的空盒,当她绝望地一把提起裤子,想到的只有一个词:跳槽。

青春期植物之后就到了这家对着装要求极为严格的外企,化一个上班的妆至少要一刻钟,粉底霜、收缩水、精华素、腮红、眼影、香水等等,反正有什么往脸上抹什么,即便这样还怕不到位呢。这里的电梯大了,菜味换成了化妆品味,我觉得像化工厂的车间,但青春期植物觉得这样的味道才适合自己,尤其厕所里有可爱的海蓝色,别说手纸了,就是你洗完手不小心落在大理石台子上的水珠都有服务生及时为你擦去。

能使用上这么高级的厕所也需要投入,青春期植物给我传授了一些职场秘籍,比如:老板的老婆穿着一身香奈尔进来,你一定要发出无与伦比的惊羡声,满口赞美之词一定要一句顶一句地说,眼睛要直视对方的眼睛,充满由衷和坦然,这样,她才会有满足感,也一定会在老公面前替你关照几句。什么叫职业化,就是要像宫廷戏里的太监,皇上说什么你都得撅着屁股甩一甩袖子,然后说"喳",答应得要干脆、真诚、别无二心。如果你还想享受可爱的厕所这是必备的锦囊之一,此外就是更拼命地干活。

没在外企当上C什么O之前青春期植物觉得无处打发的时间一大把,可拥有了七分钱一张吸水纸的厕所以后,能清静地看一次电视都成了妙不可言的人生享受。因为她的手机随时都会响,她随时都要上网接收指令、随时都要给别人安排工作,哪怕她现在在睡觉、在逛街或者在上厕所。青春期植物偶尔会在下班后故意把手机和手提电脑忘在单位、故意没带门钥匙而跑到我家来睡觉,其实她只是想尽量给自己争取隐私时间。她特别渴望放年假,跟我说了不止三次,而且每次都把出发线路安排得特别合理、美丽,并且说好给我带这带那,这样的渴望化为更加忘我的工作。她误以为公司会回馈她的这种义举,其实换来的只是假期的一次次拖延。

青春期植物说自己还要再跳槽,却迟迟没跳。我想,挽留住她的不是职位、薪金,是这里的电梯和厕所,这个秘密她的老总是不会知道的。

桃花劫

　　白领扎堆儿的地方很不好混,格子间划分出私人领域,只要你一走动,定有无数目光开始上下打量,女人的目光是挑剔的嫉妒的和嘲笑的,男人的目光是暧昧的有想法的和充满质疑的。赵文雯自从进了外企,英语水平日趋下降,因为互相称呼英文名字是这家跨国公司唯一能用上的口语,那厮的业务不错,但她口口声声嚷嚷有危机感,后来我才发现,她的恐惧来自公司对女员工外包装的严格要求上。

　　忽一日,赵文雯下班直接进了我的门,我一看,立即惊为天人。她把一件淡粉色的方格羊绒大衣叠吧叠吧夹在自己怀里,一件米色低领羊绒衫把身子裹得像个粽子,只露出她极富肉感光秃秃的脖子,腿底下的黑毛裤外面是一条深灰色的呢子裙,不知道是在什么淑女屋买的,勉强裹着她的下半身,把经年积攒的脂肪粒都快勒出来了。她那足有四十厘米高的长筒靴让赵文雯远看像土行孙近看像残疾人,反正腿的迹象不明显。她一屁股坐在我的沙发里,两个脚丫子踹了几下把她那双跟假肢似的靴子脱了,叹了口气,滔滔不绝地数落起单位里的小妖精和没品位的总经理。

我拿出刚买的草莓一个一个往她嘴里塞,女人多的地方本来生存环境就恶劣,她去的地方偏偏"白骨精(白领骨干精英)"成群,能越战越勇已经够感人的了。赵文雯激动地挡住我的手说:"丫头,拿把刀来!"我就喜欢别人出其不意,于是连问都没问就从桌子底下摸出一把俺们家最小号的水果刀递给她。她异常精心地把草莓切成薄片,然后当着我的面把八块钱一斤的草莓贴在自己脸上,在吃惊两秒钟后,我愤怒地从她脸上揭下那些草莓片扔进自己嘴里。

晚上,赵文雯又来了,怀里抱着好几本《ELLE》,我抬眼一看,立即再次惊为天人。她居然给自己画了烟熏妆,那嘴唇如同刚刚喝了咳嗽糖浆没擦干净,还有些黏稠的液体糊在嘴上。她骄傲地挤了挤眼睛:"浓稠饱和,娇嫩欲滴。裸色的唇用灰棕色能创造出像是被擦过,却又完美不过的效果。"她啪地把杂志往我的桌子上一摊,哗啦哗啦翻到窝了角的那一页,用手指头点着上面老外的脸:"你仔细看看,我还有哪点不足?"我对老外倒没什么兴趣,因为时尚杂志上的风骚女人都那个打扮,但我的邻居赵文雯可不同,我认为她这样义无返顾地挺身而出是在引狼入室。赵文雯故意眨巴着眼睛,天啊,我怀疑她是孙悟空的帮凶,他们大概一起偷吃了太上老君的仙丹,而且她肯定比那猴子吃得多,那眼泡跟俩铁疙瘩似的。赵文雯像个推销化妆品的,特严肃地告诉我,全面进入重金属时代后,眼线的颜色更多采用黄金、白银、青铜、铁灰色,主要是环绕着眼周用香槟金色打底,在这个基础上用铁灰色对上下眼睑进行晕染,最后在内眼角以点染的方式涂上金铜色,表现出一副目光炯炯、富于进攻性的美女形象。

她这么上了两天班,据说单位反响不错,尤其总经理把她叫进办公室单独谈工作的频率明显增加,但第三天出了变故,因为赵文雯出电梯的时候那高筒靴细细的跟儿忽然被别住,她整个人重心偏移,起来的时候从嘴里吐出一颗半拉的门牙。白领丽人急眼了,她去牙科医院我则在网上疯狂查找补牙的资料。猛然眼前一亮,《十七条古代独门美容秘籍》里有一则落牙复生法:先抓来未开眼的嫩老鼠三至四只待用,再用白芨、白芷、青盐、细辛、当归各五钱,捣碎后与嫩老鼠包在一个纸包中,放入火炭中烧成灰、磨碎,再用来擦牙,落牙便复生,黑牙也会变得洁白无比。

而当我把这宝贵的秘籍告诉她,赵文雯已经把牙补好了,哭丧着脸说再也不当白领丽人了。

咸鱼翻身

昨天晚上打开电视，东方卫视一个不知道什么节目猛地冒出来一大群小年轻儿对着镜头大声喊："卡哇伊！"嘴部造型都很夸张，一看就知道喊得特别卖力气。吓得我赶紧换台，如同快到填料时间打开了牲口棚，那声音闹心。"卡哇伊"据说是可爱的意思，它的出现简直是春打六九头，搞得那些上了年纪的女人们重装上阵集体纯情。

我认识一个卡哇伊，只要一说话，就神情暧昧并且经常"调皮地吐了吐舌头"，开始的时候我说完一段话她的舌头突然伸出来，又收回去，像孩子一样笑着表现对话题很投入，我还挺喜欢她这个经典表情的。可越往后发展她的舌头从嘴里伸出的频率越快，经常在我一句话还没说完的时候就看见她的舌头像芯子一样出出进进，而我几乎忘了自己刚才在说什么，就只剩下坐在她对面干张着嘴。这个局面一般要由卡哇伊爽朗的笑声打断，她问："你愣什么神啊？"我说："你真可爱。"其实我脑子里的画面是这样的：手里攥着一条线，那头是一个大号鱼钩，她一张嘴我就甩线，钩住那个小红舌头,要挂上了我还就不撒手了,非一直往外拽不可,你不是假装调皮吗,就让你一直晾外面。当然,我的心理活动她是不会知道的。她也不做个社会调查,总把舌头放外面跟个无常女吊似的,有几个人能受得了这样的调皮呢?后来听说有一个男人破了她的卡哇伊大法。那个人是去修水管子的,自然没多大兴趣留意女主人是否可爱,他特直接地说:"姐姐,您这几天上火吧,舌苔够重的。现在也没卖挂舌子的了,您回头吃点牛黄解毒片吧。"

卡哇伊不再调皮的时候,就迷上了一种颜色,那种亮粉色弄身上,打老远一看就青春逼人,因为这颜色,卡哇伊他们同事给她起了一个外号叫"粉丝"。夏天的时候卡哇伊穿过一件这颜色的兜兜,其实就是一块四方布只盖着前片儿,后背部分仅有两根小细带儿打成的一个小活扣儿。你要跟她迎面走来并不会觉得什么,但你要走在她后面,大有进了澡堂子的感觉,那后背光溜溜的什么内容也没有,倒是很适合刺字。我建议过她在后面写上"精忠报国"或者来点儿十字绣,她说:"哎呀,讨厌,你怎么总拿别人开心。"并且在我肩膀上推搡了一把。

卡哇伊还有一个特征,她喜欢戴手套,她的柜子里有各种各样的手套,确实都非常好看,但手套这东西毕竟跟袜子不一样,你不能一天到晚都那么戴着,它是劳保、保暖或者作案时用的,用完就应当摘下。卡哇伊不管这个,她要喜欢什么就特别的忘我。有一次我们跟几个从四川来的诗人闲聊,卡哇伊说去洗手间,结果都快半小时她也没回来,我过去一看,她的手套夹在牛仔裤的拉链里,正跟自己在那儿较劲呢。我回桌又找了一个女的来,最后拿刀子打火机才把事情搞定。当然,结果是,右手手套的食指烂了,牛仔裤的拉链彻底"交代"。

卡哇伊每次试衣服最后都要问售货员一句:"显瘦吗?显年轻吗?"人家是为卖东西又不想找茬打架,当然总是用特别真诚的语气及目光肯定卡哇伊的身材,并且在她交过钱之后再斩钉截铁地强调一下:"您穿这衣服太有气质了。"其实呢,那么浅的颜色只能增加膨胀感,整个人跟个肉包子似的,前面是一排勉强捏上的褶。但卡哇伊的心理素质极好,她穿过一阵子绸缎质地的抽带工装裤,两边装饰大大小小数个口袋,裤腿处绑着细细长长的带子,要搁几十年前还以为她这身装扮是去"过草地"。卡哇伊的一双尖头鞋像匕首一样,根本猜不出她的脚有多大号,上公共汽车赶上人多的时候伸出裤腿半尺长的鞋尖还不让人给踩烂了,可她的这双巫婆鞋直到上个月才刚换下去,变成了特别夹脚的圆头儿"棺材鞋",据说是巴黎今春的流行款式。

卡哇伊是个注重生活细节的人,家里到处都是精品布艺,她说这些东西的质地、色泽、柔软度都符合她的审美,但再懂行的人也有打眼的时候,比如她买的一个马桶垫圈,上面有鲜艳的碎花图案,卡哇伊坐了两天,感觉它的弹性不够,又去商场换,卖东西的人当然不肯,她就一直斜靠在柜台边上抱怨。最后卖货的急了:"不就是个垫屁股的嘛,还那么多的讲究?"

卡哇伊就是这么一个人,走在时尚的边缘,却又中招不着,简直就是咸鱼翻身。

私房菜

从优秀到卓越其实相隔的距离并不远,对一个厨子而言,他需要跨越的是无数萝卜花、鸡小肘、猪腰子和鲍鱼燕窝之类的东西,也就是说,好东西不糟蹋到一定份上很难修成正果,自学成材的厨子就更值得钦佩,因为在那一道道美味的背后不知道被家里人戳了多少次脊梁骨。

罗师傅便是这样一个坚忍之人。我们以前叫他小罗子,可这个称呼经常让人想起那种非驴非马的畜生,所以大家改了口。罗师傅要不是因为我的同学小许婚后懒得跟烂泥一样提不起个儿,他也不会进厨房操刀,从战战兢兢切黄瓜数片儿,到闭着眼片黑鱼片儿,不过是短短两年时间。那两年,我们经常轮着到他们家蹭饭,小许也在大家伸筷子的时候表示特别满意这么爱做饭的老公。罗师傅白天安静地在银行点钱,下了班从菜市场直接拐进自己家厨房,如果不是老婆叫他睡觉他能一直猫在里面。他们家没有书柜,书都码在墙角一个方便面盒子里,带字的书除了一本结婚登记时买的《夫妻保健手册》便全是菜谱。我不知道是不是因为我们猛烈地没鼻子没脸地赞美罗师傅厨艺的言辞有些过于频繁,让一个优秀的厨子突然有了"卓越"的要求。

早晨伺候小许吃早点,做个煎蛋他都苛求自己,不漂亮的、不生的、过生或过熟的一律淘汰,如果废一斤鸡蛋能掌握好火候也行,问题出在罗师傅每次都要从十五个至十七的炸鸡蛋中挑一个完美的。看着那些鸡蛋皮,小许差点落下泪来,毕竟人家母鸡生育也不容易。在一次小许背着罗师傅捏着鼻子吃下四个废品的时候,连放的屁都成了鸡屁屁味儿,她说这辈子再也不想看见那椭圆形的小东西了。

罗师傅自己要是想做一小碟子叉烧排骨,清晨即起,用两个小时选出肋排上最佳的一块,剩下的糟粕扔进塑料袋打发到丈母娘家。做排骨的时间几乎要耗费一天,还要不停地调火、观察。结果经常是他认为味道不对,全部倒掉。小许尝过,说那排骨做得跟被苍蝇踪了半个月似的,哪还吃得出肉味啊。

罗师傅做酱牛肉先得将一块腱子肉用尖锥以乱箭穿心之势刺它个千疮百孔透心凉,为调料得以直达肌理打通穴道,然后把杏仁山楂之类的东西塞进肉里,使用的作料繁复不说,光煮了凉,凉了冻,取出来再煮,煮完再凉,凉了再冻的工夫就能将一个正常人折磨死,可罗师傅觉得那是乐趣。小许再没兴趣和勇气品尝出自他老公的厨艺,她告诉我,自从罗师傅自己发明了这个酱牛肉的方法,西门子冰箱已经大修了两次。

罗师傅喜欢在巧克力里加日本芥末,兴之所至,也能将冰淇淋做成咸的。已经吃得肥头大耳整天不干活的小许终于撑不住了,因为罗师傅的厨艺越来越推陈出新,糟蹋的东西越来越多。小许说:"这简直是作孽啊!"那语气里充满悲凉,跟她一口咬在咸得古怪的冰淇淋上的语气一样。

我后来很少去他们家了,只在电话里跟卓越的厨子交流过美食问题。他有一天特别兴致昂然地从老婆手里抢过电话,问我吃没吃过鲍鱼、鱼翅,我说我只从香港电视剧里看过,特别向往。他就接着我的话说,吃熊掌你要选左前掌,因为这只是狗熊经常舔的,格外肥美;吃鱼翅要选"吕宋黄";吃鲍鱼则非紫鲍不可。他告诉我凡是那些手里捏着大把银子在酒楼里可劲"造"的主儿,没有一个是美食家。名厨的餐馆里没有食谱,吃什么要看他的灵感,以及在市场采购的时候与食物的邂逅,或者只是跟那天的风水与星相有关,就是跟客人的期待与品位无关。放下电话,我觉得他可能已经走火入魔了。

但其实我错了,小许也错了。罗师傅在家没黑没白地糟蹋东西,顶着老婆要离婚,丈母娘不给好脸色的压力之后,被一个香港老板看上,逼着他辞了银行的工作,每个月两万块钱的底薪,让我们这些吃货实在眼红。我去过一次那个饭店,看见招牌上写着"私房菜"。

中年男人

阿勇年轻的时候一直很帅,对他的仰慕已经不是一天半天了,那会儿他身边到处是修长的姑娘、伶俐的姑娘、可疑的姑娘和死缠乱打的姑娘,而且他看见毛衣就满口"平针""桂花针"的术语常把我们唬得很自卑。当他有一天突然站在我面前问:你晚上有时间吗?我觉得那一瞬间我的眼睛都矇眬了。他带我去了当时学校最浪漫的一个学生食堂,点了菜也不吃,一直用一次性筷子划塑料桌布,弄得我心里七上八下的。后来他终于开口了:"这几天我总想找你。"他的眼珠子在单眼皮里面盯着我,在微暗的灯光下流露着殷切的期盼。"你说吧。"我低着头,心跳剧烈,面红耳赤。"我想问你,你们宿舍赵文雯有男朋友吗?要是没有,你能帮我搭个桥吗?我看她挺傲的。"我觉得自己正从悬崖上飞身而出。

这次十年前的对话,最终成就了一场婚姻。如今那两口子住在我家对门,阿勇过了三十岁一身的中年相,不但得了糖尿病,还有高血压,整个人像个大肚子蝈蝈,却连蹦都蹦不起来,你要让他蹲地上修个什么东西简直就是给他上刑,多余的大油快把皮撑爆了,所以他们家的体力活和技巧活根本轮不上他。我真庆幸他压根没看上过我,而且一想起十年前的那一幕我就恨不能抽自己俩嘴巴子——当初品位怎么那么低呢!

阿勇一天到晚跟电脑摽在一起,即使下班回到家,还是坐在电脑前面。其实他的工作跟电脑一点关系都没有,但他就要做出一副现代人的样子。阿勇特别看不起我这种能把停在门口开往家乐福、沃尔玛、易初莲花等超市的免费购物车发车点记得滚瓜烂熟的人,他一听我跟他老婆说哪个地方的米便宜就在一边说风凉话。

阿勇总想把自己从小市民堆儿里择出来,他说他已经很久没用过真的纸牌来玩游戏;他跟很多朋友失去联系赖他们没有MSN;在家打电话永远记不住,非要在号码前加拨"0"接通外线;就算找我们家借把改锥,他也要发封电子邮件,因为他觉得打电话或者去敲门都太麻烦;如果有幸看他使用一次微波炉,没准能发现他像科学家一样在面板上输入密码。阿勇这些古怪的行为让我和他老婆一致认为这个男人已经提前进入更年期。

我发现女人三十岁以后会经受一系列复杂的情感、心理、生理等变化,受病程度因人而异。阿勇这类的男人却会用一系列行动维持自己的平衡状态,他会买高档运动器械、样式前卫的服装、往自己身上喷香水、成天购物花钱。女人喜欢布绒玩具,但兴趣随年龄增长会减弱,男人则不。他们的玩具只会随着年龄的增长越来越贵、越来越不实用,他们常有的玩具是背投电视、发烧音响、汽车、商务手机、复杂榨汁器、食物搅拌器等等一切需要复杂工序启动的东西。阿勇最近迷上了自助游,当然,他的迷恋表现在大量购买"野外生存手册"这样的书,不久即能区分画片上的黑莓与黑鼠,对如何用声光烟火来发求救信号倒背如流。他疯狂地成为各野外驴友俱乐部论坛的发言者,并从网上订购了大量能在深山老林里至少用一个月的各种用品。

那天我去串门,发现阿勇正对着老婆臭美。他脚蹬皮靴,头戴遮阳帽,身着防水布的外套,下面是有若干口袋的牛仔裤,背上是同样有若干口袋、周围丁丁当当挂满了东西的大背包。它们分别是:装满水的水壶,军刀,手电,毛巾,还有一只小平底锅。把他的大包扯下来,发现里面还有碗、一次性杯子、熟食和饮料(分带汽的和不带汽的)若干、色拉油、调味品,以及几包速溶咖啡,剩下的就是打火机之类的零碎东西。怎么看他怎么像土匪,我问阿勇是不是要出门。他说目前的装备还不全,这都是在为以后去野外做准备。他说他看上的一顶帐篷在打折,原价三百八,现在只要三百二,他还要买回来。

本以为人到中年该越来越含蓄,但阿勇这个像大肚子蝈蝈一样的男人却越来越能折腾,而且玩心越来越大。赵文雯一直在自我斗争到底要不要孩子,她本打算要个孩子让阿勇成熟,但又怕孩子成了他的玩物或者干脆要照顾两个"孩子"的起居,最终她也进入阿勇的疯狂世界,跟他满世界搜集野外生存用具去了。这些日子我注意到,两个人玩得还挺好,可见对正常人来说中年是个坎儿。

咱离婚

她一晃就把自己晃到了三十岁,而且当她发现已经没多少男人愿意正儿八经地跟她谈恋爱的时候一下子就毛了,因为那些男人可以肆意地把胳膊搭在她的肩上,能半夜跑来跟她一起在酒吧耗到大半夜,甚至在喝高了的时候能说点让她荷尔蒙澎湃的荤话,但只要她一认真,他们立刻就清醒,甚至开始紧张。就为了赌这口气,她跟一个从来没对她表白过的男人结了婚,算主动送货上门。没人看好他们的婚姻,除了我。

她说刚结婚不久,晚上经常睡着睡着就能因为谁在床上占的面积大而把脚丫子伸对方被窝里互相踹,开始是逗着玩,还有说有笑,过会儿就都急了,脚上的力也给得猛了,试图把对方蹬床底下去。之后她和他的音量就提高了,为谁该滚出这间屋子而大吵不止。当然最后他是会让着她的,他去抚摸她的头、帮她擦眼泪,天亮的时候战争结束,两个人黑着眼圈去上班。她跟我说,其实每次争吵过后会发现无论是心理还是身体都是渴望互相依赖的。我觉得他们的婚姻关系更像同居,不高兴能吵个鸡飞狗跳,高兴了可以马上描眉画脸地一起出门喝酒。

她不跟我联系的时候证明她小日子过得正滋润,只要电话一响,一定是又吵起来了。她每次气冲冲地接通我的电话第一句永远都是:"我这次真要离婚了!"就像那个喜欢说"狼来了"的小男孩。我以前还跟着紧张,后来干脆就当没听见。这次不知道为什么鸡毛蒜皮的小事他们又吵起来了,她赌气要离家出走,走之前故意在他面前狠走了几圈,他居然安然地往沙发里一坐看起了新闻联播,直到她把防盗门关上他也没追出来。她干脆把手机关了,直接跑到我家等那个没良心家伙的电话,可直到十一点,我家电话还没响。我们哈欠连天地聊天,最后我给他打了个电话,家里没人接,他的手机也关了机。她瞪着我,三秒钟之后眼泪叮当,她开始担心他。

我陪她回家,发现他在沙发上呼呼大睡,电视还开着。她气急败坏,从床铺底下拎出个大箱子开始从衣柜里扔衣服,甚至连夏天的衣服都扔得满床。她像个陀螺一样把能拿到的东西都往箱子里塞,很快箱子就满了。他进屋,惊讶地问:"你要干吗呀,是出差吗?"并把胳膊搭在她的肩膀上。她把他的胳膊扒拉开,冷冷地说:"离婚!"我和他在她的背后使眼色。她忽然开始伤心,越哭越厉害,最后开始嚎啕,把几十年的委屈估计都哭出来了,甚至想起了她死去二十多年的姥爷。她不明白她都要离婚了,为什么他一点都不紧张,她觉得他早就不爱她了。哭到一半,她开始翻手机的电话簿,到阳台上打电话,我拿着热毛巾跟在她屁股后面像个Fans似的,时不时地给她捂一下眼睛。我听见她在凌晨一点半的时候给那些曾跟他说过荤话的男人打电话,但对方不是已经关机或者在外地,就是干脆笑嘻嘻地说:"你又发什么神经啊?"她的自尊大受打击,于是我说:"你要是不嫌弃,非要今天晚上离家出走又没更好的地方去,先去我家吧。"她看也没看我,噔噔噔地走回卧室,拎起她的箱子要走,可那个箱子如同中了魔法,连动都没动。我走过去试图跟她一起抬,但一瞬间,箱子咚地又落地上了。我们都有点傻眼。

他说:"太晚了,你们先睡这吧,离婚的事星期一再说,反正人家周末不办公。"他在沙发上睡着了,她躺在床上辗转反侧,她说活着真没意思,干脆自杀。我说就算自杀也得想个不受罪的方法,再说,这房子里也没什么顺手的东西。摸电门吧,万一没电死给电傻了更倒霉。上吊吧,最长的绳子也就是电话线,没地方挂不说,那么细勒不死自己再弄一脖子淤血,上班怎么跟同事解释?毒鼠强这年头严打,根本买不着……说着说着,我看她就睡着了。

转天一早她跟他说:"我离家出走了,你别找我,咱离婚。"他也不说话,还笑:"要不,咱先去吃个散伙饭吧。"我们跟着他下楼,在他的车里,他说:"老婆你有地方去吗?哪还有找男人现翻电话本的,准备也太不充分了。等你找好了,我再送你去。"我们在后面哈哈大笑。当然,最后的结果是吃完饭,我回自己家,他和她回他们的家。

这就是最现实的婚姻。我们经常要用争吵来了解自己和对方的脾性,每次,你都会在痛楚过后越来越发现对方的好,也越来越懂得真正能与你同舟共济的,其实只有这个曾经刺痛你的人。

不团结就是力量

邻居赵文雯这些日子忽然注重起自我来了，上星期还跟我劲儿劲儿地谈着丰胸，今天来的时候又换美腿了。浅粉色的小吊带儿挂在肩上整个人显得瘦骨嶙峋的，她用大脚趾挑着拖鞋一晃一晃，指着我说："你这腿也不修饰一下，哪还有曲线啊，整个一条斜线。"我没理她，赵文雯有个习惯，在她存心要跟自己过不去的时候一定要找个靶子说事儿，这么多年我就是她的靶子。我把双手放在大腿根儿上比画了一下："葫芦有曲线，你有本事长条葫芦腿我也看看。"赵文雯用她单眼皮下的眼睛斜了我一眼："你也注重一下自己的形象，回头哪天给人甩了。你平时把两个小板凳放在地面上，做做俯卧撑；或者躺在床上，胸前抱两个西瓜进行一下仰卧起坐的训练。"没等她说完，我就跳到她旁边拎起她一只耳朵，大声问她是不是哪病了。赵文雯看了我一眼，叹了口气，走了。

到了晚上，我正在语音聊天室听网友唱情歌，赵文雯发来一个短信，让我马上给一个133的号码打电话，确认对方的性别。我抓起电话拨过去，是个长途，让我在号码前加拨0。我心里暗骂赵文雯这个歹毒的女人,她好事是不会留给我的。电话几乎没响铃那面就通了,一个女人说:"喂?"我问:"小李在吗?"她说:"你打错了吧?"我重复了一次她的号码又问她在哪里。那女人声音很好听,说在西安。我挂了电话马上发短信向赵文雯汇报。

转天,赵文雯一大早就把我堵在厕所,急急地问我昨晚那个女的怎么样。我眯缝着眼睛对她笑着说:"怎么样你该问你老公吧。"这句话像箭一样把她射中,赵文雯一屁股坐在沙发上,那上面还放着昨晚没放好的电视遥控器,但她已经感觉不出来了,整个人僵在那。

赵文雯的老公自从开了公司就非常忙,经常出差或者应酬,有一次他半开玩笑地说把自己的老婆托付给了我,因为我也经常被我的老公放鸽子。其实这样的日子已经过了一年多了,我从来没发觉什么异样,也没往歪处想过。可这次赵文雯却较上劲了,在她看了很多杂志里情感类的倾诉之后越发觉得自己的状态很危险,她开始在丈夫接电话的时候支棱起耳朵听,开始捕捉他讲话时的表情变化,开始主动抢过丈夫的衣服来洗,当然洗之前她要检查所有的口袋。赵文雯还多了一个习惯,就是趁丈夫睡觉或上厕所的时候快速翻阅他的短信息,把可疑号码一律抄下来交给我,验证男女。每天经我手拨出的号码大约有五六个,男女各半。我看着赵文雯自言自语般一个劲儿地问:"你说这个有可能是狐狸精吗?"就觉得心酸。女人毕竟是敏感脆弱的动物。

后来我在楼下遇到赵文雯的老公,那个已经发福的男人正从车里钻出来对我笑得特别真诚。我用开玩笑的语气对他说:"怎么最近总看不见你,你可不能做对不起文雯的事啊。"那男人关上车门,然后看了一眼楼上:"怎么会呢。我拼死拼活就为了让她幸福,昨天还买了份保险,受益人填的是她。"在这句看似随意的话里我突然一惊,因为上个月赵文雯也跟我说起买保险的事,而在文雯保单的受益人那栏填着她妈的名字。

我们这个楼层,只住着我们两家人。赵文雯穿着她的木屐拖鞋再次走进我家的时候已经不指责我的腿像斜线了,她又恢复了以前的状态,喜欢点着那些杂志上的小明星说三道四。我想,警报已经解除了吧。其实对于那些责任心强,同时心思很重的男人来说,你该做的只是默默地陪他走上一段,把能扛起的放在肩上减少他的负担,因为这样的男人其实是最有良心的,也最懂得感激。

我觉得男人只可影响不可驾御,只可扶植不可造就,那些优秀的男人大体都是被女人培养和发掘出来的,拔苗助长毫无用处。这些道理我始终跟赵文雯强调着,可是,在老公的手机突然响起的时候,看着他谨慎地把书房门关上,我的耳朵不由得也支棱起来了。唉,不团结就是力量。

回家喂猪

　　动物园的门票太贵,没办法每天带着孩子往那儿跑,只好去门口的花鸟鱼虫市场,不就是少点儿野兽吗,好歹也算亲近了自然。我们的生活很让散居在郊外富人区的蛛蛛羡慕,她曾一次次在电话里问我儿子:"今天又看见什么好玩的动物了?"我听见儿子很认真地跟她说:"看见小白兔在笼子里磨牙,长得像老鼠的狗都趴着,大白鹅饿得叫唤,公鸡打群架,鸽子跳舞。"随后,他又补充了一句:"阿姨,你买一只小猪吧,穿花衣服。"当初为了追求田园风光的蛛蛛,在富人区住了快两年,连只麻雀都没看见过,惟一的活物是夏天从纱窗往屋里挤的蚊子。

　　没多久,她真来了,我们陪她去花鸟鱼虫市场,一笼子一笼子的广东鸡都跟小流氓似的,不是互相把鸡冠子啄得鲜血直流,就是一个劲往未成年小母鸡身上蹿。蛛蛛不屑一顾,甚至还踢了伸着脖子要鸹她的大白鹅一脚。在我儿子的大力推荐下,蛛蛛果真对一只黑白花的小猪动了感情,她把小猪捧在手里,眼睛里流露着母爱。卖猪的说这猪最多长到四斤,而且聪明通人性,不随便拉尿,它老家在泰国,说着便把一条缠着铃铛的中国节套在猪脖子上。那猪长了一张驴脸,尖耳朵,大眼睛,粉鼻子,毛油亮,跟用了护发素似的。最后以二百六十元成交,让我儿子鼓捣了一下午之后,蛛蛛带着她从市区买的种猪回那个有大露台的豪宅了。

之后,我儿子经常给蛛蛛打电话问猪的情况。后来我才知道,这女人居然给猪起了个猫的名字,叫"咪咪"。咪咪天天用它的粉鼻子拱蛛蛛的腿,听见狗叫就往床铺底下扎,他们特相亲相爱,据说看电视剧"俩人"都搂一块儿。蛛蛛故意让我羡慕她的悠闲生活,可我偏不,告诉她皮薄骨细,肉质细嫩的家伙最适合做烤乳猪。直到蛛蛛欧洲游的前夜,她打电话让我在把咪咪接我家和我到她家照顾咪咪之间选择,我再没脑子也不会选前者,所以,我扛着铺盖转天赶往她家。刚进门就惊了,那咪咪真长成猪了,看体形至少有五十斤。蛛蛛正在给咪咪挠痒痒,她示意我轻点进屋,那猪一直虚着眼睛眇我。我竖起大拇指:"你当上饲养员了!和那些养狗的比,我觉得你太有追求了。"蛛蛛说咪咪原来一顿食一小碗就够了,现在得喂一大盆,稍微得不到满足就嗷嗷叫,原来吃饱后和人逗乐的小动作现在也懒得做了。咪咪病了,宠物医院不收动物园不要,也没农村亲戚,只能把豪宅当猪圈先将就着,她说自己心软只好去旅游,让我想办法把咪咪处理掉。我瞪着眼睛,眼睁睁看着蛛蛛拎着大皮箱眼含热泪地拍拍咪咪脑袋走了。

咪咪倒还友好,想用鼻子蹭我的腿,吓得我从客厅跑到卧室,又从卧室跑到露台,充当了它将近半个多小时的玩物,直到咪咪倒在沙发旁,浑身的肥肉直颤悠。我用电饭煲烧了一锅的饭,它全吃下去了,吃下去还不够,不一会就饿了,饿了就叫,那声音能让你撞墙。我只好把冰箱里的速冻水饺拿出来煮给它吃,后来,饼干、巧克力,能找到的都当猪食了。我自己倒来不及买东西吃。两小时之后才想起来忘了问蛛蛛咪咪的排泄问题,带出去遛还是逼它上厕所?可是晚了,我进厨房刷锅的时候,这家伙憋不住已经尿了一泡,漫过十块地砖,奇臭无比。我的头都快炸了,接管咪咪不过三个多小时,难以想象蛛蛛怎么让世界充满爱的。

转天我有个必须去的饭局,先在与咪咪共浴的那间屋使劲洗了个澡,如果不是血肉之躯,我都想用铁刨花刷刷自己,总觉得身上有一股臭味。晚上草草寒暄着吃了一半再也坐不住了,朋友问我急什么,我说:"得陪孩子睡觉啊。"话一出口我真想抽自己俩嘴巴子。打了车一路催司机,司机问:"有急事啊?"我说:"我得回家喂猪。"车猛地哆嗦了一下:"姐姐你说嘛?"我重复了一句:"回家喂猪!"一肚子火。

刚进楼群,就听见咪咪一声一声嚎叫,我几乎是以百米冲刺的速度跑到门口的。刚进屋,就有人敲门。我想,这下完了,开门一看,是一个阿姨,她端着一大盆饭菜:"咪咪饿半天了,别总让它叫了。"我找盆把折箩装好,看咪咪呼哧呼哧地把半拉脑袋都快扎饭里了。心里无比绝望。

倒霉蛋儿

那天一大早,赵文雯端着个大纸盒子站在我们家门口,表情庄重目不斜视,她说:"我要出去些日子,汪汪交给你帮我带几天,我回来它要是瘦一两我跟你没完。"言罢,不容分说地用大纸盒子顶住我的胸口,我只好接住。汪汪是一只猫,不但出身低贱而且相貌平庸,可它却偏偏颇得我们对门这两口子的宠爱,每天好吃好喝养了一身的肥肉,平时几乎不活动,很难看出它是个活物儿。自从赵文雯的老公给猫起了个狗的名字,这猫就很不满意,甚至连喵喵叫的时候都少。赵文雯临走时一再叮嘱:不许把汪汪当动物,要当成小朋友;不许给它吃剩饭,只能吃猫粮和婴儿食品;不许把它关在屋里,要时时带它出去开开眼界……我深感怀里这团烂肉难伺候。

我把盒子打开,刚想跟这个肥婆联络一下感情,只见大胖身子呼地就从纸盒子里蹿了出来,径直钻进衣柜底下,任我怎么跺脚吆喝也不做声。我从阳台拿来晾衣杆,撅着屁股往里面看,那肥婆正以同样的姿势盯着我,目露凶光。这样僵持了二十分钟,我腿都跪酸了,最后把心一横,反正不是我的猫,它主人也不在,我用晾衣杆狠命往那团肥肉上戳。它连动都不动,最后眯起了眼睛干脆把胖身子往地上一摊耍赖了。

我实在怕汪汪在我的实木地板上大小便,可这样的担心在一个小时后就应验了,我们家一股臊气味,把电扇打开吹都无济于事。最后我发动了一辆遥控汽车,汪汪再见过大世面也害怕这东西,嗖地一下就从衣柜下面钻出来了,然后疯狂地途经橱柜后面、床底下、书架的间隙、沙发和墙壁之间的窄道,只要是钻得进去的缝隙它都要把自己的胖身子塞进去。当汪汪脑袋上顶着一个红色塑料袋满腹狐疑地从橱柜里匍匐着出来被我一把薅住后腿,我把它抱在怀里本想爱抚一番,这个肥婆根本不吃这一套,挣扎、尖叫、挠人,它拿自己当青春美少女了。

自打汪汪到我家,一场噩梦就开始了。最初白天这东西根本就看不见,我都不知道它藏在什么地方。只要灯一关,动静就来了,先是物体坠落的咚咚声,然后就是杯子或别的什么与地板产生急速碰撞的破碎声,在大半夜这声音尤其刺耳。也有没声音的时候,那结果其实更可怕。有一天半夜我去厕所,再躺到床上正要入睡,忽然听见那种吃得特别香的咂吧嘴的声音,我以为自己做梦呢,咽了一口唾沫,那声音更清晰了。我起身开灯,撩开床单一看,汪汪正美滋滋地蹲在床铺底下给自己加餐呢,一边舔爪子一边看着我。我跑进厨房一看,一盘红烧带鱼只剩下一个比刷过还亮的盘子,保鲜膜掉在地上,瓷砖上有泡尿,米袋子里还有几条猫屎。我气急败坏把老公叫起来:"火筷子呢,赵文雯哪弄一条那么没家教的破猫整天供着,我跟丫的拼了。"赵文雯没事就给猫喂婴儿米粉,多余的DHA

都让它成精了,我刚要伸手掏它,汪汪已经骄傲地竖起尾巴,笑得一脸灿烂,在光滑的组合柜上昂首阔步,一边用眼角瞟一眼站在地上的我们,一副占便宜卖乖的德性。

汪汪自打到我们家,猫砂摆在那连碰都不碰一下,随走随拉,根本不顾及主人的感受;再看我们好端端的布艺沙发,成了它摩拳擦掌的地方,被抓得全是线头,我心里那个恨啊。后来我问门口一个有养猫经验的人为什么汪汪总这样,那人不疼不痒地说:"你要考虑它是不是开始发情了,或者你是否冷落它了,它可能会用这个方法表示它内心的不安、嫉妒、愤怒和害怕被遗弃。"两天以后汪汪在半夜以后开始哭丧似的嚎叫,也不藏着了,蹲在窗台上向外踅摸,远处要是能传来一两声回应它就叫得更凄惨了,好像我们生生地阻断了它跟有情人的往来而天明就要送去做谁的小老婆,那叫声里充满冤情。老公说汪汪闹猫了,要不咱给它找个公猫得了,否则咱上班没法休息啊。可我想了想,觉得我们休息不好倒是小事,赵文雯回来发现自己的爱猫被搞出一肚子孩子还不得跟我疯了。最后我们一致认为找一只结扎过的公猫帮汪汪度过它的青春期。但事实最后是这样的,那些公猫都高傲极了,它们无欲则刚,凭汪汪的身段和相貌根本引不起人家的兴趣。直到赵文雯回来,她那只整天拿自己当青春美少女的肥婆还没过那个劲儿。赵文雯进我家第一件事就是抱起那团肥肉边脸贴脸边说:"你受苦了小宝贝,咱这就回家。"看得我真想立刻搬出这栋楼,寒心啊。

几个月后赵文雯说他们家汪汪生了,三只白的一只花的两只黑的,我非常纳闷这些猫孩子的父亲会是谁。没过几天就看见那肥婆被赵文雯端出来晒太阳,它一边奶孩子一边眼睛勾搭着远处一只白猫。我从来没碰过那些软得像烂泥一样的身体,赵文雯觉得我这人缺少爱心,从此我的日子安静了,她再出门的时候我不会是端纸盒子的倒霉蛋。

一定要找个帅的

赵文雯整天跟中了病一样,嘴里念叨着"一定要找个帅的",当她新婚老公的肚子万劫不复地水涨船高时,她的这句口头语念得就更跟紧箍咒似的。她的中年版F4倒也纵容老婆的夸张,其实我们都了解赵文雯,她特别单纯,现在只不过要找个帅的宠物。以她的理论就是,生活富裕的符号就体现在拥有宠物的独特上。

我一直后悔当初买房的时候找她商量,半年后我们居然成了邻居,也成了收容她那些已经不帅宠物的大本营。她敲门送来的第一只宠物是金丝熊,用鞋盒子装着。她一进门,我们家的老猫阿花就很不愿意,气得蹦到沙发上呼噜呼噜喘粗气。那东西倒也小巧,还会站着捧东西吃,赵文雯扔下一句:"我看挺帅的,送你吧。"就走了。我把鞋盒子摆在桌上,死死按住阿花的爪子,看那小东西自己表演。金丝熊并不在意阿花庸俗而仇恨的目光,自顾自玩起了我扔在盒子里的一支铅笔。等我去冰箱取冰棍的当儿,再看那盒子,铅笔就剩了一根铅,所有的木屑撒在周围。啊——老鼠!仔细看金丝熊的神情再美化也是只老鼠,要不阿花么不满意呢。后来的结局是这样的:我放开了阿花的爪子。

前几天陪赵文雯去花鸟鱼虫市场,她站在一个笼子前就不走了。那里面是两只小猪崽,粉红色的,尤其它们还都染着红色指甲,除了不会像动画片里那样扛着小铲子唱歌,长得实在可爱。小贩说那叫荷兰香猪,永远长不大,非常好养活,就像养兔子一样。赵文雯闻了闻,说:"还真有香味,太帅了,你闻闻。"我躲开了。最后以一百八一只成交。她给香猪取了个洋名叫"托尼",小托尼整天在她怀里叼着个奶瓶,每天喝四盒"光明"。大概是补钙补得太多了,托尼越来越壮。而且慢慢猪的习性都出来了,比如到处拉稀、饭量突长、用鼻子拱东西、喜欢垃圾。我知道我的命运,当没有耐心的赵文雯抱着托尼站在我家门口的时候,我告诉她我要去云南。等我再回来,托尼被送到了她一个同学的老家。后来的结局是这样的:托尼目前已经有二百多斤了。

有一天,赵文雯哭着敲我们家门,边抹眼泪边说:"我刚买的一对儿小鸭子淹死在浴缸里了,我不知道它们不能一直在水里游……"还有的时候,我要跟着她举着手电筒在墙角里找她从北京买来的刺猬。她会唠叨:"怎么刺猬还会爬树,居然自己从阳台跑了,帅呆了!"赵文雯还养过一只猕猴,那只猴不太适应城市生活,把手边能撕的都撕了,那时候她整天抱怨:"怎么看着那么帅的动物,抱回家来就那么臭啊!"……

后来有一天,趁赵文雯去花鸟鱼虫市场的时候,我找到中年版F4说:"你们还是赶快要个孩子吧,来一个帅点儿的。"

看上去很臭美

这年头儿大家很明白健康比什么都重要,所以各个汗味冲天的封闭运动场所很吃香,月卡、年卡、情侣卡一股脑推销给你,当你终于在满是VIP卡的钱包里又多了一张的时候,内心到处是运动欲的满足感,而有的人需要的不过是这样一种感觉,运不运动倒在其次。我的朋友阿碧便是一个运动倡导者,她经常对我说又买了一双耐克或者看上一件阿迪达斯的上衣。为了那张VIP卡,她可下了不少功夫。很少看见阿碧吃干粮,她也不吃肉,吃几口菜还要在一旁说些"哎呀,明天又得胖了"之类的风凉话来寒碜我们这些为一顿水煮鱼毛血旺能绕着大半个北京城跑断腿的食客。阿碧就是用节食的方法让自己一副跟干狼似的小身板几十年雷打不动,很是令人眼馋。

阿碧是我们这群人里第一个站起来号召大家去健身房做运动的人,并且在她的督促下,我们的钱包里都装进了一张VIP卡。你要以为光有了这卡就能消停,那可就天真了。它像个陷阱,勾搭你越陷越深。我看见一个四十岁左右的女人,在跑步机上跑了二十分钟之后进了浴室,出来时已经换下了她那套包身儿的尼龙运动服。我不懂那衣服的牌子,但从阿碧羡慕追随的眼神来看,那衣服必定很贵。那个女人坐在器械上伸胳膊登腿的时候身上已经又换了一套运动服,一共也没在器械上呆足十分钟,又进了浴室,出来后,径直进了旁边的拳击室。我们这些人一直眼巴巴望着她辗转腾挪的身影,无聊地猜测她的身份。阿碧鄙夷地说,都四十岁的人了还那么风骚,可眼神里全都是渴望。

在很长一段时间,阿碧为运动置办了很多身行头,从护腕到发带全都整齐地安排在自己身上,可她很少在器械上动真格的,最多眼睛瞟着帅哥扭捏一下腰肢。她没出过汗,但洗澡的次数并不少,她说头发湿漉漉地在运动场上摔来摔去样子很性感,比那些做洗发水广告的女人回头率更高。所以,每次碰见她一身纯正耐克我都问:"又洗澡去啦?"

阿碧不喜欢高尔夫,因为那运动现在已经贱到二百块钱一场了,她认为今天运动的主要功能是社交其次才是健身。她很大方地把一张刚用两个月的年卡塞给我,上面写着"瑜珈",我立刻就想起那个在海边盘腿儿的女孩,这样的动作难度太高,等我哪天骨质疏松再说吧,可我还是把卡放钱包里了,心想回头转手送别人也落个人情。阿碧说,她现在迷上了击剑,带上欧洲游侠"佐罗"般的面罩,穿上三层金属丝的击剑服,手持重剑,那派头简直爽到骨头里了,她跟我说的主要目的是让我给她照相。

我现在忽然觉得投胎很重要,像阿碧这样的,明显是投胎失误造成的。

我是没有资格进训练厅的,只能隔着大玻璃往里面看,摆出一副特别渴望学习的表情,其实是怕教练把我哄得更远。阿碧在学击剑中的劈、刺、挡等基本招势,整个人跟鸡架子似的在十四米长的剑道上晃来晃去。我看见有两个女孩穿着白色的比赛服持剑向对手行礼,像模像样地摆开攻击的架式,那阵势是挺令人羡慕的,尤其是她们把面具摘下,长发跟从篮子里倒出来的菜一样,哗啦落一肩膀,连我都看直眼了。

在阿碧教练的特许下,我举着相机进了场地,阿碧像个专业模特骚首弄姿。她忽然跟我说,你想永远杜绝双下巴吗,我教你做个运动。我把一只睁着的眼睛从取景框里挪开看着她。"不时伸伸舌头,或把舌头用力顶牙龈,就能得到收紧颈部肌肤的功效。免费培训你舌头四步操,跟我一起做!一、把舌头向里面卷,使舌尖能够到达喉咙的部位;二、把舌头卷起,使舌头和嘴巴里的每一个部分都能接触;三、做完舌头运动后把嘴里的唾液一点点吞下去;四、把舌头伸到外边,尽量伸长,使舌头几乎能够舔到鼻子或下颚。"她在我的前面把一条舌头吐得老长,看着她那一层白色的舌苔,我胃里的东西都快出来了,哪还有心思看她有没有双下巴。阿碧怕我不信绕过来还要再亲自示范一次,我跳到一边急忙说:"我信我信。我们楼下再胖的狗也没一条有双下巴的。"

阿碧还在潜心研究着各种运动,除了上班,她就下场子走秀,同时到处洗澡。我打算今天晚上十二点的时候,帮她叫叫魂,因为当她特别得意的时候总喜欢拽上我。

兔死狐悲也是境界

我的亲如姐妹的邻居赵文雯蹑手蹑脚进我家的时候我并没在意,依然意气风发地对着键盘旁边一个小孔捏着嗓子喊:"喂?喂?喂?听得见吗?听见的请打1。"尽管早有准备,当她那不知在冰块里泡了多久的僵尸手插进我后脖领子的时候,我还是反射性地浑身一哆嗦。我看见屏幕上出现了一串儿又一串儿的1,在鼓捣了将近一周的时间后终于能把声音传出去了,我呼扇着嘴想表达自己的激动心情,赵文雯把手放在电源插销上,用自己冰凉的脚丫子踩在我脚面上:"你不觉得无聊啊,快关上,我心情不好,陪我聊聊。你再不下我关电源啦!"我没挪屁股,只说了声,一会儿一会儿。她脚下一用劲,我"腾"地就从椅子里弹起来:"你又不是我妈,怎么总管我?"她说:"我要是你妈就不要你!"话一出口,我们立刻哈哈大笑,这实在是很没智商的交谈,哪儿挨哪啊。

她坐在我旁边絮絮叨叨,说有个同事,出差一个多月才回来,下了飞机想让老公来接,但电话怎么也打不通。她在上午十点左右到了家,却怎么也打不开防盗门。我咽了口水看了她一眼,发现赵文雯低眉顺眼地还自己轻轻叹了口气。"不就是发现老公不忠,捉奸在床吗?"她没否认,接着用我从来没听到过的幽怨的语气说:那个男的后来开了门,很惊讶,问些老婆你怎么提前回来了之类的话,可一点没有让她进屋的意思,胖身子正好堵住敞开的门缝;那男的后来恳求她老婆先在外面逛逛,因为屋里有个女孩,不能让那女孩受惊吓。赵文雯问我,如果事情落我身上我应怎样。

我直接进厨房,从刀架子上抽出一把最长的刀,往我的美女邻居面前一放。她眨巴着眼睛:"你杀了他?"我把刀在自己早该洗的牛仔裤上蹭了蹭,捋了一下头发:"不,我自己闯世界去!"她瞪了我一眼,大概觉得我愚弄了她的脆弱情感。我说:"那女人已经达到捉奸的最高境界了,让走就走。他能为了屋里的女孩不受惊吓而驱走老婆,对这样的男人就算心里残留多少爱意也该放弃啊。可这跟你有什么关系?"

就像一个人对着"家庭医生手册"给自己诊断一样,越看越含糊,越琢磨越觉得自己得了绝症,吓得浑身冒虚汗。赵文雯此时便是这样,由一个身边失败的婚姻而开始怀疑自己和所有人,因为她在早上十点的时候给丈夫打手机也一直没人接,于是一天都神魂颠倒,晚上熬不住找我来了。坏心情很容易互相传染的,在她一个劲儿问我:"要是你呢?怎么办?"我就开始琢磨着给我的那个他打个电话,最可气的是:"对不起,您拨打的电话不在服务区。"

捉奸是一件很累人的事情,因为它大多数是一种蓄谋已久的行为,你要先怀疑他,然后调查他、跟踪他,再然后捉奸在床、人赃并获,像赵文雯同事这样不费吹灰之力自己撞上的应该算少数,但伤害都一样。我无法预知如果是自己会有怎样的本能反应,先将眼泪夺眶而出,再扇那男人几个嘴巴子?还是冲进去揪那女孩的头发,大声把附近楼里的街坊邻居都吆喝出来给我评理?或者像赵文雯同事一样,一扭头哭着躲开?都那么不真实,如同电影里的假相。我们像两个被人抛弃的怨妇蹲在沙发里瞎琢磨。

后来,我发现聊天室里有人清唱,干净的声音很好听,好像叫《勇气》,这歌声一出如同戳到赵文雯痒痒肉上,脸上似笑非笑,整个人差点扭地上去。在那首类似鼓励人们大搞婚外情的歌声里两个女人开始反思,越想越觉得神经,为什么别人家着火我们非要在家哭泣呢?那些整天哭着喊着要离婚的人,肯定是走得最长久的,就像玩股票,大把赔钱的都是懂行的人。后来我们的同情心忽然荡然无存,开始说那女人愚蠢。

我们常常缺乏出自内心的相互关心,我们努力培养条件反射性的习惯,习惯性问候及关怀、习惯性的友情与爱情,我们在后天做许多努力,才能够维持人与人相处需要的关心,不远不近、不愠不火、不过分也不欠缺。可是,亲爱的你,在先天欠缺的冻土里,始终有些东西是不能够分享和分担的,那就是跟我们无关痛痒的伤楚。

培养歪脖树

电视里说:动什么别动感情。可人内急去厕所使劲儿还不能太分心呢,何况是两人搭伙过日子。有人问我,你说动多少感情适中,能让自己避免受伤害?我觉得控制自己是小问题,挑男人是个大问题。

经常在一些男女相处秘籍里看见类似"好男人是女人调教出来的"、"一个成功男人的背后一定有个默默付出的女人"、"打是疼骂是爱急了拿脚踹"、"男人不坏女人不爱"等等被世人传诵的绝句,可如果你连脑子都不动就走火入魔的话吃亏上当一定是免不了的。当然了,在这个年头儿,如果一个男人各方面都好就是没钱,大概是没有女人愿意去理他的。女人总是希望男人又有钱又帅品行又好又对自己一往情深,对了,还得是单身。如果真品实在难觅就只能退而求其次,找个质地稍微好点的,留着日后雕琢。只是,在这个女人动不动就要教育男人的年代,女人应当明白,教育从来就是一件任重道远的事,你不可能桃李满天下,或成或败冒的风险都很大。

我的一个朋友曾经喜欢上一个花钱特别大方的男人,她觉得对于男人而言这叫大度,于是兴冲冲地跟他结了婚。每个周末,丈夫都会在花店买一束花回来,一起逛商场的时候只要她的目光在某件商品上停留二十秒以上,这物件不久就会出现在家里,他们那种让我羡慕得口水四溅的日子持续了一年多。忽然有一天,我的朋友开始对着丈夫抱怨他不会过日子,本来钱就挣得不多,还这么胡花,什么时候才能移民。她开始命令他下班后去菜市场划价买菜、洗澡这样废水的工程一定要在单位完成、不参加任何需要掏腰包的聚会……那个男人可塑性还真强,不出两个月就完成从倜傥才子到居家男人的过渡,用我那朋友的话说,都快财迷生疯了:在超市里他能把捆绑在别的商品上的赠品撕下来贴在他要买的东西上,一盒内裤本来装两条,他能从其他包装里拆出一个叠吧叠吧塞在这盒里,看得她老婆眼珠子都快掉脚面上了,问他:"你是男人吗?"那男人翻翻眼睛:"你不是喜欢我这样吗?"

我那朋友肺快气炸了,平时一边用美色吸引他,一边为他洗衣服做饭,本以为女人是男人的老师,手把手地却教成这样。培养一个男人就像埋树苗一样,没有谁能保证他长大以后还是直的,很可能直接他就变成一棵歪脖树,可能你的心血并没少费,该浇的水该施的肥一样都没少,可是他就长歪了,你说整天对着这么一棵树你会怎么样,是砍了他还是砍了你自己?

其实不投入就不会失望更不会受伤,可惜谁也做不到。

自娱自乐跳火坑

我认识的人里能数十年如一日保持淑女风范的人并不多,有的人虽然整天把自己打扮得跟洋白菜似的,但一不小心就能显了原形,本来十几年前还在大杂院和筒子楼里疯的主儿怎么可能忽然间把骨子里的习惯改了呢。就像我的一个同学,上学的时候立志要当淑女,一心想把自己交代给老外,结果矜持到二十六了,还没碰到称心的大鼻子。淑女可不会为了这个掉价儿,适逢吃饭只去那种萝卜花在盘子里占主导地位的地儿,要是有人作陪,伸一次筷子盘子里能吃的就没了,她说这样吃得精致也不浪费。我没陪她吃过饭,知道去了也吃不饱,还显得自己饭量特别大。

我陪她做过一次美容,就在她家小区外面那条街上,门脸儿显得挺高贵的,叫什么修颜坊,那个牌子乍一看去总以为是修脚的地方。里面很宽敞,几盆绿色植物戳在角落里,那气势一看就跟我们这儿的美容作坊不一样:人家一层是签到处,我们那儿门口晾一堆洗不出来的乌涂毛巾;人家小姐笑着领你进更衣室,我们那儿小姐让你上床的同时就在塑料盆上套个塑料袋放水,跟要"麻辣烫"似的。

淑女是熟客,一上来就问谁谁谁今天怎么没在啊?几个女服务小姐一边答一边提醒她这几天脸色好多了,淑女笑着并不答话,我觉得她的举手投足都到位极了。淑女问我,你美容吗?我心想让我陪着来敢情没给我安排节目啊,就赶紧说,随便吧。淑女回头跟服务小姐说,她美容,我桑拿,并叮嘱我完事后三楼咖啡厅见。我迷迷糊糊被人带着,匆匆冲了个淋浴然后换上他们给的统一服装上了美容床。以前也跟朋友经常相约去一些地方,但都是不离不弃,哪见过这样约了别人胡乱一安排就没影的人啊,我又不是她的客户。后来想到不花钱,心态也就逐渐平和下来,脸上已经被抹上了厚厚一层油脂,一双手在上面拍拍打打倒也舒服。

那个服务小姐一边揉着我的脸一边说,你可以先睡会儿。一般美容就弄弄脸,这里按摩连上半身都要照顾到,可我这个身子就是贱,忽然浑身都是痒痒肉,她碰哪我笑得床都晃悠,开始那个美女也跟着笑几声,后来也烦我了,态度冷冰冰的。最后居然把嘴上的口罩拉下来在一旁等着。在我笑的时候,旁边床上的一个中年女人已经打起了呼噜,一副特舒服的样子。过了一会儿,美女见我不笑了,又在我肩膀上拿捏起来,好不容易适应了,人也昏昏欲睡,这时,美女嗓子里咕噜一声,一股热气直喷我面门,韭菜味儿!

最后恶心得我没处躲没处藏,一骨碌从美容床上坐起来说就这样吧。我要了把梳子去洗手间把头发弄顺,再回来的时候那美女面无表情地告诉我弄了杯水放在梳妆台上,我正好觉得渴就去找了,可绕了好几个来回也没找到。后来我才知道,我每天对着厕所外面的洗手池子梳妆,也以为梳妆台就是上面镜子下面池子的那种,没想到人家在二楼半是有一个梳妆台的,上面孤零零地摆着一个一次性纸杯,这是我走的时候才发现的。

我早早就到了咖啡厅,淑女还没来。坐了一会儿,我的整个脸就开始火烧火燎并且伴随轻微疼痛,我对着洗手间镜子一照,满脸微红。我第一反应就是过敏,马上去找那个给我做美容的人。那个美女已经接了另一个活,看了我一眼并不慌张,说第一次用这东西就这样,适应了就好了。我可不是淑女,当时就跟她急了,美女比我气还冲,对我嚷道:"你的脸享受的是地中海产的海藻泥,连洗脸用的都和妮可·基德曼用的一样,你还有什么不满足,你的脸不行不能怪东西不好。"我一下子就傻在那儿,我就不明白老外怎么连脸上的油都那么多,非弄出那么"劲儿大"的美容东西祸害全球,脸皮都给沤掉了,可还有人硬撑着说它高级。

当我捂着一张火烧火燎的脸进咖啡厅,淑女很惊讶:"呀,你怎么也这反应啊?"我也瞪着眼睛看她,淑女说:"我当时就这样,我看你天天骑自行车,以为你的脸经得住这种深度清洁呢。没事,过几天就没事了。"我气得已经说不出话来了,淑女似乎想把这件事解释清楚,又说:"我的脸嫩,所以后来只在这里蒸桑拿,没美容过。看来你也不行,还是以后跟我一起桑拿吧。别人给的一张金卡,再不使劲用马上就作废了。"我真想当时就扇自己几个大嘴巴,可还是没舍得动手。

后来我听说淑女又给别的朋友打过好几次电话,诸如相约吃饭、美容,其实都是想让大家去给她收拾折箩。火坑跳一次就长记性了,谁没事总这么拿自己不当人地自娱自乐啊。

螃蟹坐浴

那天早上起床,刚把牙膏挤在牙刷上就发现停水了,因为我把水龙头拧到最大,里面只有咕噜咕噜的几声干咳,跟得了肺气肿的老头似的,一点儿水都不见,最后我只好用饮水机里的水。本来想把漱口水吐了,一琢磨还不知道这水什么时候来,咕咚一下子全咽了。一会儿就听见楼道里有人开门,并且向外探头探脑,我在门镜里看着住进来两年从没见过正脸儿的邻居们,彼此说的第一句话都是"你们家有水吗?"我没开门,眼睛直勾勾地盯着盆里的脏衣服,心里盘算着得用几桶纯净水才能灌满洗衣机,最后决定坐以待毙。

时间很快就到中午了,楼里的人都绷不住了,几乎家家都敞着防盗门在里面来回走,走到门口的时候就说一句"多缺德啊,到现在还没水",然后再接着在屋里绕圈。楼道明显热闹了,弄得我也心浮气躁。不知道谁瞅冷子喊了句:"一会儿给一小时的水,赶快接啊!"呼啦一下,楼道就安静多了,耳背的还在问别人刚才说什么,腿脚快的已经关上大门找家伙等着接水了。

所有的水龙头同时开一个小时能接多少水无法预知,反正没十分钟,我们家的盆里、池子里、锅里都是水了,最后弄得中午没法做饭,因为不光电饭锅里有水,连大大小小的碗里也都是水,让人眼晕。我决定去别处蹭饭,于是到了小石家,代价是下午陪她逛街。

小石的房子是租的,刚刚收拾停当,她说要美化一下生活,就拽着我满处踅摸。她也不知道自己要买什么,看什么都说没感觉,弄得我都烦了,就说:"你必须马上决定,别花时间瞎转悠,我家水龙头里还不知道有没有水呢。"她说:"好,那就买个大木桶吧,洗澡泡着要比冲着舒服多了,在租来的房子里安浴缸太不划算。你也买一个吧,留着存水。"

我就在古装剧里看见过皇上的偏房用大木桶洗过澡,没想到民间现在也兴这个了。那东西蹊跷,大商场里根本就没有。对于我,这绝对是个新概念,我觉得在木桶里洗澡不如直接跳到洗衣机里,小石认为我这样的人已经无法再适应时尚生活了。后来我们终于在一个专门经营餐饮用具的小门脸儿里看见了令她心动的大木桶,都是刚刷上油漆的,在外面晾着,每个都有半人多高。小石谨小慎微地划着价,人家问她要几个,她的脸转向我,我赶紧说:"我们家估计现在来水了,不用这个。"交钱的时候,那个老板有一句没一句地问:"你们买这干什么啊,看样子你们也不像卖水产的。"我们都没好意思说这个大木桶是买回去洗澡的,因为他的木桶都是卖给批发水产的了,以卖河蟹的为多。

我们好不容易把大木桶抬上出租车,看着它我就想,这么高的桶怎么进去,洗完了怎么出来呢?没走脑子就说:"要不你再买个梯子吧。"小石瞪了我一眼,没说话。车子经过一个洗浴中心,我看见玻璃上用很大的字写着木桶浴,我指给小石看,她说:"Shit!庸俗,那不过是公共浴池,谁去那里!"

我晚上才回家,水早来了,不得不把那些锅碗瓢盆里的水依次冲了厕所。看电视的时候,接到小石一个短信,说她正在大木盆里泡着呢,如果下次我们家停水可以把它借给我。盯着手机屏幕,我仿佛看见一个女人光着身子,披散着长头发在一个大木桶里爬进爬出,远像螃蟹近像鬼。

我过不惯时尚生活,只盼着下次别再停水了。

羞羞答答

第三辑

我总是强调我很内向,我比较自闭,可我越这么说越没人信,最后我放弃了解释。每次在报社拼版的时候碰到体育部的白爷,他总会把我叫住,以长者的和蔼问我:"小柔,今天又骂谁了?"弄得我特别抬不起头,好在楼道黑,他眼神儿也不好,看不出我脸上的尴尬。我一般会极其慌忙地说:"骂我自己,骂我自己。"然后假装忙碌,随便跑进一间办公室。

这些文字,就像王小柔这个名字似的,其实与我的真身是分离的,我们各自属于不同的区域,她到处找茬、贫里贫气,可我为人温和、少言寡语,甚至害怕与人交往。但是,在面对生活里的诸多感动的时候,我们是融合的,我们是一朵暗自生香的玫瑰,在各自的时间、场合,静静开放。

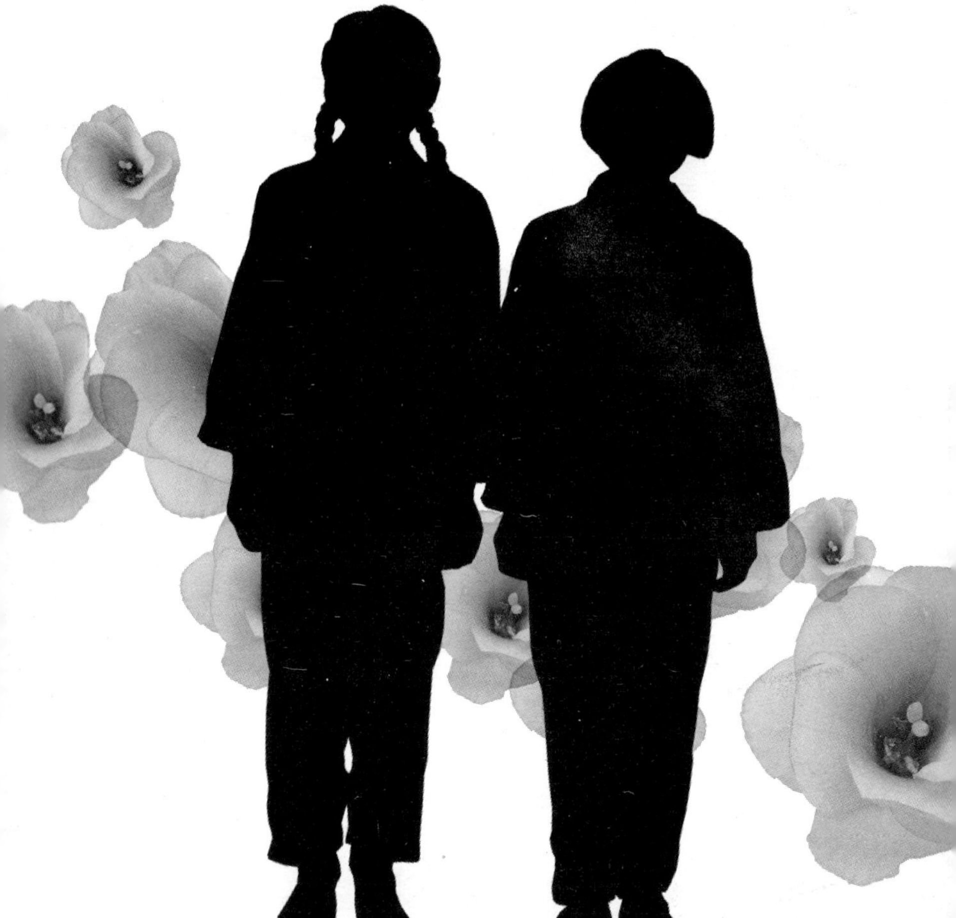

粗人的六月

汗水滴滴答答,姑娘貌美如花。六月来了。

这股迟来的热浪让我们开始给捂了很长时间的身体撕开包装,于是苗条的、不匀称的、上长下短比例不和谐的、粗细搭配不均的身段都出来了,一时间弄得满大街都是挑剔的眼神。那些风摆杨柳或者肥而不腻的身体蜷缩在薄薄的衣服里躲避六月阳光的照射。我和朋友走在路上经常窃笑地指:"你看!"其实自己心里都清楚,身前身后不知道有多少双眼睛正像过电一样测量我们呢。人就是这么目光短浅,气人有笑人无。

我以前特希望自己能像南方人那样娇小玲珑,可北方的水土就是好,喝水都跟施肥似的,身体倍儿棒吃嘛嘛香。南方人一般皮薄馅小,不像北方人个顶个长得都特实惠。以前的人审美没现在那么苛刻,觉得一个人要能一顿吃仨馒头才好呢,那时候强调体质不注重身段。所以在这样的氛围下浑浑噩噩地就到了对美产生强烈追求的时刻,却发现,我是那样的孤独。

第一次站在精品屋里,眼睛刚搭在一件真丝套裙上,满脸媚笑的老板娘就上来特朴实地说:"这款式都是南方来的,你穿不了,太瘦。你来这件。"她顺手不知从哪拎下来一件连喂奶都有富余的衣服,还笑。就算我是粗人我也有自尊心啊,"你拿一套最大号的我试试。"我指着看中的衣服心想,就算穿不进去我也得到试衣间里好好给你揉一把这南方来的破衣服。我进了试衣间,收腹、提气、猛拉拉锁,还好,衣服像包装纸,裹得严丝合缝,我还大着胆子出去在镜子前辗转了一下腰肢。那女人叽叽歪歪地说:"哟,还真看不出来。给你打个狠折吧。"都让她看出来了还穿什么衣服,真是的!那个六月,我第一次穿着紧身的套裙去谈恋爱,后来才懂得那叫合体。

第一次去蹦迪也是在六月,所有的人像在原地跑步一样满头大汗,午夜之后,音箱上吧台上挤满了耀眼女子,她们的吊带装热力四射。我们这些小心翼翼围坐一起的良家妇女一般是结伴而来,而零零星星的妖魅女子则在跟高手单挑。我那时候心血来潮地留着一脑袋长发,学港台电视剧还把它们散放着。不知道什么时候旁边挤过来一个胖子,他拿着个小瓶子故作惊讶状:"你怎么也把头发披下来了,别那么盲目跟别人学,人家小鸟依人的长发好看,你这么一弄就跟刚从洞里出来没进化好似的。"这家伙是我的一个同学,他的理论是:如果你不烫眼毛不化妆不在脖子上挂东西不穿高跟鞋就不该长发飘飘。可是我想,就算是女鬼来蹦迪也不愿意穿着高跟鞋啊。

六月,人们都换成了小包装。我分析了一下,跟我一样的粗人,甚至比我还粗的粗人有的是,我也就不担心了,反正我不是最次的,所以我还有资格在别人的背后指指点点。人就是这么目光短浅,气人有笑人无。

替老白拔枪

上班的时候听猴子说"我们家"老白又被"欺负"了,在这个节骨眼上,我决不说一句落井下石的话,我决定用回忆安慰她那颗受伤的心。

老白很实在,每次在我要拍案而起的时候,她就掐着我的胳臂并且眼睛直勾勾地看着我说:"别犯神经了你!"然后看着我无比郁闷地坐回自己椅子里。她会唠唠叨叨地劝你,话里话外都是:"神经呀,你!"其实就算不神经,总被她那么说也该神经了。当然她不觉得,你要现在问她,她准跟你翻白眼,死不承认。

那是哪一年我忘了,只记得我厌倦了那个报社,厌倦了整天那样一种姿态对着一些人,我死活要把自己的办公桌搬到墙角去,我宁愿对着角落里发臭的垃圾。老白梗着脖子指责我的行为是发神经,因为她觉得你拿工资首先要做到的就是忍耐,我说那我不干了行吗?她说行,有本事你就别干。后来我真的走了,偷偷走了。

那份报纸现在已经从我生活的城市消失了,偶尔能从床底下裹凉席的废纸里择出一张,那个报头下面曾经压着我们多少青春、激情、快意、梦想,而今天,留下的仅仅是肮脏的尘土下面我们各自的名字。

那样一些废报记录着我们的光荣与梦想。

老白从兰州大学新闻系毕业在大连电视台耍了一阵子就跑天津来了,到了废报社,等待她的是结婚不许要孩子,生孩子不给报销。之后我也来了,等待我的是没工资,只有稿费,三个月试用期。也许是对新闻的热爱让我们将生死置之度外,我们在漫长的一年中几乎没拿什么钱。我们在城市里奔跑,不敢停留,因为我们还有梦想,我们想看见更远的远方。所以那时候,我们的睡眠很少,骑着一辆自行车,口袋里新印的名片,那个报头让我们浑身都是力量。老白当时在青年部,我在记者部,我们很少有碰面的机会,甚至不知道彼此。那几乎就是一条绝路,拼命的目的只有一个——留下。

我们最终都留下了,报社实行了新规定,不但要写稿,还要拉广告、拉订户,按提成拿工资。内向的老白是从那时候外向起来的,因为你必须把自己的梦想先抛开,要低三下四地争取利益。那时候,她的孩子出世了。我的个性是不妥协,所以在众多路里选择了写稿,疯狂写稿,平均每夜只睡三个小时。通往理想的路上只有痛苦。

后来我们在媒体的小圈子里混出了眉目,从疼痛里走出来的时候我们到了一个部门,一起经受另一个痛苦过程的开始。

我们爱那个红色的报头,从初一在那里发表第一首诗的时候我就开始了自己的热爱,可没想到一切来得那么勉强,因为它并不爱我,不爱我们这些为了它可以抛家舍业的人。我在只有老白在的办公室大发脾气,扬言离开。老白说:"神经呀,你!"我走了,去了北京一家我一直向往的报纸,一个月,写了很多整版的大稿。直到有一天,老白说:"我带你投靠别的地方吧。"这句话让我又留在了天津,不是因为新的吸引力,是因为这里有朋友。

我们什么苦都吃过,什么冷眼也都见过,还有什么是内心承担不了的呢?经常在一起怀念那些傍晚从七楼向下望的日子,怀念在马路边轰着苍蝇吃一块五一碗的板面,那时候我们谈的最多的是理想。似乎在心里没什么苦的,很多甜蜜来自我们走过来了,我们赢得了比同伴更优秀的耐力和创造力。

我去她刚来天津时的小破屋子呆过,小得开门就要踩沙发,到处扔得都是衣服。她也来过我住的地方,灯都坏了,屋里只有一盏幽蓝色的应急灯,她说那是鬼火,硬是睁着眼睛没敢睡觉。我们目睹着彼此生活质量的变化,它跟中国大的经济形势没什么关系,跟我们的生活态度有直接关系。

现在老白不但割了双眼皮,垫了鼻尖,染了头发,开了车,穿了名牌,进了美容院,用了上档的护肤霜,连跑悄悄话这样的烂节目也开始穿千元以上的衣服了。这挺好的,尽管我看见她就讽刺她,其实只是无法表达内心的欣慰。如果钱能让我们美丽,让我们得到快乐,为什么不呢?所以,要是哪天老白跑去丰胸或增高,我一点都不感到吃惊。

我不希望身边的朋友不快乐,所以听到她受了猴子一帮人的"欺负"很是郁闷,决定以后不跟臭猴子一拨了。嘿嘿:)我们从那个报社过来还有什么扛不过去的,你不带老白玩,我带她玩去。喊,有什么了不起!

不是冤家不对头

两个女人互相看久了便没什么滋味了,就像一块口香糖,连腮帮子都痉挛的时候心里想的只是快找个背静地方把它给吐了。我就是那块被老白嚼得特劲道的口香糖,估计要是团面得在她嘴里变成面筋,我知道她早就萌生了嫌弃我的歹意,但我偏就佯装不知嬉皮笑脸,而且在更换的几个单位里我一直强烈要求跟她坐对桌,弄得她这几年看我的目光日渐黯淡。其实她那张脸对我也没什么吸引力,尽管她隔三差五地整治自己的五官,垫垫鼻梁子,拉个双眼皮,在耳朵上用激光打几个眼儿,光子嫩嫩肤,染红头发,每周做做足疗、皮肤保养什么的,我还是看不出她向精致女人目标狂奔的起色。我们很少对视,拌嘴抬杠是我们惟一泄私愤的出口,她经常突然抬起头伸出短粗胳膊用夹着烟卷的手指着我问:"你还像个女人吗?"我绕过桌子站在她旁边拉起她的手欲放在我的胸口:"你也说说我哪不像女人!"她的第一反应就是夹紧胳膊往桌子上死皮赖脸地趴,而且大叫:"流氓,流氓。"老白就是这么个人,喜欢招惹别人,但永远甘拜下风。

我跟老白做了太长时间的同事,彼此的仰慕和喜爱表白得都觉得虚伪了,不知从什么时候开始,我们像两只蜜蜂一样用小尖嘴互相戳,嗡嗡嗡地还觉得挺高兴,我认为这是友情的最高境界。

很多年前,我自己在网上建了个私人聊天室,但来的都是一些小P孩子,经常一上来就骂街。那时候年轻气盛,而且能想出来的脏话就那么几句,总说也会被人看扁,我就给老白打BP机。她问:"大半夜,嘛事儿?"我说:"快上网,有人骂我。"一会儿我的窗口就能看见一个叫"大象腿"的家伙上线,而且毫无头绪地逮谁骂谁是孙子。我赶紧跟她会合,那时候我叫"猛男一号"。后来小P孩眼瞅着跟不上话退出去了,我欣然跟"大象腿"告别躺下睡觉。半夜三点,我的汉显BP机一闪一闪,老白说:"那帮人又来了,快上!"我进去的时候看见"大象腿"已经招架不住,数了数,她正一对十六地扛着,而且那帮人的话越来越难听。一会儿,老白打来电话语气急促:"咱女的骂不过那群流氓,明天再战吧。"我们就都退出来了。早晨八点,老白的电话,她激动地说:"我昨天没睡,下载了一个《网络骂人大全》,不骂死那帮小崽子才怪!"后来,有了"大象腿"这个左右护法,我的聊天室逐渐没滋事的敢来了。

有一阵子老白喜欢上了娃娃,为了表达对我的倾心经常送我,比如叼着奶嘴流着哈喇子的兔子(要不是耳朵长谁能猜出那是只兔)、跟吊死鬼一样的猫、两眼珠子离脸八丈长的外星人等等,到现在都摆在我们家最明显的位置。很长时间里,她因为看见一个会扭屁股能吐舌头吓人的小鬼没及时买下送我一直自责,而且跑那个商场去了好几次,问得售货员都烦了。

在将近十年中我们只携手逛过一次街,买的东西依然没女人味儿。那回我们俩买了一样的黑色短裤,穿着小裤衩挤在试衣间里互相指责对方的身材。后来那短裤很令人失望,本指着它做友情的见证,没想到一洗掉了一盆色,干了再看变成红短裤了。经过一阵跟自己形象的磨合,老白要当精致女人了,不但用了价格不菲的护手霜,时不时还要美甲,短粗手上接个花花绿绿的长指甲坐在我对面挠键盘的声音让人很不舒服,我非常好奇,这样一双手怎么干家务呢?

老白刻意追求女人味儿是从四年前开始的,那个夏天我眼前的这个女人整天像个彩色气球一样晃来晃去,她很骄傲又娇滴滴地跟我说她全身上下的装束是认识的一个著名服装设计师给设计的。这设计师不知道跟她前世有没有仇,把老白整治得跟从事可疑职业的不良少女似的,几个月里她始终穿着外面透明里面短小,露大胳膊根儿的衣服。也是从那时候开始,她那昂贵但看着特不值钱的双肩背包里放进了化妆包,只要我一抬头就能看见她举着个小镜子在那抹,颜色永远那么夸张。我每天都问她:"你们那除四害今天又死了几只耗子?"她心理素质特好,继续变本加厉。

老白经常嚷嚷减肥,有一天一进门对着我就喊:"你看我肚子大了,怎么办啊?"语气很是焦急。我哈哈大笑,抚摩着她的肚皮说:"孩子是无辜的。"她气哼哼地坐下再不理我了。她喜欢自虐似的干饿,但时间很短,早晨不吃早点的话下午四点一定要加餐,而且吃炒面一份都不够,还要盯着别人盘子里的,等着人家说:"我这半儿没动,给你吧。"这几天她又突发奇想说要去给肚子抽脂,真吓人。

老白喝水咕咚咕咚的,有一次同事从韩国带来了一盒袋泡茶,就算袋比较大,可一般人也能看出是袋泡茶啊。老白可不是一般人,她一上去就找口儿撕,撕不开还急了,用牙咬,咬开后自己跑到饮水机那灌水,咕咚就是一口,紧接着就听见她大叫:"什么破茶,都是沫子,怎么也不沉底呀?"

老白现在不在,估计又风风火火闯九州去了。我巴不得我们能分别的时间长一点,让我们在心里安静一会、彼此想念一下,可惜这段话还没写完,这个人又一屁股坐我对面了,咣当把包往桌子上一扔问我:"你去厕所吗?"

傻吃傻喝傻乐和

三杯两盏淡酒,七个八个鸟人,我们各自挨着各自的"相好"围挤在一张两米长的桌子边上,因为是同学请客所以无法计较环境和菜品的优劣,我每次要吃点什么都跟旁边坐着的左撇子胳膊撞胳膊,经常把鱼香肉丝掉在黄焖牛肉里,把醋汤子滴答在肚丝烂蒜上,或者直接把一筷子菜便宜了自己的大腿,真正吃到嘴里的并不多。小石特别豪情万丈,时不时站起身撅屁股够更远处的大虾,直到临走还自己在那儿感慨:"这鲍鱼怎么没有鱼头呢。"

我和小石从小学到中学都在同一所学校,她今天还一口咬定我们是同桌,我觉得这多少有点生拉硬拽的意思。我只记得她是语文课代表,学习成绩一般,头发永远像枯草,那时候她总是抱着头小跑着走路,后来我才知道她生怕某些笨鸟把她的头发当了鸟窝。

小石的工作需要戴大壳帽,可发下来的帽子总是不合适,放脑袋上只能用头皮顶着,风一吹就掉,为了杜绝这种情况,她在帽子里圈缝了三只破袜子进去,从此帽子跟脑袋严丝合缝。她不带小挎包出门的时候,袜子里还能放些零钱,买东西就跟变魔术似的,看得他们门口一个批发土豆的眼睛都直了,一个劲儿地说:"这姐姐太特别了。"

小石是个很搞笑的人,她的个性里充满各种幽默元素,有时候我甚至觉得她有些神经质。她走路的姿势也很奇怪,无论速度快慢浑身都直挺挺的,除了胳臂永远夸张地摇。她的理论是当你不断划动气流的时候走路会变得轻盈。

她家有一条恶犬,长得颇有些姿色,但我生来不喜欢和毛茸茸的动物零距离,所以从来对那条狗没什么好感。每次去找小石,她要是不在家,他们家的门一定是只开一个小缝,或者干脆让来访者报上姓名及此行用意,而此时,那条恶犬就在屋里特得意地叫唤。要赶上石可莹在家,就更了不得了。从你进门的一刹那就要经受一只狗的恶骂,它会眼睛盯着你不停地催促你滚蛋,要是你还没领会它的意思而厚着脸皮坐在满是狗毛的床或椅子上时,它会被气得气喘吁吁,而且开始用嘴啐你。小石心软,每每此时,她会满脸扭捏,抱着狗说:"你就让它咬一口吧。"我要是不愿意,她就劝我,人不能跟狗致气,不能跟狗争。

后来我住在南大备考注册会计师,她每周五晚上会过来和我欢度周末,说是欢度,其实也就是晚上彼此看一眼,累得也没过多的话就彼此睡去,因为恋爱的季节总是身心疲惫。我大晚上回来的时候,她经常会指着我的头发说:"你看你,满脑袋草棍儿,又往哪个没人的地方扎了?"很多无中生有的坏话在她嘴里都跟真的似的,我也很少跟她理论。

忽然有一年,她扬言八月份怀孕,为此让领导把工作也调换了,可都十月中旬了她还是一筹莫展地说:"怎么办呢?"眼瞅着就要东窗事发,那罪过非被开除不可,我比她老公对她肚子里的动静都着急。小石也急了,让我去药店一次又一次帮她买妊娠试纸,可她总是呆在一边不说话,倒是像陪我去的。路口处二十四小时营业的药店里那个说话面无表情的售货员看我总买,有一次居然满脸鄙夷地说:"这还有电动工具和彩色带香味的安全套你要吗?"我看她半天,不知道该说什么好。小石倒跟没事人似的站在旁边哈哈大笑,出了门使劲拍着我的肩膀,说这药店前身大概是五金店,连电动工具都有,然后蹲在地上接着大笑。弄得我特别无地自容,等她站起来,我才觉得这一切简直都反了。

当小石终于种瓜得瓜种豆得豆以后,她肥大的衣钵顺理成章地传给了我,带两只小熊的吊带裤、绣着花的孕妇服、根本听不见心跳的胎心筒、几本毫无用处废话连篇的胎教书,她说还有一些东西要传给我,我也像拾了大便宜一样在电话这面咧开嘴傻笑。

现在,她的儿子李肉肉正在茁壮成长,而小石呢,总是觉得还有多余的快乐多余的忧伤多余的荷尔蒙没有宣泄干净。有饭局的时候,我们还像读书的时候一样,凑在一起傻吃傻喝傻乐和,怎么看怎么没心没肺。

只是静静地记得

有人问我,你觉得男人的友谊更长久还是女人的友谊更长久?我直接想到的是女人,随后想到了石石。跟她一起在教学楼前坐在石台子上,当啷着腿把酸奶嘬得稀里哗啦的情景还那么清晰,躲藏在夏日树荫里的笑声很清脆,它穿过记忆像个精灵随时站在我的身旁。那时候爱情总是让她猝不及防地流泪,她情绪不好的时候就给我打电话,胡扯一些别的。我愣愣地呆在电话的另一头,等她停顿下来,然后说:"你心情不好想哭吧?"她总是被我的话击中,在听筒的那边抬起E·T般的大眼睛,神色茫然且温驯,然后眼泪就噼里啪啦地跟着掉下来,我的耳边于是就有了断断续续哽咽的声音。我僵硬地手里举着电话在傍晚或者某个上午听另一个女人的哭泣,我知道她需要的不过是线路对面的沉默,因为不言语也是一种陪伴。那时候我们还在明亮锐利的青春中匆匆奔跑。

我始终觉得她是个粗心的人。当我也在爱情里挣扎的时候,那个泪流不止的夜晚我跑到大街上给她打电话,告诉她我想离开这个城市,我不想回家。那时候是晚上十一点,偶尔的出租车像箭一样从身边一闪而过,街上没有人,我的影子被路灯拉得很长很孤独。我努力平息着我的语气,我不想让她听出我在哭,可是她居然什么也没听出来,饶有兴趣地鼓励我:"你一直想去北京就去吧。"我脸上的眼泪一点点在滑落中变凉。后来我挂了电话,像一个游魂,在这个变得陌生的城市狂奔。毕业后我从来没跑过步,但那一次,我一直跑到天亮。直到累了,直到跟自己妥协,直到被他找到,直到没力气流泪。我那时特别想告诉她,我遇到了一场大雨,我在雨里迷路了,可是我知道她不信,不信我也会迷路。

她不上网也不用手机,她喜欢看书,是那种只要是字就能读得下去的人,所以阅读比她的恋爱更持久。我们从来没有询问过在彼此心中的分量,后来连电话都少了,各忙各的。再次忽然接到她电话的时候,她说自己正在产科门诊的椅子上坐着看小说等待检查,隔了五分钟她又打来电话:"大夫说孩子已经窒息马上要做手术,我一会儿出来可就是两人了,你来看奇迹吧。"一年后的一天当我也躺在板床上,一丝不挂地躲藏在一张白布单子下面,等待自己的奇迹的时候,她打来电话,声音特别夸张:"哟,要生啦,有不懂的快问啊!"我问:"你那会儿疼吗?"她说:"废话,你是活人不疼邪了。"手机没来得及我就被推进手术室了,血压忽然低得让我恶心,我听见麻醉师说:"别紧张,一会儿就完。"等我也终于变成两人后,开始发烧,三十九度、四十度、四十一度,我给石石打电话,问她那会是不是也这样。她那对儿E·T般的大眼睛充满了幸灾乐祸,只听声音都能想得出来。她说:"你让奶憋的吧?我那时候用吸奶器拼命吸,最后疼痛都麻木了,奶吸完了把血都吸出来才算完。你玩命吸吧,我不是把那个日本吸奶器给你了吗?"

　　石石在某一个时间里成了我的主心骨儿,依着她那些破败的经验我一路走来,尽管后来才发现走的大都是弯路和错路,但我执迷不悔。偶尔的惦记,我们并没有什么频繁的联络,半年后见面的时候,我们各自带着生命中的奇迹,弯着腰,嘴里的语言单调语气柔和。她一个劲儿说:"把这个给弟弟玩吧,弟弟多可爱啊。"我说:"你谢谢哥哥,把这块糖给哥哥吧。"我和石石有时会直起腰互相望上一眼,看着对方笑一下,然后赶紧再弯下身子拉扯奇迹们的小胳膊,阻止他们把土块放进嘴里。

　　我们很少交流内心,甚至很少联系,但在瞬间的想念里总是跳动着喜悦。我想,这就是女子之间的友谊吧,比男人之间的细腻持久。

　　关切是问

　　而有时

　　关切是不问

　　倘若一无消息

　　如沉船后静静的海面

　　其实也是

　　静静地记得

就这样E生活

按下开关,笔记本发出轻微的震颤,然后是我熟悉的页面,上网,QQ里欢声盈袖,一天总是这样开始。不知不觉间,网络以强悍或微弱的手势修改着我们的生活,我们反击或者接受,行止之间,是漫无边际的迷惘和渴望。我每天穿上王小柔这件马甲,在这里面朝大海春暖花开。

经常在上网的时候会把抽屉里的磁带放进盘仓,按动Play之后看着深褐色的记忆从左到右直至旋转为空白,再"啪"地一下自己关闭,仿佛一段青春。那时候,我们还爱音乐,我们希望到外面去,我们熟悉每个心爱的歌手犹如熟悉自己的呼吸;我们给喜欢的男生写信,我们精心地把信纸叠成宝塔、心形或者一朵花,我们在邮票上涂胶水,我们知道邮票向左代表"我想你",而邮票朝上是说"我爱你";我们曾经好奇地仰头看着合作社里一块小木板夹着钱在几根铁丝上飞,那曾是最原始的结账方式;我们吃五分钱一块的长条形泡泡糖,要是一次吃两块就能吹出一个和人头差不多大的泡泡,"啪"地一破,糊在脸上像面膜一样;我们用爸爸二八的大梁车学会骑车,上路的时候永远弓着身子把右腿从大梁下面伸出去踩住脚蹬子;我们向往用彩色玻璃纸包住的米花儿和水果糖;我们用五分钱吃一顿非常奢侈的早点,往往口袋里还能剩下一分;我们让家长帮着打苍蝇,然后把它们小心翼翼地装进洋火盒,因为到学校老师要数数还要给成绩;录像厅里有不间断的梦想,周润发教给我们做人的准则,而钟楚红的烈焰红唇让我们的心房在夜晚膨胀得不能自已;我们别别扭扭不愿上学,却吭吭哧哧讲不出道理……

这些都是生于七十年代人的曾经,带着青春的痕迹。

总有一些东西让我们无能为力,比如放弃,比如对"外面"的期待,比如悠长的心跳,比如爱情。我们努力接受新的规则试图让自己健康成长,当我们跟更小的一批孩子变得格格不入的时候,我们老了,为了凑在一起回忆从前的青春,我们把自己归了类,叫"生于七十年代",然后我们沿着这个年份一起老去。

一意孤行地在网络里游荡,我们就在庞大的数据库里填充着各自的生活,我们都穿着马甲,陌生而又熟悉。电脑自动记录着各自的IP地址,字节数,在线时间,还有此时的华丽、局促、繁盛、荒凉。

我的眼前是一个又一个跃出的窗口,像另一个生活里探出来的触手,寂静而骚动地观望。就这样E生活,就这样在虚拟世界的平台等待着我们失散的朋友,我们迟疑着相遇,网络里的第一次相见,却是太迟的一份青春。

读你

一个下午,我正跟电脑相面,同事说有我的电话,拿起听筒喂了一句,那边却支支吾吾半天没吭声。我有点郁闷,就问:"您有什么事吗?"那边含含糊糊断断续续把一句话分成几个字说,但我还是听明白了。他问我:"我想知道你是我的笔友吗?"笔友这词也太遥远了,在我的脑子里应该跟"搭伴儿、同位儿、起外号、班主任"之类的放在一起,应该是属于上个世纪八十年代的。我把嘴张得很大,在那"啊——"了半天。他急忙解释:"我没别的意思,只想确定一下。我们是不是曾经在一次'昨天今天明天'的征文比赛里获奖,我得的是纪念奖,你是三等奖,咱俩当时还留了地址,你约我给你们文学社写稿,至今,我们只通过两封信。"

这句话就像一鞭子抽在陀螺身上,我的记忆嗖地转开了。那次是在一个叫谊美餐厅的地方颁奖,简陋的证书对于我们这些喜欢写作的中学生来说简直是天上的馅饼。在小会议室里,我们把身体坐得笔直,并拼命在小本子上记录自己激动的心情。那天的午间新闻,我们的小脸儿都上了电视。也许我们当时都互相留了地址,但我已经没有印象了。这个电话如同在冰坨子上浇了一大盆热水,我的记忆开始融化。

十六岁,对于我太遥远了。

那时候我像模像样地搞过一个文学社叫"读你",纠集了一大帮跟我一样的文学中学生,当然后来还有几个上了班的人跟我们混在一起。我们写诗写散文写小说,我们自己出杂志,我们到处投稿,我们弄作品争鸣的笔会,我们激情澎湃。当时的情景在脑子里回放的时候,都能笑出声来,多幼稚啊:我们为一个形容词用得是否得当能争得脸红脖子粗;我们在水上公园的水泥台子上大声朗读高尔基的《海燕》;我们在南开大学主楼的自习室把当时的流行歌曲改了词儿自弹自唱;我们特别羡慕那些大学生和工作挣钱的人;我们时不时地忧郁惆怅心情不好,然后没完没了地写信,并且在邮票上刷糨糊;我们如饥似渴地读各种书……现在想想,中学时期居然是我看书最多,做笔记最多的时候。

那次获奖,我们班主任正好在家吃午饭,下午就把我叫到他的办公室去了,告诉我以后任何旷课都不需要假条,因为念我们学校名字的时候校长也看见了。当然,我后来没怎么旷课,但整个人跟大尾巴狼似的,骄傲起来了。

接下来,更加汹涌而来的青春期把我们的文学梦给打破了,争先恐后地情窦初开之后,我们凑到一起不由自主地开始讨论谁跟谁又好上了。我们的刊物成了情书地图,有人闹单相思,有人争风吃醋,毕业的时候《读你》出了十期,结束了它的文学使命。

那阵子,一棵树,一块石头,一枚硬币,一首歌都可以成为见证

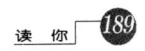

我们友情的证据。十六岁,我们太小了,幼稚地以为什么都不会变,幼稚地写了很多"永远",用"无数个最字开头"来给朋友限定范围。很多细腻的感动发生了,很多敏感的泪水流出了,很多惆怅很多失落让友情水到渠成为另外一个样子。

"于是不愿走的你/要告别已不见的我/至今世间仍有隐约的耳语/跟随我们的传说",当我们都顺理成章地跨越青春期,顺理成章地被异性吸引,顺理成章地有了工作单位,我们在彼此熟悉的城市熟悉的街道失散了。

我们重新恢复陌生。

我对这个曾经给《读你》写过稿的笔友说:"留个电话吧,也好联系。"联系,一个很生硬的词,忽然柔情万种,我们怕断了联系。在不停地行走中,我们不停地认识新面孔,不停地与往日的一切断了联系,何况,中国太大了,随便一动就是千里万里。好在,隔了那么多建筑那么多人那么多的电磁波尘埃和时间,我们还是能彼此联系。

在我熟悉的这个城市,我随时都能触景生情,所有的景物都能让我想起一些朋友。他们是我留在岁月里的一些符号,也许因为擦拭得久了,名字有些模糊。"他们都老了吧,他们在哪里呀,我们就这样各自奔天涯……"

那一年的江湖

我始终觉得是武侠片在我年少时的纯洁心灵里投下了阴影，那一年的江湖上正在流行一部叫"少林寺"的片子，当年人们通常把此类"群殴"叫武打而不是武侠。不知道因为什么原因，全国的小朋友都像中了魔一样要去少林寺学艺，有人半道儿被警察叔叔从火车上截回来，刚送到家又准备扒火车去河南。那年报纸上这样的消息特别多，我们单纯地以为一路饥寒交迫晕倒在寺院门口就能被恩师收下，还恨不能在江湖上有个杀父仇人什么的，可命运经常是几经周折回家后被家长一顿臭揍。

我属于胆子小的那类，从懂事的时候妈妈就教导我不要乱跑，马路上有拍花子的，很有可能找不到家而被人贩子卖了，所以我的活动范围也就在楼前楼后，连马路都很少过。但这并不能阻止我有行侠仗义行走江湖的理想。那年头儿在马路边有很多吞大铁球并拿砖头往自己头上狠拍练硬气功的，看到他们，我打算自学成才。所以在我上一年级的时候从新华书店买了一本《青年长枪与棍的对打》，回家后就从厨房拿了两样兵器，我手持菜刀，弟弟握着擀面杖,一招一式虎虎生风。我现在都特别感谢邻居二姐,她不仅一把夺下了菜刀还让我弟把擀面杖放回原处。我们很服她,觉得她的武功很高。今天想想,要不是她及时阻止了我们的行为,没准儿我就成了少年犯,到现在还接受改造呢。

那一年的江湖,刀光剑影。

当时的孩子好不容易走出"少林寺"的阴影,到初中的时候又中了金庸、梁羽生、古龙、萧逸的毒,当武打变成武侠,我们个个怀疑自己的身世,以为哪天会遇到一高人授以武林秘籍,运气好的还能当个帮主。我们都想去光明顶,都想在洞穴里遇到小龙女,我们以为自己就是正义,以为在命运最不济的时候还能当个有理想有尊严的乞丐加入丐帮。初二的时候我夜以继日地看武侠小说,当然通常在小说的外面罩了本英语化学之类的掩人耳目。蒙过家长,骗不过眼睛雪亮的老师,当年哪个老师的办公桌上不摆着几套没收的武侠小说。我们都满眼发热地羡慕过老师的孩子,因为他们不仅看书不花钱,还能很豪爽地把父母没收来的武侠书送人。为了心中完美的江湖,在少年的时候我们都学会了如何巴结老师的孩子。很多人喜欢说一句:"我是个要么不做,做了就要尽量做好的人。"我呢,为了那个江湖,当年全班四十六人,我考四十二名,物理三十五分。我最好的朋友那次英语才考五分。看这等分数,谁会想到满分是一百?

那一年的江湖,忍辱负重。

当我终于能叼着半根黄瓜站在电视前对林平之那个年轻的人妖指手画脚的时候,我觉得自己已经成熟了。武侠的世界仅仅是我娱乐生活的一部分。在我的心中侠客死了。

《雪山飞狐》热播的时候我把金庸笔下的人物统统解构了一遍,才发现那些大侠们人性中的狭隘,而所谓的江湖不过是些小混混你争我夺明争暗斗的所在。大彻大悟之后,我知道其实最伤人的不是刀剑不是绝世武功,而是语言,杀人于无形啊。

灭绝师太在峨眉之巅炮制口服液,杨康在铁掌山上放言青春残酷物语,郭芙誓与往事干杯只因其父母是名人,小昭在光明顶上开始柏拉图式的幸福生活,金蛇郎君在山洞里为心爱的姐姐逗小乌龟……

那一年的江湖,秋水长天。

后来一些自以为是的人把金庸捧上了天,并按中国四大名著的规模在央视戏说江湖。它让一个叫李亚鹏的人自以为是武林盟主,表情非常"东方不"。或者是不断翻新演绎的新武侠剧颠覆了我们那么多年积累起来的对侠客的好印象,看着那些吊着钢丝绳在烟火里满天飞的大侠,感觉还不如去看一场猴戏,至少人家耍的是真功夫。至此,我的武侠世界瓦解了,虽然书架上还插着那本已经发黄,才一毛多钱一本的《青年长枪与棍的对打》。

后来的江湖,远上寒山。

脖子偶感风月

细致的男人特别注意脖子的装饰,不西装革履的时候他们会用各种各样质地的纺织品美化他们偶感风月的脖子,于是,那些短粗的、细长的、肥硕的、麻秸的脖子们都像羞涩少女般躲闪在花花绿绿围巾的后面,自以为风情万种。其实脖子本身未必需要那么块布盖在上面挡风,更多的时候它就像发情的鸟屁股上翘起的三根羽毛,想招惹点儿什么。当然那些居家男人脖子上的围巾除外,多年不换的款式,皱皱巴巴跟攥布似的,系的手法除了"五四青年式"就是"列宁在一九一八式",让脖子与围巾之间一点审美关系都看不出来。

我上高中的时候不知道为什么满大街的人忽然流行起穿军大衣,平时马路边的军需用品店门都快给挤烂了,别说军大衣,连劳保手套都成了抢手货。我和我的同学们无比臭美地把自己打扮成给地主老财家扛长活的苦力,暗地里还讽刺谁谁谁的军大衣一看就是假的。没几天,光穿军大衣已经不时髦了,脖子上还要围条白毛线围脖。而作为一名女同学,没围巾不丢人,丢人的是在书箱和书包里居然没塞着一件正在编织的半成品，而我就是那丢人的女生。为了显得自己已成了抢手货，很多精明的女生都夜以继日地织，不管她们心仪的男生已经收到了多少围巾，还是假装羞答答地愣送。我眼睁睁地看着我喜欢的一个物理老师在课间抱走了三包东西，一周之内他换了四条围巾，三白一黑，而且围巾在脖子上缠三圈以上两边还能搭拉到膝关节以下。我歹毒地想，要是哪天这老师想不开都不用到处找绳子。在全体女生像中了魔似的上课下课连传纸条都在讨论平针、麻花针的时候，我冷静地坐着。同桌儿兴奋地在青春期里告诉我谁对他有意思了、谁给他织围巾了，我就一眼一眼瞪他，因为我始终找不到一个能让我一针一线给他织围巾的人。

猛一天，长围巾消失了，取而代之的是一种叫"脖套儿"的东西，跟个没底儿的便桶似的，出现在男人的脖子上异常可笑：他们像得了颈椎病，脖子短的，能把那"脖套儿"叠好几层；有的人懒，干脆连嘴都给捂上了，远看近看都像个蜂窝煤炉子。有一次我等车，旁边一个瘦高的男人一直伪装清纯地跟女友开玩笑，纵情之时用牙叼着"脖套儿"的边儿，弄得口水外溢，如同得了痴呆症的傻子。

再次看见男人们大规模给自己的脖子上套是在《上海滩》播出以后，电视里的许文强整天系着个紫色超大号领结像那只傻里吧唧的米老鼠，但那时候大众审美水平有限，我们哪见过穿衣服的老鼠，所以许文强刚晃悠没两天，几乎所有小摊上都在卖一种男式围巾，它比传统意义的围巾小很多，色彩鲜艳，质地为真丝或者伪真丝。戴法也简单，你先得光着身子穿件领子足够锐利的衬衣，当然，衬衣靠近领口的两颗扣子是不能扣上的，然后就要对着镜子鼓捣一番，如果镜子的反射影像令你逻辑混乱，就得叫来最亲爱的姐姐或者女友把那条有着灿烂色调和夺目图案的围巾系在你即将裸陈于风中的动人的骄傲的脖子上。那个阶段，满马路到处是戴领结的米老鼠，很多男人脖子上都挂着一个歪歪扭扭的扣，别提多古怪了。

　　如今男人会打扮自己了，他们比女人更细腻，他们知道什么颜色的衣服搭配什么样式的围巾能让异性侧目，他们的脖子偶感风月便能立即辨别信息的真伪。就像插在酒杯里的餐巾，尽管都是用来抹嘴擦手接不小心掉落的菜，但总比看满是杂质的餐巾纸强吧。

六十 七十 八十

我想，至少生在六十年代的人是不会对那个时期有多少清晰记忆的，我们都还小，我们的青春印象模糊不清。很多同龄人在同一条胡同里像野草一样生长，我们自由的童年散落在野地、沙土堆甚至是水泥管子里，好像那时父母的神情永远是焦灼不堪的，而我们的笑脸则在这些沉重的背景中存在得那么不合时宜。我们惟一的弟弟妹妹们争先恐后地出生了，之后我们就扮演起少年老成的家长形象。尽管只差几岁，我们的分别却急剧而又明显。

那时的饥饿给不了我们多少营养，少年的身体只能靠体力顽强地私下发育，很多年之后我才发现这种饥饿感已经成为一种印记盖在了所有生于六十年代人的身上，直至今天，我们都活得诚惶诚恐。

去银行存钱，听见年轻的一代在谈论贷款买房，他们对着二十年的负债谈笑风生，可是我宁愿勒紧裤腰带攒足购房款，哪怕那是在五十岁以后的一天；带着孩子去麦当劳，看着更年轻的一代边打手机边嚼着在我眼里没有营养的汉堡包，我会羡慕不已。我在他们身上看到了轻松、直接和自由选择生活的勇气,就连他们肆无忌惮地大声喧哗我都认为是一种青春的表现,我还能这样生活吗,我想我已经衰老了。

  我经常反思六十年代除了饥饿还给了我们些什么,后来,我想到了理想。在十五岁和四十五岁的人成为同班同学的时候,人们都曾经有过那么鲜明的理想,诗歌和激情点燃了一代人的青春时光,直到现在,许多人的旧笔记本上还摘抄着大量当时热血澎湃的诗句,它们像过去的老歌一样能勾起人的回忆。记得当时的青年大都神情庄重,仿佛谁都是一块为社会熔炉准备好的木炭,人们确信精神的火种将燃于四野。也许是从那个时代走过,在我们性格里自然而然承载了许多循规蹈矩的因素,有时它甚至成为制约我们发展的桎梏,可我丢不了它。我们在七十年代人的眼里过于保守,我们在八十年代人的眼里已经过早的衰老。我们只能是我们,尽管有些不服老的六十年代人也染头发、也泡吧、也偷偷摸摸在聊天室搞起了网恋、也夜不归宿、也写些小资情调的美文,可是他们骨子里的烙印是抹不去的。你可以大着胆子去诱惑生于六十年代的人们,不过放心,出不了大事儿,因为他们早就给自己画好了圈儿,他们保守,最多有贼心没贼胆儿。

爱上吸血鬼

刚看完斯蒂芬·索莫斯导演的《范海辛》，满脑子还想着十九世纪末罗马尼亚神秘古镇特兰西瓦尼亚，范海辛跟吸血鬼家族的贵族长老拼命的情景，快递员把门敲得山响，我用冰凉的手在单子上签了字，抬头看见那个男人在光影的交糅中显露出苍白的面孔，他嘴角浮着一个笑，寡淡又悠游的那种，带了见过太多世事但进退不得的无奈。我盯着他嘴角边露出的虎牙细细看了一会儿，证明并不锋利，就把笔还给了他。

长时间在电影中沉浸很难立刻回到现实里来。我把邮件拆开，一层一层不厌其烦。最后掉出来一件东西，你们猜是什么？软胶皮做的，一个吸血鬼的牙套，两边的獠牙上还各沾着一滴血。我把它套在自己的牙上，嘴唇像歌唱般张着，整个人的感觉一下子就变了。我站在镜子前哈哈大笑，这东西只有唐小燕能拿它当礼物送人。

也许是我情窦初开那天下雨，反正在别人都一门心思在小摊儿上买明星画片往自己床头挂的时候，我却爱上了吸血鬼。得承认,我的品位不高,那些经典名著和欧美大片我根本没耐心看,更没有在沙发上一坐好几个小时屁股不带动一下的功夫,惟一能纠缠住我的,就是吸血鬼。好在那会儿有这嗜好的还有唐小燕,我们俩夏天经常像一对女鬼半夜出没在水房,嘴里一边含混地哼哼,一边用塑料盆盛满凉水往自己雪白的腿上浇。我们从来不敢看身后,门外的脚步声都能把我们俩吓得抱成一团。就是在这样一种艰苦的环境下,唐小燕对我普及了吸血鬼的身世,她语音颤抖地告诉我犹大为了三十枚银币出卖耶稣之后,后悔不已,在日落时分上吊自杀。但是上帝不原谅他出卖自己的儿子,让他在死后变成了永生但永远孤独的吸血鬼,以惩罚他背叛的罪过。因为犹大是在黑夜变成吸血鬼的,所以他永远无法见到阳光,只要暴露在阳光下便灰飞烟灭,而用火烧和心脏被钉木桩都会导致万劫不复。因为他背叛上帝,所以他害怕所有的圣器。唐小燕在跟我说这些的时候手是冰凉的,眼神游移不定,而我一直在心里告诫自己,一定要稳住。那个夏日夜晚,更像是一场挑战心理极限的游戏,我们都在彼此的目光中吓得惊慌失措。

  恐惧能让人上瘾。唐小燕比我更投入,她收藏各种各样的吸血鬼面具,有的是专门托朋友从国外寄来的。我觉得喜欢上吸血鬼就要含蓄,可唐小燕太张扬,她见谁都要把一个银十字架在人家眼前晃一晃,而且还总是把已经没新鲜感的面具随手乱扔,经常是在别人找内衣或者袜子的过程里传出一声尖叫。当然,最终结果是唐小燕被赶出了这间寝室,我的爱好也只能随之转为地下。

  我们的青春凝视着拙劣的灯光,老套的手段,刺耳的音乐和到时间必然复活的幽灵。那时候我们被吓得整夜整夜不敢关灯,下晚自习狂奔过幽暗的小路不敢回头,仿佛路边有苍白的手指和茫然的呼喊。但我们始终无法像其他人那样喜欢上刘德华或者黎明,我们迷恋吸血鬼们徘徊于千百年间的爱恨情仇。他们有贵族血统、华丽的古典服装和不老的容颜,在黑暗与光明之间。他们说:"如果换来的是永生,失去太阳又算得了什么呢?"于是有一天,唐小燕爱上了《惊情四百年》里的伯爵,我则喜欢上了《V字特工队》里的勇士。

等青春散场之后,我们去了不同的城市,也再没有人会在一个冬日或者夏夜惊慌失措地依偎在一起谈论吸血鬼,我们成熟了,成熟到不相信任何。面对屏幕,内心不再有慌张和恐惧,甚至连生活都很难使我们步伐凌乱,我们从容得近乎麻木。

有一天,五岁的外甥女在电话里问我:"小姨,你是因为吸血鬼是外国的鬼才喜欢的吧,中国的狐狸精也很漂亮你怎么不喜欢啊?"我哑然,这样的问题自从爱上吸血鬼那天就没想到过。

逮耗子算打猎吗

《功夫》让周星驰的瓜子脸再次成为人们视线里的靶子,我们盯着他,脸上随时准备好要"笑"的动作,这让一直绷着劲儿的嘴角有些抽搐,但我们不在乎,因为我们打心里渴望看到一个充满智慧的人装纯情二百五,文化人把那叫做"无厘头"。

其实以《大话西游》中的经典段落"一万年"为标志,"无厘头"已经成为"后现代语境"里的最好句式。星爷在不经意中完成了多少知识分子想"解构"一切的梦想,"当那把剑离我的喉咙只有0.01公分的时候",我们发现星爷真是个天才。

周星驰晃悠着肩膀倚里歪斜地走路,说话也阴阳怪气,但从他嘴皮子里蹦出的一个个字就像拿了根针一直扎你的痒痒肉,弄得你说疼不疼说痒不痒地非常难受。这家伙演的电影我几乎都瞅过,上学时逃课钻进录像厅看《逃学威龙》,前面一对形迹可疑的情侣一直搂搂抱抱,弄得我总是要让身体不停移位才能看清楚我心仪的偶像在干什么。后来宿舍里一个娇小姐的"爹地"给抱来了台录像机,我们以为好日子来了,但没想到我们的宿舍成了地下录像厅，靠着从厕所拽出的一根儿电线，我们也有了"夜生活"。半夜里一堆男女坐在地上彼此也不说话，录像的声音极小，最可怕的是屋里突然就能爆发出一阵压抑的、扭曲的、从嗓子里挤出来的笑。我的同学们像一群小鬼儿，男的一般捂着嘴，女的则全往旁边人的身上靠，手还逮谁掐谁逮哪掐哪。那时候，我的破床上最多露宿过六个人，当然，露宿的都是他们的上半身，下半身都斜放在椅子上了。

　　帝王家事、平民生活、勾阑瓦舍、苦乐人生，周星驰表现的无非是市井人物的日常生活而已，可你看他，一路在其中跳笑唱骂，自我陶醉、自我安慰、自我调侃，虽非尽善尽美，但不乏"力争上游"的生动。周星驰的幽默是中国式的，是那些老外理解不了的，"你有没有——搞——错"、"哈——哈——哈——哈"，星爷的经典句式和四声怪笑已经成了符号，让你擦都擦不下去。

　　男生爱慕周星驰是从《鹿鼎记》开始的，他是大内秘探、天地会舵主、神龙教主，不管是红尘女子，还是公主、道姑，通通揽入怀中，最后与天子道过别，一声招呼"老婆们上马"，何等豪爽，真让天下英雄嫉羡死了。女生爱慕周星驰是从《大话西游》开始，一只猴子的爱情弄得我们这些情窦怎么都开不了的主儿忽然顿悟了情感的真谛，哭得特别真挚。那些想博取芳心的男生都能把台词背得滚瓜烂熟，随便拿出几句就能把缺心眼的女生蒙得一愣一愣的。有个人甚至整天把水房的墩布扛在肩膀上，蜷着腿学那猴子悲壮地走路。最后，这个凭背影模仿秀大获成功的家伙同时被三个女生喜欢，造就了当年宿舍楼的奇迹。

　　当星爷的"无厘头"已成为二十世纪末创造的重要词汇之时，

星爷自己恐怕也把自己吓了一跳,因为他在我们这群整天喜欢盲目崇拜别人的心里已经变成出手雷电跺脚上天的特技演员,我们渴望他能带领我们进入幽默的幻觉。

关上灯,我仿佛听见一个怪异的声音在说:"你以为腰里挂着死耗子就能装成打猎的?"

"哈——哈——哈——哈",我把自己都笑蒙了。

盗版碟青

他们都说这是一个后视觉时代,因为人们的眼睛开始看不进去文字而只喜欢读图了,当然,那些DV青年也带来了一场视觉的革命。在家抱着个DVD机的人越来越多。是啊,这年头谁还会觉得大老远和别人挤在一起看电影有乐趣,当然除了那些四处为打发时光而谈恋爱的家伙,人家花钱也不是想看电影,只求在黑暗中能做点儿小动作。很久没进过电影院了,太平门的灯光和昏黄中传来的厕所味也不再熟悉。现在我宁愿一个人缩在沙发里在睡不着的凌晨三点看一张盗版光盘。是的,我从没买过正版的碟,甚至都没往那动一点点心思。顾小白说我是个盗版碟青,而我却对这样一个定位在内心充满了感激。

我认识很多真正的碟青。为了让自己能像别人一样对影像侃侃而谈,曾经参加过一次"电影盒子"举办的DV青年小型聚会,大家分别坐在吸烟区和不吸烟区,手中的玻璃杯里是清一色的白水。女的大多是捧场的,男人们则是那些参展作品的真正主人。黑暗里有很多孩子般的目光,我想我的也是。我虔诚而认真地看着惟一亮着的屏幕,用心分析刚刚闪过的恍惚情节。在我的意识里,实验电影永远是超出商业大片的艺术行为,况且那些青年们就坐在身边,这更让人振奋。后来,我的脚被旁边的人踩了一下,我往左挪挪,她又踩了一下:"你看得懂吗?"我孩子般诚实地冲她摇摇头,我觉得在这样的场合是不能够撒谎的。她说:"太混乱。台湾那个人拍得至少还有想像力。你坐着,我走了。"她就真走了,门关得有点响,不知道会不会对那些作者造成伤害。

尽管我看不懂,我还是不敢轻易评价那些DV青年的作品,因为我伸出手,握到空气,还有别人的幻想。你说电影到底是什么?一个名词?动词?乌托邦?理想?信仰?还是现实中个人微不足道的一点点虚荣?还是一场戏?顾小白说真正的碟青是从不参加这类活动的,后来我也不再去了。

我买了具备超级纠错功能的影碟机,可是它在错乱的时候尽管试图去畅读一部电影,却总是在艰辛的兜转之后告诉急待看碟的我一个"No disk"的答案。生活就是这样,经常让你搞不清问题到底出在谁的身上。盗版碟青只能算一个伪影迷,我也只会注意到一个故事,从来没考虑过关于电影的技术问题,所以,一张盘只要有影像有声音就足够了。也许一切只是一次否定,或是一种前行,或者它只是一回冷漠的记录,然后是狂热的剪辑,而它就能伤害你的平静。很多个夜在窗外的凌晨,我会揉着僵硬的双眼避开哗哗作响的电视机,那些迷乱的片尾曲跟在我的身后,像个冤魂。打开窗户的时候,我多么庆幸我又回到了真实的生活。其实如果一场电影能让人取暖,为什么不?如果影像中的爱情可以,为什么不?

我是所有电影论坛的游侠,尽管我只是一个盗版碟青。我手边有所有好看的电影杂志,尽管我几乎没看过里面提及的任何一部片子。我的兴趣在于阅读。生命里有很多浑浑噩噩的时候,当我知道,文字是属于我的另一种生活,它带有真实生活的所有温度与幻想,我便痊愈。影碟机里的影像——一场不痛不痒的春风,盘退出来了,生活还在继续。

鹦鹉的艺术生涯

一个朋友送了我一对儿鹦鹉,走的时候满眼憧憬地说:"过几个月它们就该有爱情的结晶了。"我特高兴地拎着笼子一路小跑,到家定睛一看,那"一对儿"明明就是两只小公鸟。于是,我给它们起了两个很男性的名字,"小强"和"小明"。

在它们来的当天,就开始满屋子乱飞,一个小时以后,当"王小强"稳稳地站在窗帘绳上,它们席卷冬天般的恶性试探结束了,两个家伙东张西望,然后便是气定神闲地梳理羽毛、拉屎,它们从心里接受了新环境。

晚上,爸爸突然跟我说:"你的鸟死了一只。"我赶紧跑到鸟笼子前面,"王小明"确实躺在笼子里一动不动没一点儿活气儿,像一只死鸟。我冲它吹了口气儿,"王小明"哼叽了几声扭了扭脸,很不屑。后来我注意了一下,"王小明"是一只喜欢躺着睡觉的鹦鹉。再说"王小强",它极其自不量力,明明是一只鹦鹉,总认为自己是只鹰,飞的时候也不抖动翅膀,不是半道儿从空中掉下来就是呼地一声撞在家具或者玻璃上,结果到我家的第二天就剐伤一只眼睛,看什么只能侧着脸睁一只眼闭一只眼,样子倒还挺幽默。

它们跟我关系不错,拿我当它们的老大,我去厕所都会有一只鸟跟着。"王小强"喜欢站在我的眼镜上,认为这个Pose很帅。"王小明"有时站在我头上或者肩膀上,你要不和它们说话就要被啄。这两只鸟的聪明我早有察觉,它们模仿能力很强。我和网友聊兴正浓,自然没空理它们,这俩家伙的坏水儿就冒出来了,它们专门往键盘上走,"王小强"的爪子刚落在"P"上,"王小明"已经碰到了空格键上,回车怎么敲的还没看清,一个"屁"字已经发走了。你如果此时对它们的态度有丝毫不满,它们就要使绝招往键盘里拉屎了。

鉴于它们的聪明才智,我打算把两只鹦鹉培养成高素质的鸟。首先要打消它们的好奇心,只要"王小强"侧着脸总往一处看,它心里不定又搞什么妖蛾子了,我赶紧把它放在手背上往那个角落送,边走还要边语气柔和地说:"小强呀,这里不好玩,咱们回去练拿大顶吧。"经过近一周的角落盘查,两只鸟对家里的地形比我都熟,它们东钻西藏每天把自己弄得像两个锅炉工,脏得要命。当它们听从我的劝告而双双站在一根脆弱的线上,几乎没用我多说,它们就晃里晃荡地开始翻跟头。"王小明"胆子小,翻了一圈就像蝙蝠一样倒挂在绳子上一动不动。"王小强"一直男儿当自强着,一个一个翻得我都有点儿眼晕,后来一不留神它大概也晕了,自己掉进了鱼缸里,那游水的小姿势还挺好莱坞的。我把它捞起来,像抓着一条儿海绵,没办法,为了让它尽量脱水,我夹好它的头往地上甩了甩,然后又带着它在太阳底下晾了多半天才看它不再哆嗦。

现在这两只鹦鹉早已技艺精湛,你给它们扔个苹果核人家都能踩着走来走去。后来爸爸突发奇想,在鸟笼子里放了个乒乓球,这两只鹦鹉更是有了施展的空间,什么到了它们脚下都能转着滚动,简直可以组个马戏班了。"王小明"现在会说话了,只要它心情好,就会冲你喊"收——药",还是河北省涞水口音,都跟门口卖破烂那女的学的。"王小强"还只会模仿电话铃响,弄得电话真响的时候也没人伸手去接,以为是鸟捣乱。

鸡零狗碎

现在楼前楼后根本就看不见鸡了,到处都是狗屎。老母鸡带着一群绒乎乎的小鸡在草里吃虫子的景象只能追溯到儿时的记忆。那时候,我家住四楼,把小小的阳台截出一段养了三只母鸡,另一端种了几盆草莓和两盆西红柿。我负责给鸡们捉虫子补充营养,每天醒了就拿个塑料瓶出去了,也不用往远处跑,楼下就有草丛,我用腿在草里趟着走,几乎每一步都能发现点动静,然后手疾眼快地一把抓下去定能有所收获。我中午回家把塑料瓶一摇晃,那些鸡眼睛都看直了,立刻把脑袋从翅膀里拔出来,故意焦急地在笼子门那来回走,嘴里还小声呱呱。我把那些虫子往外一倒,不足一分钟连个渣都没剩三只鸡把虫子吃得干干净净,而且还一直用期待的目光看着我。

我的午觉时间经常会被母鸡们高亢兴奋的叫声惊醒,我翻身下床,把胳膊伸进鸡窝,从母鸡趴着的地方拿出一个热乎乎的蛋,上面还沾着母鸡的屁屁和血丝。对频繁下蛋的鸡是要给奖励的,比如一把米和多一倍的虫子。那些鸡蛋被我在皮上记下日子,隆重地放在一个篮子里,里面的蛋越多我就越有满足感。

我有的时候会趁家里没人把鸡放出来让它们活动活动。第一次还没把门开好,大老白就从窝里钻出来了,而且力气特别大,我连眼睛都还没睁利索它就一个箭步站在阳台边上,自己也紧张得直哆嗦,我想它是一只晕高的鸡。我让它下来,它连正眼都不看我,我上去一把,手里就一根鸡毛,大老白跳楼了。

我赶紧把笼子关好,脖子挂上钥匙,飞奔下楼。被关得久了,大老白的体力并不好,何况它还在"哺乳期",所以在我们绕圈跑了将近十分钟后,大老白突然绝望地停在地上伏翅膀,等我把它拎起来。我张着嘴,呼哧带喘地抱着一只同样缺氧的鸡往楼上走,没几小时,大老白的蛋就流产了,它屁股底下的蛋没有坚硬蛋皮只被一层软膜包着,我外婆说是被我吓的。

第二次我把三只鸡放进了屋。开始它们还挺幽雅地度步,一会儿就现了原形,两只上了床,一只上了桌子,鸡屎屁拉得到处都是。我又惹祸了。全家人跟我一起轰鸡,它们吓得像鸟一样飞来飞去,我耳边边充满夸张的哗啦啦呼扇翅膀声,就像散了一个鸡毛掸子,弄得到处都是飘着的毛。好不容易把三只鸡都抓回笼子,我的手背让鸡爪子抓得都是血道子。外婆提醒我以后不许把鸡放出来。

过年的时候,家里来了一只大公鸡,长得特别帅。因为它的长相,我强烈要求推迟将它煮成鸡汤的时间,并自作主张地把公鸡关进了母鸡的笼子。它们并不合群,母鸡们的眼光似乎比我高,根本看不上帅鸡,小黑和花花还用嘴鸽人家。转天早晨,我被外婆叫醒,她让我拿两个大塑料袋递到阳台。我扒着阳台的玻璃门看见外婆脚边躺着四只鸡。"它们怎么了？"我问。"它们死了,大概传上病了。"外婆很冷静。

我站在原地哇哇大哭,鼻涕流到嘴边的时候我还使劲往嘴里吸了吸,然后接着用力哭。我不知道我是不是真的很伤心,但面对空空的鸡笼子和那个被摆在一边我给它们捉虫子用的塑料瓶,我觉得很孤独。外婆转天又买来了三只乌鸡,我的童年又充满了欢乐。

转身便是失去

修路。很多喇叭同时发出刺耳的、不耐烦的鸣叫,这声音在扫墓的途中显得多少有些凄凉。长久的等待之后,只好调头,转身。我听见很多人在大声骂街,他们把车窗摇下来向外面恶狠狠地啐着唾沫。在这条特殊的土道上,人们如此不安,不过一切的咆哮轻泣终将归于沉静。我从后视镜里看着扬起的漫天黄土,我知道,转身这个动作包含着太多不可抗拒的叵测,仿佛一滴水,无法知道它滑落的方向。就像多年以前的那个下午,我的转身竟等同于诀别,再回家的时候,外婆的一双手已经变得冰凉。

我一出生就和外婆在一起,对我来说,家就是外婆,外婆就是世界。每天早晨五点她准时起床,扫地擦地,打扫鸡窝,去奶站取奶,开半导体并把它放在鹦鹉笼子旁边,做早点,叫我起床,给我梳小辫……我知道,一天开始了。这样的日子像水一样流淌着,每天都是如此,让我以为这是一辈子的模样。

小的时候经常看见外婆泡了脚之后自己戴上老花镜拿个刀片在太阳底下修脚,几个脚趾互相重叠着,外婆说她小的时候缠过足,上学之后自己把脚解放了。地上洒着她短短的剪影,我时常会好奇地把她的脚趾掰开,看着它们紧张地合拢,然后蹲在地上哈哈大笑。外婆并不会受我的干扰,修完脚,她会拿起桌子上的《李自成》,从夹纸条的那页打开,微合二目,你不知道她是要睡了,还是在阅读。我则跑到小屋,把鹦鹉从笼子里放出来,那鸟会径直飞到外婆肩膀上站着,说人话。因为它听半导体的年头多了,不但会说一口地道的刘兰芳版《岳飞传》,还能按播音员的语气播天气预报。坐在阳光里的外婆经常打盹,鹦鹉就去啄啄她的耳朵,外婆抬手轰它,鹦鹉又飞到她头顶上站着。老人和小鸟是一幅温暖的油画,就贴在我童年的窗台边,很多年了,没有褪色。

有记忆起,我的学习就不好,考试成绩永远倒数,每次公布名次之后请家长的人中准有我的名字。我不知道操劳的外婆是根本没有心思顾及我的学习还是并不在意我给她丢脸,她沉默地去参加家长会,像没事人一样回来。我们从来不交流老师曾经说过什么。书架上摆着满满的"闲书",我能放肆地不做语文作业而抱着《红与黑》和《飘》看,不看历史书而看《东周列国》和《西汉故事》,外婆买了整套的荣宝斋画谱教我画国画……这样的教育态度终于有一天出了事,因为我没有把一个字默写二十遍,当时的班主任点着我的脑门扬言要开除。我回家大哭一场,然后开始逃学。之后几天外婆睡午觉的时候很少在家,等我再次走进学校的时候,看着班主任像慈母一样的脸才知道生性倔强的外婆为了我能在学校得到老师宠爱到处托人送礼。

外婆像一个宝藏,似乎她那里有我取之不尽的东西,爱、知识、品德,还有很多好吃的东西。我单纯地以为这个宝藏是为我而生的,可以永远简单地索取下去。直到外婆被诊断为尿毒症,直到疲惫爬进她的身体,直到拉着我的那双手也需要我的搀扶,我的世界开始震颤,我看见裂缝。

很长一段时间,外婆都是睡着的,后来我才知道那是昏迷的一种。每天早晨她做的事开始轮到我做,扫地擦地,取奶,开半导体,给她梳头……外婆眼睛看不见什么了,已经很少说话,连表情变化都很少,只有我叫她的时候她才睁一下眼睛,努力牵动嘴角,她想笑,我知道。家里太安静了,我就跟外婆说说话,有时候也恶作剧,经常叫她。她每次都睁眼看一下我,从来不嫌烦。晚上我睡在她的旁边,外婆像孩子一样乖,我真爱听耳畔传来的呼哧呼哧的鼾声,笨拙而亲切。

我从来没想过这样一幅一辈子的模样会破损,可这一天还是到了,尽管之前毫无迹象,那么平常。外婆开始在夜里叫,那痛苦的声音穿透门窗穿透钢筋水泥弥漫在空气里,因为那时候没有暖气,如果炉子半夜灭了还得劈劈柴生火,声响让邻居开始有意见。我当时开始抱怨,大声数落她,在外婆安静下来的时候再后悔。现在想想,为什么当时就不能体谅一下老人的痛苦,多给她些爱呢?

后来有一天,我嗑了瓜子,嚼烂,再放进外婆的嘴里。她咽了,我看见她睁了一下眼睛。我转身出去,再回来的时候,我的宝藏消失了。初二那一年的冬天,我看见自己站在瓦砾里哭泣,我的世界坍塌了。

十年,心里的伤口依然无法愈合,每年的清明我都会在飘飞的灰烬里点燃我的眼泪,为那一次转身赎罪。

爱他,是因为他爱我

早晨来得总是那么急切,四点五十土土醒了,辗转反侧数圈之后那个小身体终于跪在我的身边,我知道他在看我笑,但我还是把眼睛闭得紧紧的。忽然,一根小手指戳进我嘴里,土土特别清晰地叫"妈妈"。有什么理由不起呢。我伸出胳膊,他并没直接扑进来,而是用手拍了一下我的肚子,然后整个人就在我身上拧成了一团。家里只有我们俩。

"妈妈,抱!"他的要求毋庸置疑,我翻身而起,把那一团冒着香气的身体抱进怀里。曾经有一个朋友问我,是不是因为孩子可爱,你才爱他。我说不是,是因为他爱我。刚出生的孩子对母亲的依恋是毫无保留的,他的爱那么无条件、那么纯粹、那么透明、那么不顾一切。大爱无言,当一个人那么爱你的时候,你,能不去爱他吗?

五点,我抱着他到阳台姥爷给他搭起的小天地玩,他坐在玩具架下面背朝外。我在他的旁边跟他推一只能摇头的塑料鸭子,阳光已经很强烈了,到处都是他学鸭子的叫声——"嘎、嘎、嘎",一切看起来那么正常。

0.01秒来临之前我还攥着他的小肉胳膊笑话他胖,0.01秒之后,土土的身体越过我的手从1.5米处悬空,整个人仰脸摔在地上,"咚",后脑与瓷砖强烈撞击的声音,我的世界坍塌了。

家里只有我们俩。我甚至不知道如何是好,愣在一边。耳边是土土已经变形的哭声。我听见自己一直在喊"土土、土土",我把他抱起来,他的头轻轻靠在我的肩头,胳膊绕过我的脖子抱着我,就像每次哄他睡觉一样。他说:"妈妈,抱!"然后眼睛就闭上了。

我歇斯底里地叫着:"土土,你哭呀,妈妈这就带你去医院,你快哭!"可是土土就那么趴着,真的像睡着了一样。

我给他裹了一条毛巾被,跑下楼,去儿童医院,时间是早晨五点十分。每次打车的时候他的眼睛都不够使,看见什么都给你指,告诉你他认识的世界,可是此时,他那么安静地躺在我的怀里。我说:"土土,你看外面有很多大汽车,轮子都在转。"他微微抬起眼皮,看了我一眼,又睡了。

急诊、挂号、外科、CT室。

做脑CT要求孩子必须深度睡眠,因为噪音大,而且对身体伤害非常大。当我把他放进CT机里,当我把他的小脑袋摆正在一旁发呆,土土醒了,睁开眼睛看了我一眼,哭了,举着胳膊说:"妈妈,抱!"

我把他抱在怀里,我多不愿意把他放下,我想带他回家,可是大夫在一旁催促。我第二次把他放回CT机里,土土又醒了,要哭。我一把把他抱起来就往外走,我怎么能让自己的孩子在这里接受辐射。大夫让我们在外面等,把孩子哄好后再进来。

狭长的楼道那么亮,只有我们这对紧紧拥抱的母子在这里来回走。给我送救命稻草的姐们儿来了,她说刚去自动取款机取了两千块钱。她说话的声音很大,土土忽然把脑袋从我的肩膀上挪开了,用手指着她说:"爱——"像见了老熟人,一脸的坏笑。姐们儿说:"你那么精神,哪像摔坏的?"土土仿佛从梦里醒来一样,开始和她逗,而且努力用笑容跟所有从他面前经过的人打招呼,尽管那些护士根本连看都不看他一眼,他还是执著地笑着,对他们招着手。

所有的人都说,孩子有地婆婆托着,一般摔不坏。土土自己把自己从CT机上解救下来,恢复了往日的生龙活虎,看着院子里的气球摊,用小手指着,一个劲地说:"啪、啪、啪。"在我们一再急切的追问下,那个外科大夫又说:"只要孩子不吐应该没事,而且从目前情况看,孩子的大脑没有受损伤。"

以后的每天不到五点我依然会被土土扒拉醒,那一瞬间,嘴里要大声朗诵着唐诗翻身而起,然后拍手和那个已经笑成一团的小身体拥抱。我们五点已经走在了大街上。我问土土:"七后面是什么?"他答:"八!"我问:"电线杆高不高?"他点头。我说:"你说,电线——杆!"他说:"杆!"这个简单明了的世界,原来在我的语境里是那么枯燥。而属于我的日子继续在枯燥中美丽着。

裤子和塑料布

在我们家阳台上时时飘扬着一块红布,旁边则陪衬着一些色彩并不鲜明的布条儿,有碎花的,也有"一码色"的,在同一个高度经常还会出现几块色彩含蓄的塑料布,这是进入夏天以来我家的标志,以至于来找我的人从来不会走弯路。一年前的夏天对于我来说只是一个概念,没有任何温度,我每天醒来或者睡去的第一件事是比任何一个人都盼望艳阳高照骄阳似火;因为如果遇到阴天,阳台上那些裤子就干不了,以一块红布为代表的布条儿们发挥不了作用的话,光塑料布也顶不了多长时间。

这个夏天因为床上多了一个孩子,家里猛地变了个样,并且从卧室开始向外肆意蔓延,照这个情形发展,没准哪天就祸害到了楼道。最先是卧室摆进了一张特温馨的小床,四面飞满了黄格花边,把孩子放进去没两天,他明显对我的审美产生厌恶,于是用喷泉一样的尿液浇遍了美丽的小床,很快,那些没用的黄格被拎到阳台上晾晒,去了装饰的小床现了原形,孩子光着身子很幸福地躺在那张三层板上。从这件事上,我认为他很愤世嫉俗,所以不再给他那些华而不实的东西。

我们不用纸尿裤,翻箱底儿拽出几套秋衣秋裤,把它们裁成或长或短的裆子。当然仅靠自己的力量是不够的,连七大姑八大姨家的秋衣秋裤纯棉背心都一扫而空,所以直到今天我偶尔还会对着阳台上的碎花布产生怀疑,它到底出自谁家?居然穿得快成了一块纱布。

光有近百块裆子是远远不够的,孩子一愤世嫉俗起来不出一小时它们都会变成彩旗被挂在阳台上,这时候塑料布就要用上。这滴水不漏的材质就是牢靠,你根本不用担心孩子会把哪尿湿,就算听见哗哗声我也能坦然地拿着抹布眯缝着眼睛等在"在水一方"。夏天睡塑料布要经常给孩子翻身,动作必须协调,就像街边卖铁板里脊的。为了预防他尿四方,所以我把整张床都铺满了塑料布,当然这样的代价是我醒来的时候正躺在他的尿里或自己的汗里,后背是一片熟透了的痱子。

实在没有裆子和塑料布的时候,就在床边放满了一次性纸杯。我总是像抽大奖一样等待幸运之神的降临,以为自己仗着年轻能手疾眼快地接住喷薄而出的尿液,可我出手总是晚半拍,杯子刚举到位,人家已经尿完了。看着洇湿了的床单、床垫,我恨恨地想我晚的岂止是半拍。好在遇到的是夏天。

为了让孩子茁壮成长,我也加入了催奶的行列,漂满了细小黑色鼻毛的牛鼻子汤我一顿能喝四碗。当然,端起碗之前我妈总是用坚定的目光望着我:"孩子,什么也别想,汤进嘴就往下咽,别咂摸滋味。"喝汤更像一场挺不一般的仪式,听着自己喉咙里发出咕咚咕咚的声音,觉得既悲壮又自豪。后来我一看电视里的奶粉广告就觉得很亲切,我觉得我跟那些对奶水质量严格要求的奶牛是一个系统的,它们能上电视,我打心眼里为它们高兴。

这个夏天姑娘邋里邋遢,汗水滴滴答答。家里哪哪都是奶味儿,四处都有零散的褯子以备不时之需,所以它有时候成了擦汗的毛巾,有时候成了擦地的抹布,然后呢,褯子就又不够用的了,又要到处给亲戚打电话问:"你们家有穿旧要扔的秋衣秋裤吗?"弄得人家以为我有一个灾区熟人。在褯子不顶饿的时候塑料布就要上,进入夏天后我就在大汗淋漓地倒腾这两样东西。

算是母爱

终于可以坐在沙发上,抱着笔记本,桌面上是土土吹口琴的照片,眼睛笑眯眯地看着远方,这个笑容占据着我的视线。我看着他,直到眼泪一滴一滴穿过脸颊,键盘浸泡在温热的湿润里。我把头仰靠在沙发上,眼泪开始旋转,而后滑落,脸上又有了新的痕迹。

十七号我一早去北京参加图书订货会,匆匆下楼,回头,看见土土被外婆抱着,打开的窗户后面是一个孩子在挥手。他知道,这个动作代表再见,因为还不懂得离愁,所以我看见他快乐地挥着手。我放心地走了,临走还告诉我妈,先别打防疫针,等我回来,因为我希望在孩子最希望怀抱的时候我能给予。在土土出生一年半以来,这是我第一次离他那么远,一个晚上很短,但对我却那么漫长。

可是后来我才知道,我上火车的时候,他们已经去了医院,厉行完成这个国家给每个新生儿从一岁到三岁的每月一针的防疫任务。下午,在最应该在家休息的时候,保姆把土土带出去玩,并且只给穿了一条绒裤,回来后土土的手脚冰凉,一个小时后开始发烧,两个小时后体温达到四十度。而我并不知道,惟一与家里的一次通话,是被告知土土很乖,知道妈妈晚上回不来,已经睡着了。

十八号下午五点多的火车,打车到家已经是晚上七点了,土土正蹲在椅子旁边玩,看见我回家,很高兴。他的性格腼腆,很少直接对你表达自己的亲热。我刚坐在沙发上他就跑过来帮我解鞋带,我连忙说谢谢,他又晃着小身子跑到门口拿来了我的拖鞋。我把他搂在怀里,他很快就挣脱了。我把记者证挂在他的脖子上,证件的带子太长了,一直拖到地上,我想把它摘下来弄短些,他往后退了一步,跑了。

直到睡觉的时候,我才发现土土的呼吸急促。妈妈说他们下午已经去了一次儿童医院,土土有点发烧,吃了退烧药。半夜体温三十九度六,凌晨四十度二。家里的体温表最高刻度到四十一度,水银就在我的视线里残忍地填满了所有空间,那支沾染着土土体温的表,像一根刺,扎得我满心都是血。

十九号天一亮,我们就打车去儿童医院,从十七号到十九号土土的体温就没从四十度那个横道上下来过,此时的体温:四十度六。

急诊。

土土看见穿白大褂的护士,在我怀里蹬着腿,摇晃着我的肩膀叫妈妈:"回家!回家!不打针!"大哭。他的哭声淹没在众多哭声之中,我的头是晕的。他使劲抱着我,我也用力搂着他,这是我们惟一能给予对方的安慰。

我听见护士在叫:"何思羽家长!谁是何思羽家长,赶快到注射室给孩子打退烧针,太高了!"

到注射室,因为我们去医院前已经吃了强制退烧药,所以大夫不给打针。

挂号。

排队。

土土哭着,无助地被我从肩膀上把他的胳膊拽下来,将他按在我的腿上,面对大夫坐好。那个年轻女人撩起土土的小衣服,把冰凉的听诊器放在他的皮肤上。我不停地在土土耳边撒谎,我说:"咱们马上就走,咱们不打针,阿姨爱土土。"

只有哭声,是我耳边持续的声音。

验血。

又是同样的动作,土土只是哭,却那么安静地坐在我的腿上,并伸出胳膊张开自己的小手,我用我的手掰住他的食指,一根如同钉子似的三棱针穿透皮肤,那个瞬间也穿透我的耳膜,我仿佛听见巨大的破碎声。

化验结果是:血象异常,病毒非常厉害,必须马上住院输液。

对这个结果我充满质疑,想挂主任号再给孩子好好看看,可是儿童医院规定,体热温度必须在三十八度五以下才允许挂主任号。也就是说,我们连看病的权利都没有了。

我开始像无头苍蝇一样一个一个地打电话求助,想找个熟人。可惜辗转找到的人起不到任何实质作用。

当时我想,谁要能给土土好好看看,我给他跪下都行,可是这个毫无自尊的愿望依然没有什么意义。

等待,令人窒息的等待。

土土烧红了的小脸贴着我的脸,温度燃烧着我的绝望。我们像

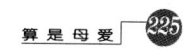

算是母爱

海洋深处两个漂浮物,土土用胳膊紧紧搂着我的脖子,我紧紧抱着他的小身体,我知道我是他的希望、是安慰、是爱、是信任、是安全,我像一块木板,被他搂着,他的眼泪顺着我的衣服流进脖子,我的眼泪顺着脸淌湿了他的衣服。其实,他哪里知道,他最信任的人此时比他还无助,我不知道谁能帮助我。

只好继续等待,等待土土的体温降低到可以挂专家号的温度。

土土说得最频繁的一个字就是"走"。我抱着他在医院大厅里一圈一圈地走,我让自己笑着在他耳边轻声唱歌:"宝宝哭了,不好看呀;宝宝笑了,大家都喜欢。"他就停止哭泣了,而我的内心早就泣不成声。

土土喜欢电梯,用小手比画着,我就抱他上电梯,然后再下来,我不知道有多久,我们就这样一直在电梯那上上下下,看所有的景象起起伏伏。

外婆给土土买来果冻,他用勺子挖了一块,侧过脸说:"给妈妈吃。"我张开嘴,只是,舌尖满是眼泪的味道。

终于,体温表再抽出来的时候,水银柱停在三十八度八上,此时,我们已在儿童医院呆了十六个小时。

乞求、哀求,换来的是一张小纸条,那个纸条通往另一个楼道。

依然是长久的排队等待,几乎所有的孩子脑门上都贴着退热贴。坐在我们旁边的一个家长说他的孩子在这住院一个星期,病毒性肺炎刚好又传上病毒性感冒,还在持续高烧,提醒我们千万别住院,交叉感染太可怕了。我看见那个比土土大几岁的小男孩已经倒在妈妈怀里没力气了。

终于排到了,检查只有一分钟的时间,我妈战战兢兢地问那主任:"您看不用住院吧?"主任停下写病历的手,侧了侧头质疑地问:"住院?还用住院?"再没说话,我轻喘了一口气。他开了两针,我们走向注射室方向,先要皮试。

大夫迅速在土土手腕子上划开两道,点了药水,二十分钟以后看有没有反应。我依然在土土一再强烈要求"走、走"之后又回到他最恐惧的地方,从注射室出来的孩子没有一个不哭的。我看见我之前的那个带孩子打针的父亲像耍大刀一样把孩子脸冲下横放在自己腿上,裤子被扒开的一瞬间,那孩子大声喊:"爸爸不打针!"之后,就轮到土土了。打针的女人,脸阴沉沉的,不耐烦地对我说:"用你的腿夹住他的腿,快点!"土土的小屁股从裤子里露出来了,他也大声哭,使劲喊:"让妈妈打让妈妈打。"在他的记忆里妈妈是最温柔的。我听见外婆在一边说:"就是妈妈打的,就是妈妈打的。"因为有这句话,在整个的注射过程中土土居然没怎么哭,把他抱起来的时候他流着眼泪说:"走喽!"我紧紧抱住他无助的小身体,在他耳边轻轻说:"土土,咱们的噩梦结束了,我们可以回家了,妈妈带你回家!"土土重复着:"结束了,回家了。"其实我根本不知道这是不是个结束。

晚上七点到家,水银柱重新停在四十度一的位置上。那个体温表被我攥在手里,我不知道该把它放在哪。四十八小时里我没喝过一滴水,只上过一次厕所,我的心已经是个空壳。

夜晚,那么难熬。

给他吃了超大剂量的强制退烧药,然后哄他睡觉。一直在惊吓中度过的他疲惫地躺在床上睡着了,一只小手还死死拽着我的领子,很多次的惊醒。很多次我拍着他说:"妈妈在呢,妈妈不走,妈妈永远陪着你。"然后,看他放心地睡去,手始终没从我的领子上拿走,因为他以为他抓住的是安全感。此时的"永远"是那么空洞,苍白得如同失血的嘴唇。因为高烧,土土浑身不舒服,所以一晚上都在床上翻来覆去,最后趴在我的身上沉沉睡去。我的体温与他的难以融合,我的皮肤敏感地触摸着他的温度。

三个小时过去了,三十九度二。四个小时过去了,三十九度六。他忽然醒了,自己坐起来,看了我一眼,笑着唱:"大老吊,真厉害。"然后身体一歪,倒在枕头上很快又睡着了。我们收拾好一切住院用的东西,因为实在心疼土土,决定再让他睡半个小时然后回儿童医院,时间是二十日凌晨两点。

两点半的时候,再试表,体温:三十九度五。只是小数点后的一个微弱变化,却让我看到了希望,或者是给自己一个再让土土睡一会儿的理由,于是,想再等半小时。我在这半小时里,忽然睡着了,惊醒的时候皮肤提示我土土的体温已经下降。我摸了摸他的脑门,有汗! 我在心里一边提醒自己,能确定是真的? 能吗? ——能!

我小声告诉大家:"土土开始退烧了,不用试表,我保证他退烧了!"于是,大家都安心地睡了。只有我还处在惊喜里,一直等到天亮,一直抚摸着他的头。我太清楚温度的变化了,早晨没有再试表,但土土的体温肯定已经降到了三十八度左右。

噩梦真的结束了。

我忽然理解了那些母亲,为了交换孩子生存的机会可以放弃自己的生命;因为,我也能。

向所有ID致敬

夜晚,闷热。电脑就像一个毫无教养的人把大口大口的热气喷到我的脸上,我盯着它,双手如同残疾般耷拉在键盘上,这个动作我忘记了已经坚持了多少年,直至它娴熟地代替我的嘴。

表达原来可以用非常安静的方式完成。

在电脑那边,我已经摇身变成了王小柔,一个特别琐碎非常絮叨,假装摆出一副与一切时尚生活为敌的姿态看见谁就对谁指指点点的女人。她喜欢搬弄是非,串"老婆舌头",尤其愿意对尚无结果的事情添油加醋或者指桑骂槐。我一直觉得电脑这东西简直就是个照妖镜,本来只是想对镜梳妆来着,没想到仔细一看,它把我的妖气一股脑儿都端出来了,而且越照越来劲儿、越照越上瘾。

网友阿细常说的一句话就是,本来就是妖,还装什么人。她认为我每次都特别善意,笑得特别真诚地打听别人又遇到了什么倒霉事,为了引别人多说,还把自己不知是真是假的事往外抖落,等你真掏完心窝子了,也就没什么好果子吃了。我问她,我人品没那么次吧。她斜眼,坚持说我给别人挠痒痒不用老头乐儿,用小刀片,不知不觉就给人家挖了一块鲜肉下去。对她的评价我很不满意。

阿细不知道什么时候给电脑配了个视频,整天跟中了魔似的,到处发要求视频聊天的请求,我经常在后半夜看见她半蹲在椅子上披散着头发哗啦哗啦地敲字。因为灯光昏暗,她就像个女鬼,我最怕她冲我扮调皮相,突然吐出条猩红的舌头,简直跟无常女吊似的。经常在她兴高采烈地从衣柜里拿出新买的裙子在身上比画的时候,我大呼:"鬼啊!"她就会将裙子一把扔到床上,把视频关了。阿细总是对我不满,但总是喜欢把自己和身边人遇到的事告诉我。我们都是双鱼座,在不同的屏幕外面扭动身体,彼此呼应着陌生水域里发生的事情。

对于更多的网友,我们均熟悉彼此的ID,藏在那样一些莫名其妙匪夷所思的名字后面彼此诋毁互相犯贱并且爱如潮水不离不弃。因为有了这些人,城市与城市也不再陌生,因为你那儿下雨的时候我也在打着伞,我们无法并肩,但我们能千里婵娟。

网络让一个原本性格内向朴实无华的姑娘猛地现了原形也是件特邪性的事儿,最恶毒的是我终于发现自己其实挺没素质的,这对我简直是致命打击。

有一天,一个杂志的小女孩问我,你的理想是什么,我一下子就没词儿了,脑子一片混乱,平时准备的那些花里胡哨的段子都用不上了。她很质疑地问:"你不会没理想吧?"我心里话儿,凭嘛我就得有理想啊,可不能那么说,从嘴里出来的是:"我觉得理想已经变成一种虚无缥缈的东西,它对我的生活毫无帮助,只会阻碍我全面变成一个无耻的追逐幸福的妇人;所以,我不要理想。"她后来没有再理我,其实我真想让她再问我几次,就像小时候我们写作文、思考着理想。那曾经是个很宏大的场面,而如今,我已经丧失了去想象未来的情绪。这样一件普通的事被网友们用众多版本演绎并传播着,最后演变到令我吐血的地步。因为忽然有一天阿细问我:"听说别人采访你,你抱怨夫妻生活来着?"

你看,这就是虚拟世界对你的报复,屎盆子一扣一个准儿,你还别还嘴,最聪明的办法就是老实听着不置可否,这是规则。

我依附在网络里,靠文字符号进进出出,虽然偶尔也讨厌它,但我也庆幸在文字里,所有的离奇所有的想象都是能被原谅、被理解的,所有的压抑都是可以被释放的,所有的爱情都能是美好明亮干净的。我没有理由不爱。我总是想表达,因为表达让我得到虚荣。

夜晚,闷热。电流的声音纠缠在键盘的跳跃声中,我猜测着那些ID的状态,是否也如阿细一样猫在电脑前跟疯子似的狂敲不知所云的东西。我们都不知道理想在何方,我们只懂得放纵自己对世界的表白,像自言自语,更像一场痴人说梦。

大团圆结局

朱朱嗑瓜子的时候后槽牙掉了一半,他把一嘴黏糊糊的东西吐在一张卫生纸里,很细致地择出坚硬物,擦了擦,对着阳光仔细辨别,他大概想到了青春或者年少轻狂的往事,于是再也按捺不住,怀旧到一半就开始四处打听以前《读你》文学社那些旧好的电话。十五年,我们失散得很彻底,除了知道彼此都在这个城市里生活,其余,一无所知。而且这些年中,我们似乎都忘了联系。

就因为朱朱一颗未老先衰不争气的后槽牙,让他在一个太阳很毒的中午给我们每个人的手机里都发了一条短信息,通知我们在某一天的某个时刻去郊区一个知名商务会所碰头儿。十五年对于人的一生而言不是个小段落了,所以,我们都为了这次重逢隆重打扮了一下自己。我穿了一身名牌运动夏装,配这身衣服不能光脚穿凉鞋,可找出以前的旅游鞋却发现鞋大了,只能垫了层鞋垫,事实证明鞋垫是极不合适的,每走五十米鞋垫会向后脚跟方向滑出五厘米,所以我最频繁的动作就是只要坐下就开始解鞋带,然后高抬着脚丫子,把鞋垫掏出来再塞回去。阿康扮演了我四年的同桌,据说在聚会的前一天他躺在床上辗转反侧,把在阶梯教室教唆我跟另一个女生抽烟的事都想起来了,他带着一肚子内疚一大早特意让老婆把一件将近一千块钱的衬衣熨了又熨,自己还挑了条高级裤子搭配。这回,阿康依然坐在我旁边,吃饭的时候他的高级衣服不透气,最终他环视四周,跟空气说:"我太热了,脱衣服你们介意吗?"我们把一脑袋头发摇得坚决极了:"脱吧脱吧,不介意。"一秒钟后,我旁边的人只剩了跨栏背心,可即便这样,他还是以吃一口菜挠三下腿的频率表现出极度不安。我斜着眼睛问:"你不是想把裤子也脱了吧。"他很惊慌,使劲挠了挠:"我为了聚会特意穿了条好裤子,纯毛的,可这料子一直扎我腿,弄得特别痒痒。"召集者朱朱的特别修饰在脑袋上,头发一看就是新理的,不知道在上面涂了多少发胶,让人打老远一看就能看见头皮。美女阿汪是最有创意的,那么热的天,她不但穿得里三层外三层,在脑袋上还包了个类似新疆大妈的头巾,扮相很是隆重。老周坐着长途车从很远的地方来赴约,结果看到大家使劲握了握手后便枯坐一旁不吃不喝不说话,双眼深情地注视完这个注视那个,只要有人举起相机,他就很职业地迎着镜头张嘴,最后几乎多一半影像上都留下了他那嘴不规则的老鼠牙。小石最有性格,聚会地点明明在二楼,她一来自己就坐在一楼,坐了一个小时也不给我们打电话,最后还是一个内急的哥们去厕所的途中认出了她,才把她喊上来。小石一落座就指着老周惊呼:"所有人都没什么变化,就你变化大,我都认不出你来了。"而事实是,在这次聚会之前,他们俩压根就不认识。

十五年,从外貌上几乎看不出什么变化,大家的脾气禀性说话的语速都没变。因为太过激动,说话声音没有把持好,商务会馆的服务员很快微笑着上来说:"你们能小声说话吗,你们影响了别的客人。"我们就这样被活活轰出来了,为了能开怀畅饮仰天长啸,我们带着一身空调凉气奔赴路边沙锅摊。锁车的时候,我的眼镜撞在方向盘上碎了,很蹊跷地一条腿挂在耳朵上另一条腿掉在地上。阿康把我耳朵上的眼镜腿攥在手里:"都那么多年了,怎么还不成熟,眼镜居然能这么碎。"我们去文具店买502,粘不上,又用透明胶条捆,最后我一照镜子,整个成女蝙蝠侠了。

　　幸福这东西很奇怪,你永远无法估量别人的幸福体验,我们都在既定的轨道里行驶,停不下来,也无法跨越。简单的人除了一些细碎的抱怨,我们生活里就剩下了心满意足,如果能一直这样,多好啊。

　　十五年,似乎很长,其实在感觉里就像刚看过一场电影,我们还记得自己坐几排几座,旁边挨着谁。我总想找一些愉快的东西跟你们分享,我总想在你们的笑容里找到我的快乐。我想,我是爱你们的,让我们相互宠爱吧。

　　生命是一场偶然,我们是偶然的断点,相望并且继续保持联系。

第四辑

王小柔是谁其实我也很奇怪。很多年前玩聊天室的时候我换着花样编名字根本没人理我,很偶然最后用了王小柔这个字符,简直像中了魔,聊天室里的二十多人呼拉一下子都跑来跟我打情骂俏,剩下那五十几号人在日后的几天也陆续跟我套近乎,这让我觉得在网络世界一件漂亮的马甲是多么重要。

我几乎忘了我的真名叫什么,因为再没人提起。其实这挺悲哀的,就像一只投靠了大富之家的狗,虽说过年的时候连华服都有了,但还是觉得烂骨头棒子比狗粮香。

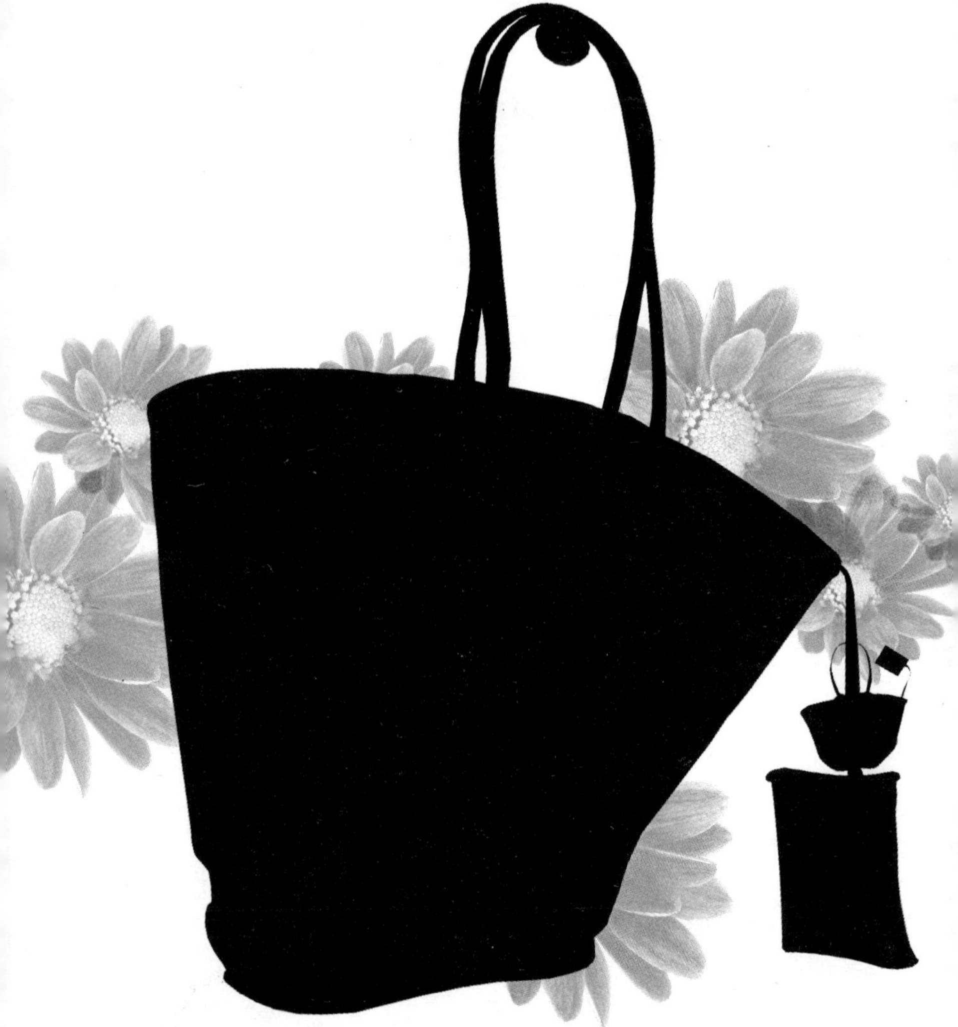

一个老江湖

杨晓岗

上学那会儿我是一个比较单纯的人,爱写些什么的,而且还行,经常有人抄我的名言警句糊弄老师。理科班的一个女生仰慕我很久,就要我的作文抄抄,最后也不知怎么让白云逸给看了(白云逸就是王晨辉帮会《读你》文学社的左右护法一系列人中的一个),就这么着,白云逸成了我的"引见人",后来,我也成了《读你》文学社王晨辉的关门弟子——因为在我印象里,我是最后一位入会的。那时王晨辉的大名在我的学校里响得很,而且很多自以为清纯可人的小女生总爱向我打听:"王晨辉这人怎么样?"甚至一位我暗恋的女生经常向我暗示想加入《读你》文学社。我当时肺都要气炸了,觉得做人很失败,那一阵子心倍儿凉倍儿凉的,我甚至有些憎恨王晨辉,觉得这"哥们"把我们这些帮会弟子给当电灯泡照了,你瞧瞧《读你》文学社里的名字你就会莫名吃醋了:什么云逸啦、可莹啦、汪沅一系列的,都挺琼瑶的,我笔名还没有,索性生气起了个中性化的名字"凌子",讽刺讽刺王晨辉。这有点儿像今天在网上聊天用的网名。说实在的,加入《读你》个把月了,还不知王晨辉帅不帅呢,不过从几次通信来看,他还比较器重我,说不定以后会把帮主的位子传给我?不想了,之后我就按信上的地址准备着和帮中的头头脑脑聚会一场,算是正式收我为弟子了。还有宴会,为什么不去,另外还有一个使命就是替我的哥们张皓瞧瞧王晨辉的贴身秘书汪沅人怎么样,因为张皓是我们学校的情圣,早就把王晨辉视为假想情敌,就这样,我单刀赴会了。

后来你们大概都猜到了,事实证明王晨辉是个女孩,脸圆圆的,留个妹妹头,像个樱桃小丸子,挺平和的,和她的"阴损"形成鲜明的对比,她把我们学校里的每个人都给涮了。多年以后我总结王晨辉:她天生具有捉弄人的素质,现实和虚拟的游戏她早就开始玩了,并且游刃有余,她比"轻舞飞扬"更会经营自己的梦,遗憾的是我们达不到痞子蔡的深度。其实她的举动说明她是具有善意和亲和力的那一类人。一般而言成立文学社这样具体的事像是男孩儿的事,因为男孩儿更务实些,女生更富幻想而不愿实践,但王晨辉作为那时代的小女生是个例外,她既具体又抽象,她把现实和梦合理地糅合在一起,使她的生活更像一副中西合璧的画,既有装饰性又富有诗意,玩的是"多情刀客无情剑",古龙型的。

她热爱江湖,但偏又生在今天,人又温柔得过了,所以她只能借用"文学"这把刀来宰你。在她面前你不敢说假话,因为她的刀是大片儿刀,任何在她面前做秀的人都将会把自己变成山西刀削面而被她凌迟。我不愿意在她面前那么血淋淋地恐怖着,所以就一直把她当自己人,这就是我愿意和她做朋友并且以诚为本的原因。

有一阵子文学社经费紧张,王晨辉想通过做点儿小买卖挣点钱"以贴家用"。以她的性格,总要拉上两个跟班的,汪沉和我就和她去了塘沽。我反正没钱,就负责看货,最后还是她说服我们进了一大批衣服。说是一大批也不过三十来件,每件的进价九元钱,是些薄得不能再薄的夹克衫。最后的结局是,她没卖出几件,生逼着我都处理给大学生和民工,最便宜的我卖了十一元,这价钱被她听见她还跟我瞪眼睛,认为我能力不行。

王晨辉策划过很多类似的"生意",倒卖过BP机充电器、婴儿服装等等,最后都把一堆破烂压在手里,既赔了钱又没赚到吃喝而收场。她就是这样,丝毫不具备商人的品质,可她就爱这么颠覆生意人,爱享受颠覆的过程,爱瞎折腾经商的理论。我也总爱被她颠覆,因为那年头儿实在没什么可玩的,我始终认为她的经历是我总想找点"活干"瞎胡闹的最好理由,所以总是跟在她屁股后边白玩儿也丝毫没有怨言。

有一次王晨辉钓鱼,我就在旁边看着,一个小男孩跑过来冲她说:"女孩儿也钓鱼?少见!"王晨辉脸刷地就红了,傻得没词了,我也没词。因为我和她都没搞清楚一个问题:到底女孩能不能钓鱼,是不是真有个什么说法?反正从那以后,王晨辉再也没钓过鱼。

王晨辉热心肠,她特别懂得关心朋友。那时我漂泊在外打工,生活质量很差,营养也跟不上。王晨辉关心的同时创意随之而来,她电话里问我:"小岗,三八节那天,报社里发奶粉,不过是女士专用的,有好些呢,我用不上,给你吧。你要是不介意,我给你送单位去。"我欣然接受。奶粉送来了,是孕妇专用奶粉。搞笑吧。我喝了几天让老板发现,老板拿我开涮:"杨子行啊,预产期在几月?"就这样我学会了一个词——"预产期",那是我掌握的第一个妇产科知识。后来我老婆怀孕时,我专门去买王晨辉送的那个牌子的奶粉,找遍各个超市都没有,真乃人生一大憾事。老婆说没有就买别的吧,干吗那么较真。我心里说你哪知道,那牌子我喝过,味道好极了!

我听过王晨辉给我讲的最感人也是最不可思议的故事就是她上小学那会儿养了一只虎皮鹦鹉,会说刘兰芳的《杨家将》和天气预报。如果这是别人说的,我一定认为是胡说八道,但是我很相信她。为什么,因为我们都是性情中人。她几乎是声情并貌地说她的鹦鹉是某某人转世,这是我认识她以后经历的最令人不可思议的事,虽然我没见过那鸟,也无从考证真伪,但我宁可相信,就像我宁可相信这世上一定有缘分的事一样。王晨辉是我认识的女孩中最不迷信的一个,但是从这件她亲身经历的事来看,她也很宿命,而且宿命得具有些传奇色彩。

王晨辉不知道忽然想起什么来了,给自己起了个挺恶心的名字——王小柔。我们都听不惯更叫不惯,所以,毕业后天各一方那么多年印象里她还是那个留着妹妹头的小丸子,是我们《读你》文学社的社长。

找不到中心思想

刘浏

初识小柔是在网上的一个聊天室里,记不清当时她叫什么名字,只记得这个人有一搭无一搭地跟我说话,那么漫不经心、闲散自在。她告诉我,她就喜欢这么自由自在地闲着。

身边的人都是工作狂,每天像陀螺一样狂转不停,我就特别好奇,这样喜欢闲着的人是一个什么样的人。

认识小柔有三年多,聊天室、BBS、QQ、MSN、短信、Email、电话、碰面,感谢现代社会通讯手段如此发达,让我们的伟大友谊从网络延伸到生活并逐渐加深。不知道是因为喜欢她的人才喜欢她的字,还是反之,抑或兼而有之,她的身上始终有种经久不息的东西在吸引着我,她自己称这是人格魅力。

其实小柔很单纯,单纯得甚至有些幼稚,这和她的年龄及工作性质都极不相当。她常常把别人想得都像她一样善良,与人相处、合作没有丝毫戒备,以至于把自己辛勤劳动的成果拱手献给了别人。

你别看她在段子里把自己伪装得像个小市民，把那些坐在阳光落地玻璃窗里喝卡布其诺把铜版纸杂志翻得咔咔响的小资们骂得体无完肤，其实她比谁都时尚，她引导了很多潮流，比如顶上一脑袋钢丝一样的红头发、比如戴宽边窄框的彩色太阳镜、比如穿军装背带五角星的军绿书包、比如穿鞋面都反了光的翻毛大头鞋。她也很怀旧，有学校名字的一件T恤衫穿得像鱼网一样还不舍得扔，书架里永远塞着本已经像手抄本一样的《青春万岁》。

小柔向来言语尖酸刻薄，以损人为乐。你在她的文章里看不到一个脏字，但让所针对的人看到，一定会面红耳赤无地自容，恨不能抽自己几个耳光或者干脆找个地缝钻进去。她爱书，胜过爱自己。可她衡量书好与坏的标准一直让我没法认同，因为她的理论是能在厕所里看进去的书就是最好的书。她每周都要看若干新书，把书评发在自己的版里，与许多书评人不同，即便是称赞的话，她也一定要反着说，书被她骂得淋漓尽致之后，销量会像撞在墙上的皮球，摔得越狠弹得反倒越高。于是，更多的作者乐于被骂甚至有更多的出版社找上门来让她骂一骂。对此，小柔自有说辞，她说我打击别人是因为我含蓄，打击既是赞扬也是鼓励。

她的文字表现力极强，她可以把一个普通的段子写得活色生香，把生活里的细枝末节浓缩或者无限放大。她擅于动用一切文字、标点、符号表达她的情绪。比如她会在你感冒得头昏脑胀的时候发来一条短信息"啊——切！"，让你哭笑不得；在我情绪最烦闷的时候在短信息里给我唱歌"浪里个浪……"，让我破涕为笑。煽情是她的强项，她的段子词句平实，但往往能拨动你心灵深处的弦，产生共鸣,亲情、友情、爱情都在她的文字里体现得淋漓尽致。可生活中她的语言表达能力、机械处理能力和心理素质都实在让人不敢恭维。她跟我说,一次人家请她去做嘉宾主持,摄像头刚一照到她她就紧张得要死,根本连话都说不出来;学车的时候被教练骂得几乎崩溃,连左右手都快分不清;还有家里的电视,看了好几年,连台怎么调都不会……

我没见过她哭,不论遇到多大的困难,我所见到的小柔,总是乐呵呵的。但其实作为双鱼座B型血的她,内心忧郁又极情绪化。刚刚还阳光明媚突然间就会大雨倾盆,也有时候赶上连雨天,搞得身边的人都跟着阴雨绵绵。

小柔也爱张罗事,脑子里有的是奇里古怪的主意。在网上她总是扯着大旗号召一干人等要干这干那,但最要命的是她做事没长性,要么就是雷声大雨点小,死党们都进入角色的时候,你再往前看就只剩下旗了,打旗的人不见了。隔几天再问她,她会说呀你们还当真呀,我早把这事给忘了,然后不忘在后面放一个:P。

大概她那颗心自从过了青春期后就没再随年龄长大过,所以她总是显得那么不成熟,又透着股孩子般的顽皮劲。认识她不久她就生病住院,护士千叮咛万嘱咐地要她好好休息,可她偏就大晚上靠着墙角发短消息抱着笔记本看恐怖片。你不让她做什么她偏要干,说了自己想做的事又得搁个人一而再再而三地叨唠着。老早就说要出国玩去,定好的欧洲又变成了肯尼亚,而改目的地的原因就是那里有大老虎。

惟一的一张和她的合影是在溜冰场拍的,我始终没法想象在生活里看似平静、懒散的一个人,动起来竟是如此生龙活虎,在冰场上和一群十七八岁的小伙子绕着圈地飞驰,把我这个远来的客人抛在一边不管。在那张照片上她笑得很夸张,嘴张得大极了。

作为小女人,她也难免要庸俗一下,追追星,看个明星演唱会什么的,甚至还会和十六七岁的小女生一起蹬桌子踩凳子挥舞着荧光棒对着明星尖叫。间或还会贪些小便宜,买点便宜货,但运气不好总是上当受骗。爱看恐怖片和武打片,也喜欢宠物,但她对一切猫狗之类带毛的动物敬而远之,喜欢小鸟、乌龟、小鱼之类的小动物。据说她小的时候曾经把一只鹦鹉训练得极具灵性,和她感情特别深,还掌握了许多本领,如叼大面值人民币、开笼子门等无所不能,还能跟你对着说人话。这让我羡慕不已,因为我养过的猫和狗从来都没有家教,除了满地拉屎撒尿之外就是祸害家里的家具电器,要不就是抓人咬人。

我一点都不喜欢王小柔这个名字,不符合她的外表、不符合她的个性,一切都不符合,显得那么做作,我在BBS上还看见过有人问她跟王小波什么关系,是不是你哥哥之类的话。可王小柔以及她的段子,早已绑定在了一些人的心里,假使哪天她改换了这个网名(或笔名),我头一个不干。不是王小柔,我就没法再和QQ头像里那个包着花头巾的小女生联系起来,就无从得知那些搞笑、煽情的段子出自何处,再也不能期待那个整天躲在笔记本屏幕后面,偶尔甩些冷言冷语、骂东骂西在网上聚众滋事用文字宣泄一切情绪的人明天又要搞些什么新花样了。

我并不太了解小柔,认识三年多对她的了解也仅限于此,更多内心深处的东西她不会让人知道，所以我永远都猜不中她下一句话会说什么，遇到什么样的事情会怎么做，下一个段子讲述些什么样的情绪和故事。她也怕被人了解，她会为了这去故意掩饰她内心的喜怒哀乐，她说被人了解是一件很可怕的事。她说做人要半推半就顺水推舟，我忘了这是在什么情形下她说出的一句话，反正她常常会把一些奇怪的话甩给你等你琢磨明白了再跟她说的时候她早已忘了这个茬。所以，在我通过各种各样的渠道搜集她的信息无功而返之后，就彻底放弃了了解她的欲望，总是常给我新鲜感，这也许是她在我心中形象常鲜的原因之一。

就这。

从土里刨出大山芋

石可莹

像菱角一样的笑。

灰灰笑起来很像菱角——两头翘得很高很显著,也因而,她一笑起来就显得特别开心、特别灿烂、特别有感染力。多年来我已养成习惯,心情烦闷的时候就去找她。如果推心置腹地倾吐,她一定会关怀备至地聆听,脸上的神情是鼓励的、安慰的、有福同享有难同当的。嘴角则会随着情节的发展翘起或者落下,既恳切又贴心,真是让人受感动。所以,往往倾吐一番之后,我就会有一种雨过天晴,如释重负的感觉。尽管,其实,什么也没解决。当然,更多的时候,我只是和她顾左右而言其他地神聊、瞎侃,甚至是,疯扯。灰灰从来不会不耐烦,笑容顺着嘴角快乐地绽开着,笑意布满了整张脸,一直延伸到四周的空气里。平时戴着个眼镜那么稳当正经的一个人一旦瞎说八道起来,倒比谁都起劲比谁都在行似的。这样疯一场闹一场,心里的疙瘩便仿佛松了许多,可以解得开了。

像二十年前一样朴素。

二十年前我和灰灰是同班同学。那个时候我们都很朴素。不只是我们,那个时候绝大部分的中国人都挺朴素的。大家都还不懂什么叫时尚,什么叫前卫,什么叫扮酷。最洋气的人也就是冬天不穿布棉鞋穿皮棉鞋,把头发用难闻的东西烫成大小一致、了无生气的卷儿,披着。所以,二十年前灰灰的朴素湮没在全民的朴素里了,一点儿也不显眼。但在姹紫嫣红,不光"二八月乱穿衣"整个一年四季都在乱穿衣的二十一世纪,她还那么朴素,朴素得还那么彻底,就显得非常特殊、非常不容易、非常的与众不同了。王灰灰,一个年轻的女同志,不描眉、不搽粉、不抹口红、不用抗皱霜、不用紧肤露、不染发、不染指甲,也不留指甲,十个手指光秃秃的,完全没有十指如葱的美感,但她说:可这样卫生呀。认识王灰灰二十年,她从未长发飘飘过,也没裙袂飘飘过,一年四季穿长裤、穿平底鞋,背一个大大的口袋众多的帆布包,高兴又自得地穿梭行走在这个充满浮躁、浮华之气的花花世界里。据说她也曾女人味儿十足地挂着个吊带儿满大街跑,也奇装异服过,也把脑袋上那撮毛涂得五颜六色过,可惜这些时候我们都在各忙各的,结婚以后见面少了,各自生完孩子连电话都更少了,所以她那样子在我的印象里还是土得掉渣。

像我小时候一样有理想。

我人生的第一个理想是打土坯。因为那样就可以名正言顺、正大光明地玩泥巴了。后来我想开个书店,满目整整一屋子自己喜欢的书,一边看着书一边还挣着钱多棒。我还想过当演员,可以把自己沉浸在各种时代各种人生里去……语文老师表扬上几次,我就又有了当作家的心思……可是后来随着我毕业了、分配了、结婚了、有孩子了,我就把所有的理想都忘了,也不再有新的想头了。灰灰可不是这样。灰灰的人生充满急转弯。她学会计出身却干起了报纸,拼死拼活地爱了几场最后却和所有人视线之外的一个家伙结了婚,生完孩子也不老实待着,喂奶换尿布之余竟然开始出书了。而且,就我所知她还有好多想法还没来及付之实施呢。所以如果我们隔上一段时间没有联系,再见面我一定首先就要问她:最近又有什么新的打算吗? 她也定会不负我望如数家珍地说出很多个我的意料之外来。而如果她反问一句:你呢?我就一定只有四个字了:还那样呗。想一想我已经有很多年都是一个样子了。今天想干这个明天想干那个,在我,仿佛已是上辈子那么远的事情了。不过,真正让人钦佩的是,灰灰的人生转来变去的,倒的确是越来越精彩越来越丰富越来越有的看了。

王小柔也有宠物

小意

王小柔,这个丫头让我怎么说好呢?有时喜欢得恨不得拿到手里捏两下,捏出水泡来才好。有时恨不能扔到地上踩两脚,踩烂了才解气。

她喜欢损人、骂人,可是,也很会疼惜。刚认识她时,我便觉得:她是让你不能介意她的骄纵的坏丫头。

这样的王小柔,适合当宠物。可以娇纵,也可以发狠,总之,不要怕她恼火,她和你始终相爱,哪怕水火不容。呵呵。

想起她的时候,总会想起鸟儿。每次在公园里看见笼中的鸟,就会想起,有这样一个好朋友,最爱的就是小鸟,会在突然的时候告诉你,小鸟翻身的时候,不小心掉进了水里。

很久很久以前的一个晚上,我们通了很长时间的电话,她给我讲了很长很长时间的故事。自那以后,所有对她的想象中,添了个场景。一个小女孩,坐在门口的台阶上,等着家门敞开,肩头上停了只漂亮的小鹦鹉。

这些都是小柔很久以前给我的印象,我们很久很久没一起长时间交谈过了。自从她当了妈妈以后,就变得匆忙而操劳,大半的时间,都给她的小小宠物拿走了。或许,当了妈妈的人,就不能再当宠物,而是需要宠着哄着别人了。

一个人肆意的时间并不长,我以前没有想过,宠物小柔,和许多朋友一样,也会把生活重心移开,不再那么张扬,而变得乖巧稳重。

记得她怀孕的时候,还常常一个人散步,到公园里坐着,去听鸟叫。小鸟,对她而言,是个符号。寂寞的童年,小鸟是最可靠的同伴。不知道她当了妈妈以后,养了个小小宠物,是不是一样的爱小鸟。

只是对我而言,这样的小柔,和以前的小柔,到底还是有了区别。她这个宠物,也有宠物,把爱和怜惜一层层分摊下去,难免让原来把她当宠物的我心有失落。但是,她爱着,生活着,努力快乐着,这已经足够了。做朋友,也只能要求这么多。

小妖填字（附）

说明：

横向

一、 出自老子《道德经》的忠告，前一句是"智慧出"，后面的话则很瘆人，是说"六亲不和，有孝慈"。

二、 "当我梦见你的时候，你肯定也梦见了我，为什么你不对我说"，猜猜，写出这"梦话"的诗人是谁。

三、 这本书的出版商所在的城市，别急着往里填，我是说这城市在全国的地位。

四、 一首老歌，但歌中强调的竟然是让孩子们在乎是否有脸面去见爹娘。

五、 冬去春来后，商场里某些柜台所卖的物品，特点之一是：都是女士们站柜台，去买货的也多是女士；但威尔·史密斯在影片《全民公敌》里亲自去买过这种物品。

六、 出自一首让六十年代出生的人无限感动的老歌，后面的歌词是"梦见的就是你"。

七、 这绝对是一种女中豪杰——如今她们风头正劲，粉丝也正狂热，所以我不敢在字句里有丝毫冒犯。

八、 这是一种女人痴心地等着情郎的情况（这年头真不多见），主要原因，往往是那男的"不解风情"。

九、 能够硬着心肠做些事——嘴里却说是不忍做的；这种情况在婚恋中发生的概率很高。

十、 一种非常会生活的"动物"；此语多用来形容一些成年男性，比如说他们会精打细算、会烧饭做菜、会这会那，据说其中最极端的能把锅碗瓢盆都搬进办公室,有时还带着孩子。

十一、出自天津俗语,后面接"哪儿了"。

十二、由制片商、导演、摄像机以及境外媒体(尤其欧洲的)等共同捧起来的一位"宠物",在她面前,周璇、胡蝶、白杨等可以被遗忘啦(怎么我还记得)。

十三、绰号,送给那些会讲笑话或者会闹笑话的知名人物,譬如韩乔生老师。

十四、俗语中常说的"有傻福"的那种人。

十五、一个不像是怀有好意的反问句,但在北京很普遍;这里的灵感,是来自赵文雯那辆二手捷达后车窗上的纸条,上写着"车是爷爷,我是孙子"。

十六、大学最初阶段的简称——万事开头难,这包括适应你的学杂费用。

十七、十一月的最后一个星期四,美国人民独创的一个节日的名称;我们则是跟在人家屁股后面吃火鸡或者聚餐,至于为什么——哪有那个工夫去问呀!没看我正吃得五迷三道、焦头烂额的……

十八、犬科动物的一种正常行为,往往是表示敌意,我家小区里这事天天在上演。

十九、一个虚构人物,据马志明的相声《卖五器》里讲——是"说相声的侯耀文他三叔"。

二十、诗人之间互相唱和、和诗时候的那种文雅说法。

廿一、本书作者的另一本书(小说类,虚构的,别拿它当真);这也是很肉麻的一句表示拒绝的话,当女士遭到老公的骚扰时常说此句;如果是在一般朋友之间出现此句,则有可能疑似性骚扰——更有可能不是。

廿二、本书作者的一篇"气人有笑人无"的文字,说的是像她自己那样的马大哈,至于月份嘛——是第二季度最后一个月。

廿三、形容处境艰苦,困难重重——譬如我设计这个填字游戏的惊险历程。

廿四、说的是市面儿上的某些人,好听的叫做"木鱼儿过大海",不好听的——就是万金油啦。

廿五、出自一个俗得不能再俗的成语,后面两个字是"私囊"。

廿六、跟童男、处女最有关系的一种夜晚,据影片《勇敢的心》里面说:苏格兰人就是为这个跟英格兰人打起来的——好在那是几百年前啦。

廿七、毛泽东在《沁园春·雪》里所粪土的那种封建玩意。

廿八、时下的一种女人,集姿色、知识、资本于一体,据说这种"动物"总是高瞻远瞩,跟你不是谈论世界经济,就是某个国际明星养的蜥蜴是从哪个地区进的货等等。

廿九、出自一个极其现实主义的成语,后面两个字是"户对"——热恋中的男生、女生一般不明白也不愿意接受这个成语,可怜。

三十、在姿色或气质上绝对是出色的,现在更倾向于是指那些值得瞻仰的、值得贴在网页上的、值得粉丝为之狂喜的,重要的是——值得为之投资的。

纵向

1. 一种非常幸福的该吃吃、该乐乐的快活状态,令人想起影片《追捕》里面的横路。

2. 这本是一座名山,但已经被小说家、制片商成功改造为赚钱机器了。

3. 指春季;也指春天播种的作物。

4. 出自著名的屈原著名的《离骚》,前面那些词句是"长太息以掩涕兮,哀民生",后面三个字——你应该能猜出来。

5. 一种伪装成有钱又有闲,整天守着一堆存折在家看欧洲文艺片的女人,据说其生活口号是:不求最快但求最远。

6. 中国神话故事里最有暴力成就的一个"婴孩";据袁阔成先生在评书里讲,这孩子一张嘴就喊老龙王为"爷们儿",后来跟他爹也这样。

7. 罪恶多端的意思,据一些中国传统文人说是以"淫为首"。

8. 等一等的意思,但往往意味着不短的时间——全看你的耐性儿啦。

9. 这是一种稍嫌恶毒的说话语气(疑问祈使句),表面上是安慰那些在婚恋等方面先天不足的人——实际上有点暗自庆幸或得意。

10. 跟西方有关系的一种裤子——所以你在东长安街上不会见到很多;穿着它向西去出访的大概得超过向东的。

11. 出自《宰相刘罗锅》的主题歌,上句为"故事里的事",下句为"就不是"。

12. 一种"深似海"的宅第,但随着清宫戏、唐宫戏、汉宫戏以及韩国宫廷戏的普及,拥有这种宅第的人家已经需要隐私保护了。

13. 本书作者的另外一本书——杂文集的名字,在此予以不客气的吹捧,明年就是鲁迅先生逝世七十周年呀,杂文集是一种很好的纪念方式。

14. 一种很煽情的俗不可耐的标题形式,常见于中年女白领所写的文章,都跟婚外恋以及某个夜晚有关——但王小柔在这里是故弄玄虚,我揭发。

15. 跟本书灵感来源有关的一句话,指那种出奇、出新的怪招数,多有贬义——譬如这个填字游戏。

16. 出自一个形容人肌肉发达的成语,前面两个字是"五大"。

17. 在天津民间极受欢迎的一道菜,看着简单,一般是三样东西:里肌、肝、腰子,但很能检验出菜馆的水平来。

18. 说它是儒艮的话,很难理解,也不好听;所以,不如说它是某种迷倒千千万万老女生、小女生的韩国小姐的美称。

19. 这个词属于英语发音,崔健当年唱《一把刀子》时就发出了这种声音;而在漫画世界,它表示睡眠的意思。

20. 出自孔夫子的一句名言;最新的解释是说孔夫子在讲"要是能忍就干脆忍了吧"。

21. 本书作者对于武侠类作品的一次感慨,最感慨的语句是"那一年的江湖,秋水长天……后来的江湖,远上寒山"。

22. 原本是一首歌的名字(蔡琴演唱过),但王小柔把它当成自己文章的题目啦——还好,她不是惟一这么干活的人。

23. 这是一种凶猛"动物",最近的版本来自朱德庸漫画;然后就有人不费力也不太讨好地把这种"动物"搬上电视屏幕。

24. 说的是风情万种,说的是种各样质地的纺织品——围巾,当许多男人以此臭美之际,本书作者却往他们的颈部泼冷水。

25. 中国传统文人经过多少年才意淫出来的一个成语:男的有才气,女的有美貌——好可怕的结合。

26. 在京津等地,这是一句最令人感到亲切的恶毒话语,大意似乎是劝告人说:仓廪实则知礼节,衣食足则——别没事找事儿。

(答案见王小柔博客 xiaorou.blogchina.com,部分答案可在本书内找)

都是妖蛾子

DOU SHI YAO E ZI

都是妖蛾子

汗水滴滴答答,姑娘貌美如花。六月来了,六月,人们都换成了小包装。

我是个特别不知道该怎么告别的人。我喜欢笑着掉头就走的告别。因为心里没有牵挂。因为这样的告别往往在心里有了特别的期待。对于明天，以及明天的明天。我害怕不知道以后的告别，那样的空白像地铁出口的风，毫无缘由地让人发冷。

都是妖蛾子

我们迷失在各种故事里,如同走在一个迷宫,知道出口在哪儿,就是绕不过去。

寂寞就是诱饵,这就跟夏天在河边钓大个的绿蜻蜓一样,你在那用就行,一会儿另一只就上钩了。寂寞是需要时间的,也得酝酿情绪。有寂寞的工夫我宁愿躺床上再眯一觉,我没资格寂寞,寂寞在现代社会太奢侈了。

都是妖蛾子

人都有攀高枝的想法,谁愿意跟井底之蛙似的。人脉多重要啊,不过,不是每个人都有这福气。这跟捡钱包一个道理,攀高枝就像等着鸡下金蛋,事先也不问问鸡有没有这本事,一味干等那能行吗?我不知道这样的人脉投资有没有用,我更相信人的缘分。

过去时,是曾经的现在时,我们以足够的胸怀包容着我们身处的城市,作为小人物妥协着生活里所有的沟沟坎坎,我们适应了这样的生长,把自己努力变成一个盆景,直到,在玻璃窗里枯萎,我们无限向往地望着窗外的树,至少它们有更多的空间向上攀缘。

都是妖蛾子

当下的温柔像一包刚炸好的薯条,热的,放嘴里脆香,但时间别长,你咖啡还没有喝完,也许它已经黏软得没了样子;当下的温柔像个传说,在男人心里是个向往,在女人心里是个惦记,却少了表达的途径;当下的温柔是糖纸,心里是甜的,离开唇边的时候就变得轻盈,不知飘到哪儿去了。

生活中的每一件小事可能是一句话、一个眼神、一种态度，更主要的，它可能是一个习惯，只有宽容才能让我们的生活拨云见日。试着给永远一个方向吧，如果你真的相信这世界上有永远。

都是妖蛾子

失散,是为了重新找回。你看看你的通讯录里是不是有某个电话,一直没删,却再也不会打?很多名字就像路标一样,停在我们途经的道上,也许未来的某天,还能重逢。

随缘并不是消极等待或放弃追求，而是要用平常之心看待身边的事。不要被表面的困难吓倒，如果你真的去做了，你就会发现，事情其实没有你想像的那么难。难的是如何突破自己的内心。

都是妖蛾子

小广告写得很有气魄：朋友，您家在装修么？是不是感觉空间不够大？是不是感觉房间怎么布置都不合理？请致电客服专线，我们拥有最专业的砸墙队伍，科学、彻底地砸墙，随到随砸，砸不好可以免费重砸。我们的服务宗旨就是：没有我们砸不了的墙，没有我们不敢砸的墙！

一个人成熟的标志,是学会狠心,学会独立,学会微笑,学会丢弃不值得的感情,多少要有刮骨疗毒的精神。

都是妖蛾子

外遇,有的时候是春风,野火烧不尽,还能吹得山花烂漫。婚姻是这景色中的旧屋,你不能因为外面景色好,就躺地上吧。所以,眼中的风景不过是过眼云烟。春风一过西北风就来了,回家,才能躲避风雨。

"爱她,就带她吃哈根达斯!"这广告语很有点儿生命不息作秀不止的劲头儿。不过,你要去吃哈根达斯火锅最好自己带瓶矿泉水,巧克力太甜,叫渴,最好再带俩烧饼,反正蘸什么不是蘸,况且你以后还能跟别人吹:吃哈根达斯烧饼,倍儿有面子!

都是妖蛾子

主角配角都并不难演,难的是,你要求自己在任何一出戏里都得扮演好人。

相遇仿佛是一次约定,我喜欢相遇,友谊是那么润物无声,太多的感动与感激在语言之外,心里的默契会让我们的友情在相遇的一刻,继续。

都是妖蛾子

爱情成了一种高贵的形式主义。今天的我们丧失了依靠一个眼神、一个隐喻或者一句诗来曲折表达自己情感的能力。不管我们的唱片工业生产了多少作品，也不管流行书籍上提供了多少爱与性的技巧，我们看到的爱情正在失去应有的色彩，它正变得平庸化与技术化，变成了有点昂贵与费神的高级消费品。

那些平时举止优雅的人大多以"嗨,你知道吗"开头,引出"给你讲一个段子"这句他不说难受的话。讲的人一般总是面带微笑,听的人则眼睛发亮,听到动情之处还要重复几遍验证自己是否已经记住。当段子成为办公室的主流语言,我们的日子过得也成了段子的一部分。

都是妖蛾子

我发现现在的人都挺爱显摆，层出不穷的模仿秀让大家忙得像个听见铃声的狗，吐着舌头东奔西跑，直到快累瘫了还不知道丰盛的午餐在哪儿。我也经常尝试着去假装一下格调，它们在我平淡无奇的生活里占据着一席之地。

不想吃天鹅肉的蛤蟆不是好蛤蟆。本着这样一个目标,差一点儿跟我拜把子的哥们张嘀咕把自己放眼的目标定在有艺术气质的女性身上,而且立场坚定决不妥协。他还真沉得住气,把女人市场摸得很透彻,说上三十的女人现在都急蓝眼了,永远都是男方市场,跟赛鸽子似的,放出去一只能赛回来一群。

都是妖蛾子

"其实他人不坏。" 我们因为这句话，容忍了生活中多少不该容忍的人和事。

我能给女人丢脸吗?赶紧拾话茬:"您是女白领,您不但要发挥自己的价值,而且您担负着创造、训练更高更快更强的下一代的崇高任务,您应该既爱自己,又爱家人,更爱祖国,您不能随便找个人草草嫁了,然后糊里糊涂过着吃什么都长肉的日子,您的担子重着呢。"

都是妖蛾子

能在一棵树上吊死就不错了,可悲的是连那棵扔绳子的树都找不到。

女的说了,人之一生,最大的事就是不孤独,就是有一个得心应手的伴侣,所以不要在情事上大过随和,能找月入一万的,就绝不能找挣九千九百九的。女的还说,咱们要的是你重新自我评估,充分挖掘潜能,高标准严要求自己,不能在婚姻上扶贫。

都是妖蛾子

女的又说：古训，人往高处走，水往低处流。对于女人来说，这句话尤为重要，因为女人如果不找一个比自己强大的男人，而是随随便便胡乱嫁个与自己相差不多，甚至还要自己来倒贴的男人，依据这句古训，只能说是"下流"。

关于婚姻：开始你以为这意味着升值，后来你才知道其实是套牢。

都是妖蛾子

一般来说,插手是出于好心,插足是别有用心。

人家公司真人性化，老总站出来说不能误了大家的财路，每天给员工两个小时炒股时间，有的人瘾大，可以加班干工作，上班炒股票，弄得办公楼跟大户室似的，每人电脑屏幕上都是红红绿绿的曲线。

都是妖蛾子

电视里都是牙膏的广告,无论男女一概傻子似的龇着牙乐。因为我们的目标也是——没有蛀牙,所以那些把自己描述得跟脚气药一样立竿见影的牙膏我都用,而且使最贵的品牌牙刷,然后用电动牙刷。

我把那些艺术作品分三种,一种是写实的,画得跟照片一样,一种是莫名其妙的,让大猩猩画都不比画家差,乱七八糟颜色往上一涂就完事,还一种是变态的,特恶心,哪儿朝阳往哪儿展示生殖器的,他在那赞叹,我忿忿不平:"流氓会画画就是艺术家。"

我用全拼组成各种句子记录我看到的市民生活。因为我就是小市民。我是那么热爱来自市井的气息，它是生活真实的底色。我特别讨厌那些假装大尾巴狼的人，张口闭口时尚生活，到哪儿都拿面巾纸捂着鼻子嫌脏。其实就算你穿着昂贵的真皮镂空内裤，尿憋急了还不是一样要去公共厕所挨个儿。你不能拿自己当古玩，因为大部分人的目光像我一样短浅俗气，我们根本分辨不出贵贱。